HEYNE
BÜCHER

Fantasy

Herausgegeben von Friedel Wahren

Das Schwarze Auge

BARBARA BÜCHNER

Das Wirtshaus
»Zum lachenden Henker«

Sechsundvierzigster Roman
aus der
aventurischen Spielewelt

begründet von
ULRICH KIESOW

Originalausgabe

WILHELM HEYNE VERLAG
MÜNCHEN

HEYNE SCIENCE FICTION & FANTASY
Band 06/6046

Originalausgabe 3/2000
Redaktion: Friedel Wahren
Copyright © 2000
by Wilhelm Heyne Verlag GmbH & Co. KG, München,
und Fantasy Productions, Erkrath
http://www.heyne.de
Printed in Germany 2000
Umschlagbild: Krzysztof Wlodkowski
Kartenentwurf (Seite 6/7): Ralf Hlawatsch
Umschlaggestaltung: Nele Schütz Design, München
Technische Betreuung: M. Spinola
Satz: Schaber Satz- und Datentechnik, Wels
Druck und Bindung: Presse-Druck, Augsburg

ISBN 3-453-16238-2

Inhalt

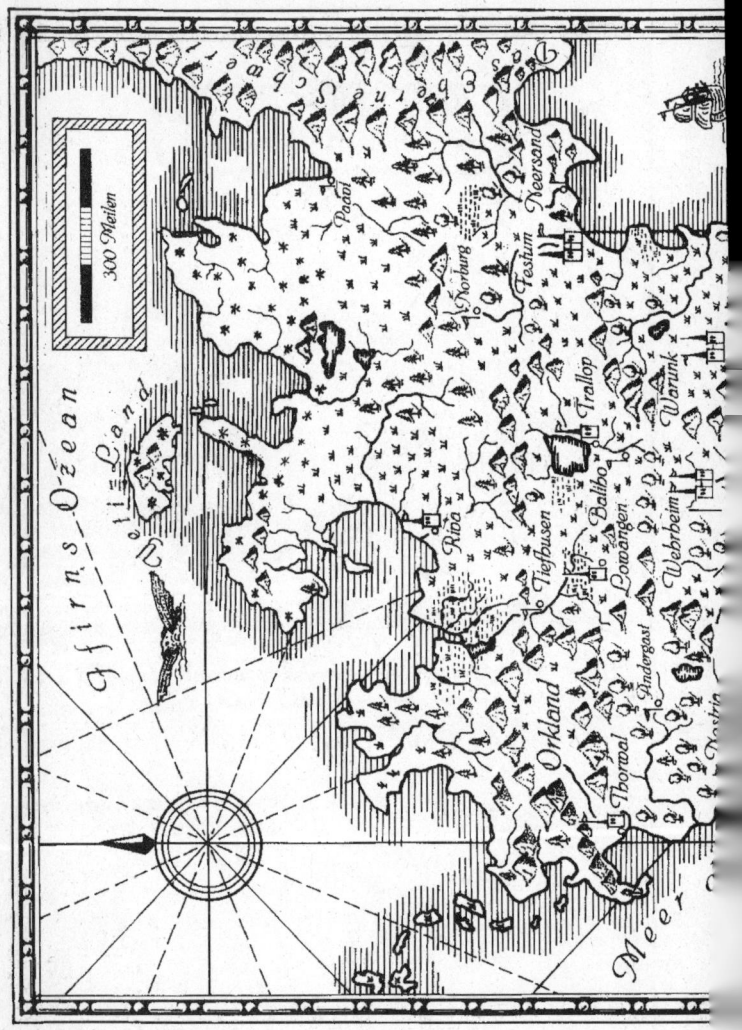

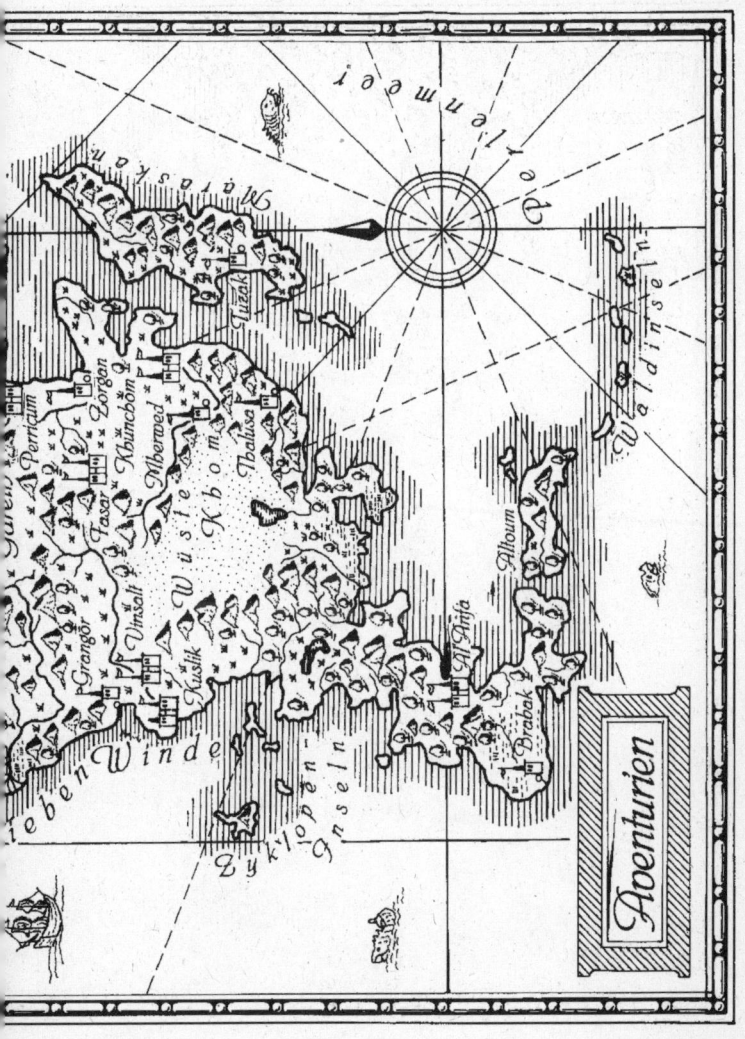

Der dir die Kerze
zum Heimleuchten gab,
der hackt mit dem Beilchen
den Kopf dir ab

Bornländischer Auszählreim

Vorwort

Mein edler Freund Orlan Paraiken gab mir, der ich sein treuer Chronist bin, die Erlaubnis, in seinem Namen von den geheimnisvollen und ruchlosen Vorgängen im Wirtshaus *Zum Lachenden Henker* in der Stadt Festum zu berichten, die für längere Zeit das Stadtgespräch abgaben. Die Entdeckungen, die wir damals machten, führten nicht nur zur Aushebung einer Bande gesetzloser Schurken und retteten so mancher jungen Unschuld Leben und Ehre. Sie gaben meinem Freunde auch Gelegenheit, wieder einmal aufs neue seine unvergleichlichen Fähigkeiten unter Beweis zu stellen, die schon so manchem Übeltäter zum Verhängnis und so mancher geplagten Seele zur letzten Zuflucht geworden sind. Bescheiden und weltabgewandt, wie er ist, weigert er sich, mit eigener Hand seine erstaunlichen Erlebnisse niederzuschreiben, doch gestattete er mir, es an seiner Stelle zu tun.

An einem kalten, nebeligen Nachmittag im Boron des Jahres 1021 BF – was dem Jahr 28 Hal nach mittelreichischer Zählung entspricht – saßen wir in der Wohnung meines Freundes in der Straße der Wollweber, im Haus zum Hirschen, als Orlans Schwester, Jungfer Dorlin, einen Besucher meldete. Zu unserem Erstaunen trug der Mann, der unsere Stube betrat, das schwarze Gewand eines Borongeweihten. Wir erhoben uns beide von unseren Stühlen und erwiesen dem unerwarteten, düsteren Gast unsere Ehrerbietung.

»Es ist etwas Unerhörtes geschehen, nicht wahr?«

wandte Orlan sich voll Staunen an den Besucher. »Denn dessen bedarf es, um einen Diener des Boron aus seiner stillen Klause zu treiben! Wovon habt Ihr uns zu berichten? Von Grabschändung oder gar finsterster Nekromantie?«

Der Gast, ein noch junger Mann von anziehendem, klugem Aussehen, ließ sich von dem neugierigen Gebaren seines Gastgebers nicht beeindrucken und hub ruhig zu reden an: »Es ist fürwahr etwas Unerhörtes geschehen.«

Dann berichtete er uns von den Ereignissen, die ich hier zum Nutzen des Lesers in gefälliger Ordnung darbiete.

1

Eine Hochzeit im *Lachenden Henker*

Der Morgen graute eben über der Bornmündung, als Jasper Brinnske im Bug seines Bootes ausrief: »Was, bei allen Seedämonen, hängt da im Netz und ist so über alle Maßen schwer?« Der graubärtige Fischer strengte seine Arme an, um das Netz hochzuhieven, und seine beiden Gefährten halfen ihm dabei. Alle drei mußten sich gehörig ins Zeug legen, um den Fang aus den dunklen Gewässern der Born-Mündung zu ziehen. Sie schnauften und ruckten und spannten die Muskeln unter den groben Jacken an. Dann kam das Netz plötzlich hoch und holperte an Deck ... und was darin gefangen gewesen war, rollte platschend zur Seite und streckte alle viere von sich ...

Die Totenkammer in der Boronstadt auf der Jodekspitze war ein langgestreckter, düsterer Raum ohne Fenster mit einem steinernen Fußboden und drei mannslangen Marmortischen. Es roch nach der mehrfach destillierten Orkengalle, dem scharfen Schnaps, mit dem die Tische gewaschen wurden, und nach brackigem Wasser – ein Geruch, der stets gegenwärtig war, so oft er auch gesäubert wurde.

Rajan Notjes, der alte Geweihte des Boron, der die Totenkammer betreute, warf einen nachdenklichen Blick auf den weiblichen Leichnam, der bleich und nackt auf dem Steintisch lag. Es kam oft vor, daß man menschliche Überreste aus den schaumigen Fluten des Hafenbeckens zog, sei es nun, daß ein betrunkener Seemann vom Kai gestürzt war oder ein unglückliches junges Mädchen sich aus verschmähter Liebe in Efferds Arme sinken ließ – oder auch, daß das Opfer eines Mordes in tiefer, finsterer Nacht in den kalten Gewässern versenkt wurde. Zumeist wurden die Leichen von der Strömung an einer Stelle an der Kaimauer angetrieben, die man das ›Totenloch‹ nannte. Rajan hatte so viele von ihnen gesehen, daß er sie nicht mehr zählen konnte. Er wußte besser Bescheid als so mancher Medicus, was die verschiedenen Todesursachen betraf. Aber die Tote, die hier vor ihm lag, gab ihm Rätsel auf.

Ihr fehlte der Kopf.

Der Boroni holte zwei Laternen herbei und hängte sie an die Haken über dem steinernen Tisch, eine zu Füßen, eine zu Häupten der Leiche. Er hatte ihr die Algen und den schmutzigen Schaum abgewaschen und ein Tuch über den Halsstumpf gedeckt. In den nächsten Stunden würden die Leute von Festum in langen Reihen durch die Totenkammer ziehen und die Frau besichtigen. So geschah es immer, wenn ein namenloser Leichnam aus der Mündung des Born gefischt wurde. Zumeist fand sich dann jemand, der ihn oder sie wiedererkannte, und der oder die Tote konnte mit den gehörigen Ehren begraben werden. Wenn die Leichen von jungen Menschen in gutem körperlichen Zustand waren und nicht identifiziert wurden, so erteilte der Enge Rat der Stadt für gewöhnlich die Genehmigung, daß die toten Körper – ein Vorgang, den Rajan verabscheute und verachtete – den Anatomen im Spital der Therbuniten übergeben wurden, die daran ihre Studien betrieben.

Der Boroni fürchtete, daß auch diese Unbekannte auf einem Seziertisch enden würde, denn ohne Kopf war wohl kaum zu erwarten, daß jemand sie wiedererkennen würde. Außer der tödlichen Wunde wies sie keine Verletzung und auch kein Mal auf. Der Leib vom Hals abwärts war unversehrt. Sie war wohlgenährt und gepflegt gewesen, aber ihre Hände waren rauh und ihre Nägel kurz geschnitten; also hatte sie ihr Lebtag lang hart gearbeitet, vielleicht als Magd gedient. Das helle Schamhaar verriet, daß ihr Kopfhaar blond gewesen war.

Rajan hob das Tuch an und betrachtete die furchtbare Wunde. Der Schnitt war glatt und sauber. Wie vom Beil eines Henkers oder dem Messer eines Anatomen ausgeführt, durchtrennte er Muskeln und Knochen des Halses. Der Geweihte schauderte bei dem Gedanken, wieviel Blut bei dieser grausamen Tat geflossen sein mußte: Der Körper war völlig ausgeblutet, von bleich-bläulicher Farbe, als hätte man ihn nach dem Mord kopfunter aufgehängt wie ein geschlachtetes Tier.

»Das sind Oger, die das getan haben – keine Menschen«, murmelte Rajan vor sich hin, während er das Tuch wieder über den Stumpf deckte.

»Vorwärts da, dummer Klotz, steh mir hier nicht im Weg herum! Siehst du nicht, daß ich schwer zu tragen habe?« – »Bei Swafnir, mein süßes Mädchen, du siehst gar nicht übel aus!« – »Heißer Rum, um die Knochen zu wärmen! Kauft, Leute, kauft den guten heißen Rum!« – »Schöner fremder Mann! Ihr seid wohl eben erst in Festum angekommen? Wollt Ihr mir nicht ein Glas Meskinnes spendieren?« – »Holla, Gartimpski! Daß man Euch auch einmal wieder sieht!«

Die Brückenstraße zwischen den Warenspeichern und Kneipen im Festumer Hafengelände hallte von Geschrei und Geschwätz in allen Sprachen Aventuriens wider. Sogar das Schnattern eines Goblins hörte man da und dort, denn in der Stadt am Meer wohnten die Goblins – wenn auch in ihrem eigenen Viertel – friedlich mit den Glatthäuten zusammen, wie sie die Menschen nannten.

Der Geruch nach Tang und Teer hing in der kalten, nebelfeuchten Luft und mischte sich mit den fremdländischen Düften, die aus den Lagerhäusern drangen. Selbst jetzt am frühen Nachmittag war es in der engen Brückenstraße nahe der Zollbrücke fast so dunkel wie in der Nacht, denn die Gebäude aus Holz und Ziegeln hielten das ohnehin schwache Licht der gelblichen Travia-Sonne ab, die tief über dem Zwielichtberg stand. Zu einer Jahreszeit, da man im Mittelreich noch die Ernte einbrachte, lag das Bornland bereits erstarrt in den Klauen des Winters. Die eisige Luft biß durch Wolle und Leder. Auf dem Born trieben Eisschollen. Wie hart der Winter hier war, verriet schon der Baustil der Häuser: Die Dächer der Türme und Wirtschaftsgebäude ragten steil und spitzgiebelig in den Himmel, wie es Brauch bei den Häusern in schneereichen Ländern ist, um die Last des Schnees zu verteilen. Die gezinkten Dachrinnen endeten oft in gruseligen Lindwurmmäulern, die auf die Passanten herabgähnten und nun Mützchen aus flauschigem Schnee trugen. Man sah die Lampen hinter den Fenstern der Wirtshäuser leuchten, manche hell und einladend, manche rötlich und verstohlen.

Dort, an seiner Mündung war der Born fast sechshundert Schritt breit. Sein Lauf wurde von der Speicherinsel geteilt, auf der alle Waren und Passagiere ausgeladen wurden, um von den Festumer Behörden begutachtet zu werden. Über die Zollbrücke – ein Bauwerk von stolzen einhundertdreißig Schritt Länge – gelangten Neuankömmlinge dann in die Stadt. Scharen von Menschen drängten sich auf der Straße: Seeleute, Huren, Händler, die alle in größter Eile und Wichtigkeit ihren Geschäften nachgingen. Festum war eine Stadt, die nie zur Ruhe kam; nur die Art der Geschäfte wechselte, die in den Stuben und auf offener Straße gemacht wurden. Es gab keine Stunde der Nacht, zu der die Straßen im Hafengelände verlassen lagen, vor allem jetzt im Travia, da die

Norbarden aus dem Nordland sich in der Stadt versammelten und edle Pelze zum Kauf anboten. Wenn die letzten Nachtschwärmer und Saufbrüder im Morgengrauen schlafen gingen, standen die Dockarbeiter und Seeleute schon wieder auf. Pitjow Peddersen, der Besitzer des Wirtshauses *Zum Lachenden Henker*, hätte die Thekestube Tag und Nacht geöffnet lassen können. Oft hatten er und sein Sohn Elkwin Mühe, die letzten Gäste auf die Straße zu setzen, ohne daß die ersten dabei zur Tür hereinkamen.

Jetzt standen die beiden Männer unter der Tür und betrachteten müßig den Strom von Menschen, die an ihnen vorbeidrängten. Pitjow war ein schlanker, dunkelhaariger, alterslos wirkender Mann, an dessen faltigem Gesicht nur die glänzenden schwarzen Augen auffielen – Augen, die verrieten, daß er nicht halb so harmlos und einfältig war, wie er auf den ersten Blick wirkte. Wenn er lächelte, zeigte er vorstehende Zähne, und dieses Lächeln erinnerte sehr an das Zähnefletschen eines Raubtiers.

Sein Sohn war groß gewachsen wie er und dabei so hager, daß man alle Rippen an ihm zählen konnte, wenn er sich auszog, ein schwarzäugiger und schwarzhaariger Geselle mit einem Gesicht, das eine zackige rote Narbe verunstaltete. Sie zog seinen Mundwinkel hoch, so daß er unablässig hämisch zu grinsen schien. Es sah aus, als hätte ihn ein Blitz gestreift, der ihm an der Nase entlang von der Stirn bis zum Mundwinkel gefahren war. Das war auch die Geschichte, die Elkwin Peddersen jedem erzählte, der ihn nach seiner Narbe fragte – aber niemand wußte, ob sie wirklich so zustande gekommen war. Es gab auch nicht allzu viele Leute, die danach fragten. Die meisten Gäste, auch die rauheren unter ihnen, fanden den jungen Mann mit dem schiefen Gesicht abstoßend und redeten gerade soviel mit ihm, wie notwendig war, um ihr Bier oder ihren Rum zu bekommen. Er stand hinter der Theke; an den Tischen bedienten drei dralle blonde Mägde, die den Gästen einen weitaus gefälligeren Anblick boten.

Über den beiden Männern klapperte das Schild des Wirtshauses im Wind. Es zeigte einen lachenden Mann, der eine rote Gugelhaube trug und einen zur Schlinge geknüpften Strick in der Hand hielt. Niemand wußte, wie das Wirtshaus zu seinem Namen gekommen war. Es stand schon eine Ewigkeit dort am äußersten Ende der Brückenstraße, ein weiß getünchtes, weit ausladendes Gebäude mit einem Oberstock, in dem sich auch die Zimmer der Gäste befanden, und der Wirtsstube und den Stallungen im Erdgeschoß – ein typisches Haus im Festumer Stil: Die Wände waren aus Ziegeln erbaut und mit Kalk getüncht. Gestützt wurden sie von Fachwerk aus Tannholz, darüber erhob sich das Giebeldach, gedeckt mit grauen Föhrenholzschindeln. Die Fensterläden waren in den Stadtfarben Rot und Weiß bemalt.

Die Straßen selbst trugen freilich den Fluch der meisten aventurischen Städte: Festum hatte keine Kanalisation, abgesehen von einem Rinnstein in der Mitte der Straßen, die mit Kalkplatten gepflastert waren. Zwar gab es einige wenige Müllkutscher, aber der Großteil des Unrates wurde kurzerhand in die Gosse geleert. Im Sommer war der Gestank in der Altstadt und am Hafen kaum zu ertragen. Im Herbst, wenn ein scharfer Wind blies, war es besser – die Gäste im *Lachenden Henker* konnten essen, ohne daß ihnen der Duft von fauligem Gemüse und ausgeleerten Nachttöpfen in die Nase stieg. Jetzt im Travia verschwand bereits alles Unerfreuliche unter einer fußhohen Decke aus Schnee, der immer wieder in reichlichen Schauern aus dem bleifarbenen Himmel fiel.

Trotz seines unheimlichen Namens war das Wirtshaus *Zum Lachenden Henker* bei Einheimischen und Fremden gleichermaßen beliebt, denn die Betten waren sauber und frei von Flöhen, die Getränke waren kräftig, und das

Essen, das ein stummer Bursche namens Hanske kochte, schmeckte ausgezeichnet.

So sah man in der Thekestube mit den niedrigen, altersdunklen Deckenbalken und den beiden mächtigen Kaminen nicht nur einfache Seeleute, sondern auch so manche Kapitänin in goldbetreßter Uniform oder einen Handelsherrn in seinem seidenen Rock. Die Herren und Damen kamen nicht nur aus den umliegenden Straßen, sondern zuweilen auch aus den feineren Vierteln von Festum wie der Altstadt mit ihren Kaufherren und Handwerkern oder der Gegend um die Festumer Stadtbühne und die Konzerthalle, wo die Künstler lebten. Sie vor allem besuchten gern das Hafengelände und genossen die düster-romantische Atmosphäre der Thekestuben, in denen sich abends alle Welt von Riva bis Brabak traf. Man konnte hier Norbarden aus dem hohen Norden ebenso antreffen wie einen Händler aus dem Süden in seinen reichen, goldgestickten Kleidern – wobei ein solcher Südländer freilich immer damit rechnen mußte, daß ein rauflustiger Bornländer oder gar Thorwaler ihn verdächtigte, ein Sklavenhändler zu sein. Dann mußte Pitjow Peddersen seine Autorität ins Spiel bringen, damit der Gast, war er nun zu Recht oder Unrecht angefeindet worden, nicht verprügelt wurde.

Jetzt wandte der Wirt sich an seinen Sohn und sagte unvermittelt: »Du solltest heiraten. Du bist neunzehn Jahre alt und hast noch keine Frau.«

Elkwin zog mürrisch die Achseln hoch. »Mich will doch keine.«

»Papperlapapp! Das findet sich schon. Ich habe kürzlich mit Neerjan Karjensen gesprochen, dem Krämer in der Schiffergasse ... Er hat eine siebzehnjährige Tochter, Tineke, und ist ein bettelarmer Mann. Er wäre glücklich, wenn du sie nimmst.«

Elkwins Augen, die wie schwarze Steinsplitter glänzten, leuchteten lebhaft auf. »Ist sie schön?«

»Sehr schön. Sie hätte ein Dutzend Bewerber, wenn ihr Vater mehr Geld hätte. So kann er kaum genug Brot und Bier kaufen, um sie beide am Leben zu erhalten. Nimm sie! Auf die Art kommst du zu einer billigen Hure und ich zu einer billigen Magd.«

»Sie wird nein sagen«, murmelte Elkwin, der sich keine Illusionen darüber machte, was die Frauen von ihm hielten. Alle Mädchen, die sein Vater angesprochen hatte, hatten seine Hand ausgeschlagen, obwohl Elkwin Peddersen einen dicken Batzen Geld in den Travia-Bund mitgebracht hätte. Das Wirtshaus warf guten Gewinn ab, und die Truhen in dem geheimen Gewölbe unter der Küche waren voll Silber.

Sein Vater widersprach. »Ich bin mir mit Neerjan einig – sie hat da gar nichts zu reden. Und wenn sie Mucken macht, werden wir sie schon zurechtbiegen, wenn nötig mit der Peitsche.«

Er grinste, und Elkwin gab das Grinsen vielsagend zurück.

»Geh hinunter«, befahl der Alte sodann, »und hol eine Rolle Batzen aus der Truhe im Keller. Ich will Neerjan beweisen, daß ich es ernst meine. Um so schneller kommst du zu einer Frau und hörst auf, mein Geld zu den Huren zu tragen.«

Der junge Mann tat prompt, was von ihm verlangt wurde – jahrelange Erfahrung hatte ihn gelehrt, daß es am klügsten war, seinem Vater rasch zu gehorchen. Er kehrte in das Wirtshaus zurück und ging durch die Küche – in der ein prasselndes Herdfeuer die mächtig gewölbte Decke schwärzte – in den Keller. Eine Kerze in der Hand, stieg er eine steile Wendeltreppe hinunter. Sein Schatten flatterte lang und dürr auf der getünchten Wand. Der Lärm der Straße draußen war verstummt; hier unten war es still bis auf das gelegentliche ferne Plätschern von Wasser.

Unter dem Wirtshaus erstreckten sich Kellergewölbe,

in deren finsterer Kühle sich vom gedörrten Schinken bis zu Amphoren mit Wein und Meskinnes alles stapelte, woran eine Schenke Bedarf hatte. Säcke mit Mehl standen da, verschlossene Gefäße mit in Branntwein eingelegten Früchten, Hürden mit Kartoffeln und Äpfeln, Tontöpfe mit eingeweckten Gurken, Rüben und Möhren. Würste und Schinken hingen von der Decke. Seit die Dämonenarchen das Perlenmeer unsicher machten und die Kauffahrer aus dem Süden nur noch mit schwerem Geleitschutz die Gewässer an der aventurischen Ostküste zu befahren wagten, waren die Luxuswaren aus Maraskan und dem südlichen Festland Mangelware geworden, aber Pitjow hatte immer noch genügend gute Beziehungen, um Küche und Keller zu versorgen – und sein Koch Hanske hätte es fertiggebracht, aus einer Handvoll Mehl und einer Kartoffel ein Festessen zu bereiten!

Elkwin hielt sich jedoch nicht in den Vorratskellern auf, sondern stieg noch etliche Stufen tiefer. Das Licht der Kerze wanderte durch eine tiefe, labyrinthische Dunkelheit. Elkwin bewegte sich mit der Sicherheit einer Ratte in ihrem Bau, während jeder andere rasch die Orientierung verloren hätte, denn ein Kellerloch führte ins andere, einmal links, einmal rechts, dann wieder geradeaus, manche so klein wie Backöfen, halb mit den eingestürzten Resten älterer Gebäude gefüllt, manche so hoch und weit, daß das Kerzenlicht die Decke nicht erreichte. Salpeter glitzerte auf den Mauern. Es roch stark nach dem brackigen Wasser des Hafenbeckens, in das sich hier der Born ergoß.

An einer Stelle blieb Elkwin stehen und hob die Kerze. Ihr Licht fiel auf schwarzes Wasser und den Bug eines Ruderbootes. Die Häuser, die auf Schwemmland erbaut waren, waren mit der Zeit abgesunken, und so reichte der Fluß nun bis in die Keller des Hauses, die er stellenweise bis fast zur Decke überflutete. Der Kerzenschein flackerte auf der übelriechenden braunen Flut. Niemand außer den Wirtsleuten vom *Lachenden Henker* und ihren Vertrauten wußte, daß es leicht war, mit einem Boot von hier aus unter die mannsdicken Pfähle zu gelangen, die die Landungsbrücke trugen, und von dort aus über das offene Wasser zur Speicherinsel. Es war ein geheimer Weg, den sie oft benutzten, um Waren an den Zollschiffen vorbei in die Schenke zu schmuggeln – und gelegentlich auch zu anderen Zwecken.

Elkwin kümmerte sich nicht weiter um das Boot, sondern betrat einen Keller, in dem sich nichts befand außer einem alten schimmelfleckigen Schrank. Zielsicher ging er auf den Schrank zu, faßte ihn an einem Schnörkel an und drehte ihn mühelos auf einem Zapfen beiseite. Dahinter zeigte sich eine metallene Tür, die Elkwin aufschloß.

Der Raum, in den er hineinleuchtete, roch stickig nach Schimmel. Er war klein und niedrig und enthielt eine Anzahl eiserner Truhen. Hier lagerte der Schatz des alten Pitjow Peddersen, das Vermögen, das er mit seiner Schenke – und anderen, weniger öffentlichen Einkommensquellen – verdient hatte. Elkwin klappte eine der Truhen auf, entnahm ihr eine Rolle Bornländer Batzen und machte sich auf den Rückweg durch die finsteren Gänge.

»Eher heirate ich einen Goblin als diesen häßlichen Unhold!« Tineke Karjensen unterstrich ihren Ausruf aufs lebhafteste damit, daß sie mit dem Fuß auf den Boden stampfte. »Das kannst du mir nicht antun, Vater!« Das schöne, hochgewachsene Mädchen stand breitbeinig da, die Fäuste in die Hüften gestemmt. Ihr langes dunkelblondes Haar schien vor Zorn zu flattern. Tineke, sonst die Sanftmut in Person, war hellauf empört.

»Was tue ich dir denn an?« murrte der pockennarbige Alte, der sich in Wirklichkeit äußerst unbehaglich fühlte.

Er rückte unablässig an seinem Samtkäppchen und zupfte seinen fadenscheinigen schwarzen Rock zurecht. »Nun gut, er ist nicht eben schön, aber was zählt das schon bei einem Mann? In der Nacht ist es ohnehin finster, da siehst du ihn nicht. Die Peddersens sind reiche Leute und angesehen in ihrem Viertel.«

»Schmuggler sind sie! Und man sagt, daß sie nie einen Tempel betreten, weder der Vater noch der Sohn!«

»Hältst du wohl den Mund! Was ist das für ein dummes Gerede!« schalt der Alte zornig. Dann verlegte er sich aufs Bitten. »Sieh einmal, Tineke, wir sind arme Leute. Das bißchen, das wir mit unserer Krämerei verdienen, reicht kaum zum nackten Leben. Soll dein alter Vater auf den Straßen von Festum betteln gehen? Willst du das? Und willst du selbst dein Leben lang in einem finsteren Gewölbe stehen und beim Schein eines Talglichtchens Brot und Dörrwurst verkaufen? Da wäre es doch etwas anderes, als Wirtin im *Lachenden Henker* schalten und walten zu dürfen!«

»Dort schaltet und waltet keiner außer Pitjow. Sein eigener Sohn hat nichts mitzureden.«

»Mag sein, aber der Alte lebt ja nicht ewig. Irgendwann wird Golgari ihn holen, und dann ist Elkwin der Wirt.«

»Ja, wenn man seinen Namen nicht vorher an der Kopfgeldmauer liest!«

An der berüchtigten Kopfgeldmauer im Hafen fand man Porträts, und Beschreibungen von gefährlichen Verbrechern und Piraten.

Neerjan fuchtelte mit den Händen. »Was schwatzt du heute nur für einen Unsinn zusammen! Mag sein, daß er ein wenig schmuggelt, das tut im Hafen schließlich jeder. Was ist schon dabei? So bekommt man den Branntwein billiger!«

Tineke schwieg verdrossen. Natürlich war beinahe jede Kneipe im Hafen ein Schmugglernest, das wußte ganz Festum. Zu verlockend war die Aussicht, mit unverzollten Waren aus dem Süden Geschäfte zu machen. Es gab auch genug Krämer, Wirte und Kapitäne, die unter dem Ladentisch Rauschkraut und Gifte aus Mengbilla anboten. Vielleicht, das mußte auch Tineke zugeben, entsprangen die Gerüchte über den *Lachenden Henker* nur dem Neid anderer Wirte, die sich ärgerten, weil Pitjow die hübscheren Thekemägde und den besseren Koch hatte – der stumme Hanske, der so gut wie nie seine Küche verließ, war eine Berühmtheit unter den Feinschmeckern von Festum, die im *Lachenden Henker* verkehrten. Vielleicht wechselten die Mägde nur deshalb so oft, weil sie es satt bekamen, von Elkwin nachts in ihren Kammern heimgesucht zu werden – wobei es hieß, daß Pitjow um keinen Deut besser als sein Sohn war. Vielleicht verschwanden einige nur deshalb auf Nimmerwiedersehen, weil sie Angst hatten, der Alte könnte sie in Schwierigkeiten bringen, wenn sie offen den Dienst aufkündigten, und es darum vorzogen, bei Nacht und Nebel abzuziehen. Pitjow wäre nicht der erste Dienstherr gewesen, der sich an einer unwilligen Magd damit rächte, daß er sie des Diebstahls bezichtigte.

»Nun, was sagst du, meine Tineke?« fragte Neerjan, der das Schweigen seiner Tochter hoffnungsvoll so deutete, daß sie sich seinem Vorschlag gewogen zeigte.

»Laß mich nachdenken, Vater.«

In Wirklichkeit brauchte Tineke keinen Augenblick lang nachzudenken. Sie wollte nicht nur Elkwin Peddersen nicht, sie wollte überhaupt keinen Mann. Ihre Liebe galt der schönen Rahjageweihten Dulja im ›Tempel der Freude‹, die sie regelmäßig besuchte, und manchmal schien es ihr, daß Dulja ihre Liebe erwiderte – obwohl das freilich bei einer Geweihten der Holden Göttin schwer zu erkennen war. Schließlich war es deren Auftrag, jeden und jede mit Liebe zu überschütten. Aber Tineke träumte immer wieder hoffnungsvoll davon, daß die zärtlichen Stunden auf der Samtdecke von Duljas Lager mehr zu bedeuten hatten als nur ein Opfer für Rahja. Sie träumte sogar davon – aller Vernunft zum Trotz –, Dulja werde eines Tages ihren Dienst im Tempel aufgeben und mit ihr fortziehen, irgendwohin, wo sie beide ganz für sich leben konnten.

Das Problem war, daß ihr Vater recht hatte. Sie waren bitterarm. Die Krämerei in der Schiffergasse ging mehr schlecht als recht, sie hatten mehr Schulden, als sie jemals bezahlen konnten, und mußten fürchten, daß die Gläubiger ihnen das letzte bißchen wegnahmen – den Laden, von dem sie lebten, und das einzelne Zimmer darüber, in dem sie kochten, wuschen, aßen und schliefen. Es war nicht so weit hergeholt, daß Neerjan Karjensen seine Tage im Schuldgefängnis oder als elender Bettler auf den Straßen von Festum beenden würde. Und dann würde seiner Tochter nichts anderes übrigbleiben, als sich irgendwo als Magd zu verdingen oder gleich als Hure auf den Straßen des Hafens zu arbeiten. Vielleicht war Elkwin Peddersen doch das kleinere Übel.

Daß er häßlich war, das allein hätte ihr nicht so viel ausgemacht. Schließlich verlangte man von einem Mann nicht allzuviel Schönheit. Es ging vielmehr darum, daß er Frauen bekanntermaßen schlecht behandelte. Alle Mägde im *Lachenden Henker* hatten darüber zu klagen, daß er seine Lust daran hatte, sie zu quälen. Pitjow tat nichts, um ihn daran zu hindern, ja man konnte meinen, daß er sein Vergnügen an den schwarzfaulen Gelüsten seines Sohnes hatte – wenn er sie nicht gar teilte.

Andererseits ... auch Mägde wurden geschlagen, und Huren wurden noch schlechter behandelt als Mägde. Da war es doch besser, Tineke war im *Lachenden Henker* die Herrin im Haus. Ach, es war ein bitteres Schicksal, arm zu sein! Sie hatte schon mit dem Gedanken gespielt, fortzulaufen und ihr Glück in der Ferne zu suchen, aber sollte sie ihren alten Vater im Stich lassen? Er war hilflos ohne sie.

Mit matter Stimme murmelte sie: »Ich bin einverstanden, Vater.«

Neerjan umarmte und küßte sie vor Freude, aber sie fühlte den Kuß kaum. Ihre Haut war eiskalt, und ihr Fleisch erschauerte bei dem Gedanken daran, daß Elkwin Peddersen sie auf dem Hochzeitsbett in seine langen knochigen Arme zog.

Dulja, die Geweihte der Rahja, erhob sich von ihrem mit getrockneten Rosenblättern bestreuten Lager und kämmte sich das lange, blauschwarze Haar zurück. Sie hatte eine zimtfarbene Haut, fast so dunkel wie die einer Tulamidin, feuchte tiefschwarze Augen und einen lockenden Mund. Ihr Körper war in jeder Hinsicht vollkommen, von den langen Beinen angefangen bis zu den strammen kleinen Brüsten mit den bräunlichen Höfen. Als sie aufstand, schimmerte ihre glatte Haut im Sonnenlicht, das durch das Fensterchen drang. Sie kauerte sich nieder und fachte das Feuer im Kamin an, das man um diese Jahreszeit in Festum schon dringend brauchte. Dann verrichtete sie ein erstes Gebet vor dem rosaroten Schrein der Liebesgöttin und aß im Schein der Flammen ihr Frühstück aus Milch und Brot. Zuletzt griff sie nach dem Büchlein, in dem sie ihre Termine notierte. Es war Erdtag, und so stand in ihrer zierlichen Schrift vermerkt: Tineke Karjensen.

Erfreut erhob sie sich und gab sich an diesem Morgen besondere Mühe, als sie ihr Haar kämmte und frisierte und ihren Körper badete und mit duftenden Ölen einrieb. Bevor sie in die Halle hinabging, in der die Besucher empfangen wurden, verrichtete sie noch einmal ein rasches Gebet mit der Bitte, ihr besondere Liebe und dem Gast einen überwältigenden Sinnestaumel zu schenken. Dann gürtete sie ihren Hausmantel enger und schritt die Wendeltreppe hinab.

Der Tempel der Rahja gehörte zu den schönsten Bauwerken der Stadt Festum. Leicht und luftig, in spielerisch geschwungenen Formen erbaut, fügten sich rosafarbener Eternen-Marmor, das perlmutterne Gehäuse der Purpurschnecke, Rosenholz und Silas-Glas zu einer Symphonie zusammen, die die Sinne einstimmte auf den Dienst an der Göttin. Dulja durchschritt die Vorhalle, die der stillen Andacht und dem Opfer diente, und sah, daß ihr Gast bereits auf sie wartete.

Sie lächelte Tineke an, als sie ihr gegenübertrat. »Die Holde Göttin zum Gruß! Komm! Das Bad wird deine Seele reinigen.« Sie ergriff liebevoll ihre Hand. »Komm!« wiederholte sie. »Laß dich reinigen, damit wir würdig vor Rahja treten.«

Die junge Frau folgte ihr mit leichten Schritten in den gut beheizten, rosenfarben getünchten Raum, in dem sich das im Boden eingelassene große Badebecken befand. Warmes Wasser sprudelte in dem gekachelten Becken. Die Luft roch süß nach Räucherstäbchen. Priester und Priesterinnen, etwa fünf an der Zahl, befanden sich mit den Gläubigen, die sie betreuten, im duftenden Wasser. Hier erfuhren die Gäste die Reinigung, ohne die niemand die heilige Halle betreten durfte. Sie ließen den Alltag hinter sich und widmeten sich dem beseligenden Rausch, den die Holde Göttin in ihnen erweckte.

Bei aller Ekstase aber ging es im Rahja-Tempel niemals wüst oder ungehörig zu. Was hier geschah, geschah zu Ehren der Göttin der Liebe und des Rausches und nicht zur Befriedigung roher Gelüste. Dulja nahm ihre Berufung sehr ernst und achtete streng darauf, daß auch ihre Besucher dies taten. Was auch geschah, stets bewahrte sie ihre innere Reinheit.

»Komm, leg deine Kleider ab.« Sie half Tineke aus dem

Gewand, dann aus Stiefeln und Strümpfen, streichelte ihre wohlgerundeten Hinterbacken und schob die Nackte mit einer zärtlichen Gebärde auf das Badebecken zu. »Steig ins Wasser! Du wirst es genießen. Sobald du drinnen bist, komme ich auch.«

Dulja war seit ihrem fünfzehnten Geburtstag eine Dienerin der Holden Göttin und hatte nun, mit zweiundzwanzig, all die Erfahrung, die sich ein Gast nur wünschen konnte. Tineke seufzte laut vor Entzücken, als die Geweihte sie am ganzen Körper wusch und mit dem Schaum reinigender Essenzen bedeckte. Halb betäubt vor Aufregung folgte sie ihr in die innere Tempelhalle.

Das war ein anmutig gewölbter Raum, dessen Wände mit Seide und Samt in tiefem Dunkelrot bespannt waren. Der Duft von Blüten, Kräutern und Essenzen lag schwer in der Luft. Ampeln brannten und beleuchteten die Wandmalereien und Gobelins, deren rahjagefällige Bilder die Sinne anregten. Hier, im Herzen des Rahjahauses, stand auch das Standbild der Göttin, mit begnadeter Kunstfertigkeit von einem Bildhauer geschaffen, der in göttlicher Inspiration Schönheit und Anmut, Wärme und Sinnlichkeit in den kalten Marmor gebannt hatte. So stark war bisweilen der Zauber dieser Bildwerke, daß die Mär von der ›Liegenden Rahja von Baburin‹ berichtet, der Jüngling Ascandear sei in so inniger Liebe zu der Statue der Herrin entbrannt, daß fortan kein Weib aus Fleisch und Blut ihm mehr das Feuer in Herz und Lenden zu entflammen vermochte. Bis zu seinem Tod diente er der steinernen Geliebten als Hochgeweihter, bis ins hohe Alter jugendlich von Antlitz und Gestalt. Das waren der Segen und der Dank der schönen Herrin für ihren ergebenen Diener.

Dulja begrüßte Tineke im Heiligtum, indem sie ihr einen Becher reichte. »Trink den Rosenwein von den Hängen der Goldfelsen … trink und richte deine Sinne auf die Göttin.«

Sie beobachtete, wie Tineke von dem Wein trank, der bei der heiligen Zeremonie den Geist berauschte, aber die Sinne aufs äußerste verfeinerte. Das Gesicht der Besucherin entspannte sich schon nach den ersten Schlucken. Es war, als fielen Krusten davon ab. Sie war rein und stand in Rahjas Gnade.

Dulja zog Tineke auf eine Liege – überall im Raum gaben sich Gläubige unter der Führung der Priester der heiligen Ekstase hin –, und während der Rosenwein die junge Krämerin langsam berauschte, rieb Dulja ihren Körper mit duftendem Öl ein, massierte und liebkoste sie und verschmolz zuletzt in einer wilden, leidenschaftlichen Umarmung mit ihr.

Als sie sich endlich nach langem Liebesspiel erschöpft voneinander lösten, seufzte Tineke mit tränenerstickter Stimme: »Wir werden uns in Zukunft wohl nicht mehr so oft sehen können, Geweihte – wenn überhaupt. Ich muß heiraten.«

»Und wen heiratest du?«

Die Tränen lösten sich von den Lidern und liefen Tineke über die Wangen. »Elkwin Peddersen, den Sohn des Wirtes vom *Lachenden Henker*.«

Arme Tineke, dachte Dulja. Sie mochte das Mädchen gern, auch wenn sie deren Liebe nicht erwiderte, und nun dachte sie: Jeder Mann wäre eine Strafe für Tineke, aber ausgerechnet Elkwin Peddersen! Wie sollte die arme Schöne das nur ertragen, Nacht für Nacht an der Seite dieses schiefmäuligen Bocks zu verbringen?

Zur selben Zeit öffnete eine arme Näherin in dem übel beleumundeten Viertel am Zwielichtberg ebenfalls einem Gast die Tür ihrer Stube im Hintertrakt eines baufälligen Hauses. Vom Nähen konnte Geertja bei allem Fleiß nicht leben, also war sie froh über den jungen Mann, der einmal in der Woche – windstags, wenn das Gasthaus *Zum Lachenden Henker* geschlossen hatte – zu ihr kam. Nicht, daß sie ihn gemocht hätte, im Gegenteil, er war ihr unheimlich, aber sein Geld zerstreute alle ihre Bedenken – und tröstete sie über die blauen Flecken hinweg, die sie nach jedem seiner Besuche davontrug.

Sie lächelte Elkwin Peddersen an, als er ihr gegenübertrat. »Komm! Der Ofen ist geheizt, das wird die Kälte aus deinen Gliedern treiben.«

»Mir ist nicht kalt«, sagte er und versuchte das schiefe Gesicht geradezuziehen, womit er alles noch schlimmer machte. »Mir ist heiß.« Dabei stampfte er sich den Schnee von den Stiefeln, ohne sich darum zu kümmern, daß Geertjas blankgeschrubbter Fußboden mit schmutzigen Schneebrocken übersät wurde, und fegte mit der Hand den Schneestaub von seinem Mantel.

Er war gekleidet, wie es seinem Stand entsprach. Als er den dicken, pelzverbrämten Wollmantel ablegte, kam darunter ein weites weißes Hemd mit bauschigen Ärmeln zum Vorschein, dazu seidene schwarze Kniehosen und helle Strümpfe, über denen er Stiefel trug. Sein pechschwarzes Haar war aus der Stirne gekämmt und unter den Ohren schräg abgeschnitten, so daß es hinten länger als vorn war. Manchmal kämmte er es nach hinten und band es mit einem Samtband zusammen, aber wenn er zu Geertja kam, trug er es immer offen.

Geertja hörte ihn laut und angestrengt atmen und fragte sich, ob es ihm wieder passiert war, was ihm nicht selten passierte – daß er seine Erregung nicht bezähmen konnte und sich in die Hose ergoß, bevor sie ihn überhaupt noch ins Bett gebracht hatte. Das wäre schlimm gewesen, denn in dem Fall pflegte er sie so lange zu prügeln, bis er wieder zu Kräften gekommen war.

Sie ergriff seine kalte Hand. »Komm!« wiederholte sie. »Komm, leg deine Kleider ab.« Sie trat an ihren Gast heran, schnürte ihm das Hemd auf und öffnete die

Knöpfe der Kniehosen. Sein Schaft schnellte ihr entgegen, so heiß und angespannt, als wolle er jeden Augenblick sein Opfer bringen. Elkwin versuchte sich mit einer harten Bewegung an sie zu pressen, aber sie schob ihn sanft zurück. Wenn er zu rasch zu seinem Vergnügen kam, tat er ihr zwar weniger weh, aber er zahlte auch schlechter.

Sie half ihm aus Hosen, Stiefeln und Strümpfen, dann schob sie ihn, der im Hemd dastand, mit einer verführerischen Gebärde auf das Bett zu. »Geh ins Bett! Sobald du drinnen bist, komme ich auch.«

Er gehorchte und kroch mit hölzernen Bewegungen in das Bett im Winkel, auf dem sich dickes Bettzeug bauschte. Geertja schenkte ihm weiter ihr Liebeslächeln und streifte ihre Kleider ab. Sie sah, wie er mit brennenden Augen auf ihren glattgeschorenen Schoß starrte. Er hatte so etwas noch bei keiner anderen Frau gesehen gehabt, und es machte ihn beinahe verrückt. Er bewegte sich, als wolle er aus dem Bett klettern, aber sie stieg rasch zu ihm hinein und drängte ihn an die Wand zurück. Eine Welle des Widerwillens überkam sie, als sie ihm so nahe rückte. Elkwin war nicht ungewaschen, das hätte er sich als Wirtssohn nicht leisten können, aber Geertja fand, daß er trotzdem widerwärtig roch: nach irgend etwas Abgestandenem, leicht Verkommenem – wie Speisereste riechen.

Sie zog ihn in ihre Arme, liebkoste ihn und ließ endlich zu – als sie merkte, daß er nicht mehr lange an sich halten konnte –, daß er sich auf sie legte.

Er war kraftvoll gebaut, jung und stark, aber trotz seines ausschweifenden Lebens hatte er nicht das geringste über die Liebe gelernt. Vielleicht konnte man ihm keinen Vorwurf daraus machen, denn er hatte nie eine andere Frau gehabt als die unwilligen, zum Beischlaf genötigten Mägde und die Huren im Hafen, die keinen Wert auf Zärtlichkeit legten, sondern ungeduldig warteten, daß er dem nächsten Freier Platz machte. Geertja unterdrückte einen Seufzer, als er sich über ihr aufbäumte und grob und ungeschickt zustieß. Während ihre Beine seinen Rücken umklammerten, preßte er die Lippen auf die ihren und drängte sie, seinen verunstalteten Mund zu küssen. Sie tat es voll Widerwillen, die Gedanken fest auf den Silbertaler gerichtet, den er ihr beim Abschied zuzuwerfen pflegte. Elkwin stöhnte tief und dunkel auf, und im nächsten Augenblick opferte er auch schon.

Der Frau, die ihn einmal bekommt, steht keine glückliche Ehe bevor, dachte die Näherin. Aber es wollte ihn ja sowieso keine haben.

Sie fand, daß sie selbst diesmal glimpflich davongekommen war. Es hatte keine Schläge gegeben, und er hatte sie auch nicht wie sonst mit einem Strick ans Bett gefesselt, ehe er über sie herfiel. Er war versessen darauf, sie zu binden, obwohl sie ihm auch sonst zu Willen gewesen wäre – und am liebsten war es ihm, wenn sie ihm widerstrebte, wenn sie ihm deutlich zeigte, daß sein verzerrtes Gesicht sie anwiderte.

Sie stützte sich auf den Ellbogen und deckte ihn zu, als er schwer atmend und erschöpft auf dem Bett lag. Im Grunde, dachte sie in jähem Mitleid, ist er ein armes Tier – geknechtet von seinem Vater, mißachtet von den Frauen, verhöhnt von Geschlechtsgenossen, die ein gefälligeres Äußeres haben.

Als er wieder zu Atem gekommen war, sagte er mit schwerer Stimme: »Denk nur, Geertja – ich heirate nächste Woche.«

Sie verkniff es sich gerade noch, sich ihr Erstaunen anmerken zu lassen. »Und wen heiratest du?«

»Eine Krämerin aus der Schiffergasse, Tineke Karjensen.« Er zeigte grinsend seine starken schneeweißen Zähne. »Sie mag mich nicht, aber sie ist arm, und ihr Vater hat sie mir gegeben.«

Wer mag dich schon? dachte Geertja. Meinst du etwa,

ich ließe es zu, daß du deinen krummen Hahn in mich hineinsteckst, wenn ich nicht so erbärmlich am Hungertuch nagen würde?

»Seht Ihr die gewaltigen Mauern da vorn? Das ist Festum, gnädiger Herr, die größte und mächtigste Stadt des Bornlandes.«

Der junge Mann, der dick vermummt an der Reling der Karracke *Stern von Khunchom* lehnte, blickte in die Richtung, in die der Arm des Seemanns wies. Die Einfahrt in den Handelshafen wurde von einer Befestigung mit zwei massiven Türmen gesichert, die beide mächtige weiße Schneehauben trugen. Der größere Turm war mit schwerem Geschütz bestückt, um die Einfahrt mit Pech und Schwefel – wie die Festumer statt Mengbiller Feuer sagen – zu bestreichen.

»Das sieht tatsächlich nach einer sehr großen Stadt aus!« stimmte er zu. Dabei zog er schaudernd den Mantel enger um sich. Welch eisiger Wind hier wehte!

»Und ob, mein Herr! An die siebenundzwanzigtausend Menschen leben in Festum. Alle zwölf Götter haben dort ihre Tempel, manche sogar mehrere, dazu Rur und Gror, Swafnir und Mokoscha, die Immengöttin, an die die Norbarden glauben … Ihr werdet staunen, wenn Ihr die Stadt seht! Dabei müßte man sagen, daß es eigentlich viele Städte sind, so unterschiedlich sind die einzelnen Viertel. Ihr müßtet nur einmal die Altstadt sehen, wo die Kaufherren und Handwerker wohnen, da meint Ihr, Ihr wärt im lieblichen Mittelreich und nicht im kalten Bornland … oder die Villen der Adligen und Handelsfürsten am Meer oder …«

Arnando Rochdas – so hieß der Reisende – nickte zu allem, was der geschwätzige Seemann erzählte. Er hörte, daß es in Festum den berühmtesten aller Hesinde-Tempel mit seiner unübertrefflichen Bibliothek und die kaum weniger berühmte graue Magier-Akademie *Halle des Quecksilbers* gab, von der Expeditionen zu magischen Phänomenen in ganz Aventurien ausgesandt wurden. Er hörte auch, daß der Handelsherr Stover Stoerrebrandt in der ganz auf Handel eingestellten Küstenstadt kaum weniger Macht hatte als ein Fürst.

Der Seemann schwatzte weiter. »Festum gleich bei der Ankunft zu sehen, ist keineswegs eine Selbstverständlichkeit, edler Herr! Im berüchtigten Festumer Nebel, der oft bis nach Mendena über dem Wasser liegt, sind schon Konvois von Koggen und Karacken kollidiert und ganze Schiffe verlorengegangen. Bei guter Sicht dagegen kann man Festum lange Zeit bewundern, denn jedes Schiff, das in die Bucht einfährt, muß gegen die Tobrische Brise kreuzen.«

Arnando nickte. Er fand die Stadt tatsächlich bewundernswert, auch wenn unter all dem Schnee nicht viel davon zu sehen war.

»Seht Ihr das Feuer da vorn?« fragte der Matrose. »Das ist schon das Leuchtfeuer auf der Jodekspitze. Schade, daß Ihr im Efferd noch nicht hier wart, da hättet Ihr hier die berühmte Flottenparade gesehen – das größte Ereignis im Bornland! Da sammelt sich die bornländische Flotte in der Festumer Bucht und segelt dann gemeinsam mit unzähligen Kauffahrern nach Vallusa oder nach Neersand, jedes Jahr an einen anderen der beiden Orte. Das ist ein Schauspiel, sage ich Euch! Da seht Ihr Schiffe! Und natürlich« – er zwinkerte dem Passagier zu – »die schönsten Frauen …«

Nachdem er einen Blick nach allen Seiten geworfen hatte, trat er einen Schritt näher heran und beugte sich vertraulich zu Arnandos Ohr. »Da wir gerade von Frauen reden, edler Herr … Die schöne Moha, die Euch begleitet … die ist doch zweifellos eine freie Frau?«

»Aber sicher«, erwiderte Arnando, der das Mädchen

auf dem Sklavenmarkt in Al'Anfa gekauft hatte, mit ausdrucksloser Miene.

»Dann ist es ja gut, Herr.« Der Seemann grinste erleichtert. »Ihr müßt wissen, in Festum ist man streng in diesen Dingen. Da dürfte Euch niemand dabei antreffen, wie Ihr mit einer Sklavin unterwegs seid. Die Stadtväter, allen voran der Herr Stoerrebrandt, sind so geschworene Feinde der Sklaverei, daß zwischen Festum und Al'Anfa ein Seekrieg herrscht ...«

»O ja, ich weiß«, bestätigte Arnando. Bei sich dachte er: Ein Glück, daß Catka ein so gehorsames Mädchen ist, daß sie immer tut, was ich ihr befehle. Sie würde jedem neugierigen Frager erzählen, daß sie seine Geliebte war, die ihm freiwillig anhing. An wem hätte sie auch sonst hängen sollen, so fernab von ihrer Heimat, den Regenwäldern des Südens, dem eisigen Klima im Norden ausgeliefert, ohne Freund und Beschützer! An wen sollte sie sich denn wenden, wenn sie ihn verließ – oder er ihr den Laufpaß gab? Sie war zwar ein kluges Mädchen und hatte in der Zeit, während sie mit ihm zusammen gewesen war, außer Tulamydia auch leidlich Garethi gelernt, so daß sie sich verständigen konnte, aber das Eisland im Norden war eine völlig fremde Welt für sie. Nein, Arnando brauchte sich keine Sorgen zu machen, daß sie ihm unversehens entschwand.

Er stützte beide Arme auf die Reling und blickte nachdenklich das immer näher kommende Leuchtfeuer an. Sein Gesicht hob sich vom Hintergrund der glatten See ab: eine scharfe, kühn gebogene Nase, schmale dunkle Augen, ein dünner, gepflegter Kinn- und Schnurrbart. Selbst in seinen schlechtesten Zeiten hatte man Arnando angesehen, daß er aus adligem Geblüt stammte – wenn auch aus einer bitter verarmten Adelsfamilie –, und zur Zeit ging es ihm verhältnismäßig gut. Er hatte Geld, er hatte Catka, er hatte gute Aussichten, in dieser geschäftigen Stadt einen Weg zu finden, wie er sich und sie erhalten konnte, ohne daß das Risiko, gehängt zu werden, allzu groß war. Und vor allem befand er sich weit, weit weg von Al'Anfa, wo Nareb Zornbrecht einen Preis auf seinen Kopf ausgesetzt hatte.

»Da seht!« rief der Matrose neben ihm. »Da habt ihr schon den Bunten Leuchtturm!«

Tatsächlich war das Leuchtfeuer weithin sichtbar. Dreißig Schritt hoch und in den Stadtfarben Rot und Weiß bemalt, erhob es sich über der Bucht. An seiner Spitze hielt ein drei Schritt großes Standbild Wacht. »Die Statue stellt den Admiral Jodek dar«, erklärte Arnandos Begleiter. »Denn hier, wo der dunkle Born und das Perlenmeer neben einer Klippe aufeinandertreffen, ging er erstmals an Land. Hier fand er aber auch nach einem Vierteljahr Erkundungen sein Ende, denn aus den Drachensteinen flog der damals schon tausendjährige Kaiserdrache Apep heran. Sein Feuer zerstörte eine Trireme und tötete viele Offiziere. Den Leichnam des Admirals nahm der Drache aber mit, und bis heute sind wohl Skelett, Brünne, Mantel und Stab Teil des Hortes.«

»Was Ihr nicht sagt!« murmelte Arnando, dem der gesprächige Mann lästig wurde. Dann wandte er sich mit einer Frage an ihn. »Wo wohnt man in dieser Stadt? Ich suche eine gute, aber nicht allzu teure Herberge.«

Der Seemann nickte prompt. »Da kann ich Euch einen Rat geben … Nehmt im *Lachenden Henker* am Ende der Brückenstraße Quartier, gleich hinter der Zollbrücke, dort ißt und trinkt man gut und schläft in sauberen Betten, ohne daß es Euch deshalb ein Loch in den Beutel reißt.«

Arnando beschloß, den Rat anzunehmen.

Wenig später legte die *Stern von Khunchom* auf einer Insel mitten in der Flußmündung an. Wie die meisten Flußinseln hatte das Eiland – Speicherinsel genannt – einen schifförmigen Grundriß: etwa achthundert Schritt lang, an der breitesten Stelle zweihundertvierzig Schritt breit, an den Enden aber kaum mehr als einen Schritt. Die Hafenmauern waren gegen Eisgang und Frühlingshochwasser erhöht. Angesichts der Ausdehnung der bösen Mächte mußten seit neuestem auch Passagiere auf der Insel landen und über die Zollbrücke Festum betreten.

Arnando hörte von anderen Passagieren, daß in den weitläufigen Lagerhallen auf dieser Insel der Export und Import Festums umgeschlagen wurde, und als er in Catkas Begleitung von Bord ging, sah er es selbst. Haushoch stapelten sich Fässer voll Pökel-, Räucher- oder Stockfisch. Überall erhoben sich Ladebäume und mächtige Lastkräne mit schweren Frachtnetzen, in denen Kisten, Fässer und selbst Rinder und Schafe geladen wurden. Ein geschäftiger Betrieb von durcheinanderwimmelnden Schauerleuten, Lastenträgern, Fuhrwerken, Leiterwagen und Handkarren herrschte hier, so daß die Passagiere alle paar Schritt ausweichen mußten, um nicht niedergestoßen zu werden.

Sie wurden – wie es in den unsicheren Zeiten seit Borbarads Rückkehr in Festum üblich war – in die Hafenmeisterei geführt, eine richtige kleine Festung, wo man Arnando nach dem Woher und Wohin fragte und vor allem Catka ausfragte, ob sie eine freie Frau sei. Sie gab gehorsam an, Arnando sei ihr Geliebter, den sie im Süden kennengelernt hatte. Der gestrenge Beamte war mit dieser Auskunft allerdings nicht zufriedengestellt. Offenbar wußte er genau, daß Mohas eine beliebte Handelsware auf den Sklavenmärkten des Südens habe. Er schärfte Arnando noch einmal ein, daß in Festum die Sklavenhalterei verpönt sei und man jederzeit mit den schärfsten Anfeindungen rechnen müsse, wenn man Sklaven mit sich führe. Er sagte auch Catka noch einmal, daß sie Arnando jederzeit verlassen könne, wenn er ihr nicht mehr behage. Dann erst entließ er sie.

Müde von der langen Schiffsreise und froh, wieder

festen Boden unter den Füßen zu haben, begaben sie sich über die Zollbrücke nach Festum. Mit einer Länge von hundertdreißig Schritt war dieses außergewöhnliche Bauwerk fast so lang wie die berühmten Brücken von Vallusa. Die Brückenpfeiler, so hörte Arnando, waren mehrfach verstärkt worden, um dem immer heftigeren Frühjahrseisgang zu widerstehen, denn im Frühling könne man zusehen, wie ein unaufhörlicher Strom von Eisschollen unter der Brücke durchdrängt.

Am stadtseitigen Ende der Brücke schloß Arnando das Mädchen in die Arme. »Wir sind in Festum, Geliebte. Du hast gehört, was der Mann gesagt hat. Du kannst mich jederzeit verlassen.«

Sie küßte ihn lächelnd, aber in ihren Augen glitzerte es feucht. Und wenn sie ihn verließ? Wohin sollte sie dann gehen in diesem Land, dessen fürchterliche Kälte durch alle Umschlagtücher hindurch bis auf die Knochen drang? Sie war jetzt noch mehr seine Sklavin als unten im Süden!

Paale von Walsa, die Geweihte der Travia, stand in ihrem orangegelben Gewand vor dem Heiligtum im Wildganstempel – einem orangefarbenen Bau mit hohem Kuppeldach – und sprach die feierlichen Worte des Segens über das Paar, das vor ihr kniete: »Derjenige aber, der Travia wohlgefällig ist, dessen Streben gelte danach, sich ein Heim zu schaffen und es zu wahren sowie sich einen Gefährten zu suchen, um mit ihm sein Leben zu teilen. Der Friede der Seele ist nur in der Ruhe der Heimstatt zu finden.« Aber noch während sie sprach, schweiften ihre Gedanken von der Zeremonie ab. Immer wieder heftete sich der Blick ihrer braunen Augen auf den Bräutigam. Etwas stimmte nicht mit ihm. Sie hatte selten einen Menschen erlebt, der sich in einem Tempel so unbehaglich fühlte. Der Bursche krümmte sich förmlich! Er schielte nach allen Richtungen und trat von einem Fuß auf den anderen, als stünde er auf Nagelspitzen, und kein einziges Mal wagte er es, den Blick auf den heiligen Herd im Altarraum zu richten, auf dem das geweihte Feuer brannte.

Es war Paale schon aufgefallen, als sie die Hochzeitsgesellschaft vor dem Tempel begrüßte: der Geruch, den der Mann an sich hatte. Sie fühlte sofort, daß diese schale, eigentümlich faulige Ausdünstung mehr und Schlimmeres sein mochte als der Geruch eines Mannes, der ständig im Küchendunst stand. Da war etwas an ihm, das die Geweihte abgeschreckt hatte, etwas Widerwärtiges, das ihn wie eine Wolke umhüllte. Und sie fürchtete zu wissen, was es war: der Anhauch eines niederen Dieners des Laraan, Meister der lüsternen Brut und Verderber von Fleisch und Bein – eines Dämons aus der Domäne Belkelels, der Herrin der schwarzfaulen Lust. Paale schauderte beim Gedanken an diese schreckliche Widersacherin ihrer Herrin. Denn wo Travia stets selbstlose, den eigenen Vorteil zugunsten des Gatten vergessende Liebe schenkte, da bot Belkelel nur Raub und Gewalt. Ihrem Reich entsprangen selbstsüchtige Liebe, Vergewaltigung, tödliche Ekstase, blutigste Perversionen und die Gier nach Macht über das andere Geschlecht.

Nun wußte Paale ganz sicher, daß Elkwin Peddersen keinen Pakt geschlossen hatte, sonst hätte er den Tempel überhaupt nicht mehr betreten können. Kein Dämonenknecht vermochte es, den Tempel irgendeines der Zwölfgötter zu betreten. Aber die Geweihte war überzeugt, daß ein Fluch auf ihm lastete.

Wer mochte es wissen – vielleicht hatte sein abstoßendes Äußeres ihn in einem unbedachten Augenblick dazu getrieben, sein Herz den Dämonendienern zu öffnen, die gerufen wurden, um Rausch und Ekstase zu erlangen und statt dessen Irrsinn und Tod brachten.

Paale wußte, daß häßliche und ungeliebte junge Männer und Frauen sich leicht dazu verführen ließen, Hilfe bei den zwielichtigen Magiern beiderlei Geschlechts zu suchen, von denen es neuerdings in Festum nur so wimmelte. So kam es auch, daß sie, eine einfache Geweihte der Göttin des Herdfeuers, seit neuestem über Dinge Bescheid wußte, die früher den unerschrockensten Magae und Magi vorbehalten gewesen waren. Einen solchen niederen Dämon zu beschwören war leicht, man brauchte nichts weiter dazu als ein Pentagramm und den Spruch *Furor Blut*, der zum Allgemeingut der Zauberkundigen aller Epochen gehörte. Gerade weil es so leicht schien, waren schon so manche Leichtsinnige zu Schaden gekommen. Sie konnten noch von Glück reden, wenn die Beschwörungen dieser Pfuscher nur mit einem Mißerfolg endeten und kein Gehörnter aus derselben Domäne erschien, der sie mit seinen Krallen zu zerfleischen drohte!

Mitleidig senkte Paale den Blick auf die junge Frau, die bleich und elend an der Seite ihres Gatten kniete. Die Unglückliche bekam einen widerwärtig entstellten Mann – und was mochte ihr erst bevorstehen, wenn Paales Ahnungen sich bewahrheiteten und tatsächlich ein Fluch auf ihm ruhte?

Tineke Karjensen – seit einer Stunde Tineke Peddersen – war zumute, als bewegte sie sich in einem Alptraum. Alles um sie herum erschien ihr unwirklich, von der Zeremonie im Travia-Tempel angefangen über die allgemeinen Glückwünsche bis zu dem üppigen Hochzeitsmahl im Speisesaal des *Lachenden Henkers*. Immer wieder blickte sie Elkwin an, der mit einem Kranz aus grünen Blättern im pechschwarzen Haar an ihrer Seite saß, und dachte: Das ist nun mein Mann – der Mann, in dessen

Bett ich jede Nacht schlafen werde, von dem ich Kinder haben werde, mit dem ich alt werde …

Pitjow hatte sich nicht lumpen lassen, was die Hochzeit seines Sohnes anging. Er ließ den Bornbär tanzen, daß es eine Art hatte. Das Wirtshaus hallte wider vom Jauchzen bornischer Holz- und nivesischer Beinflöten, vom Quäken der Entenflöte, vom Schwirren der Klamfa, dem Zirpen der Leier und dem Schlag der Handtrommel. Der *Lachende Henker* war mit Girlanden aus Immergrün geschmückt, denn Blumen gab es im Travia längst nicht mehr. Vor der Tür stand ein Kessel mit heißem, stark mit Nelken und Benbukkel gewürztem Branntwein, aus dem an die Vorübergehenden ausgeschenkt wurde. Alles war geladen, was in diesem Teil des Hafens Rang und Namen hatte, ebenso wie einige wichtige Stammgäste – und alle waren gekommen, um die Unglückliche anzugaffen, die Elkwins Frau wurde. Als Tineke ihre Blicke fühlte, war ihr zumute, als stünde sie auf dem Blutgerüst und sollte gehenkt werden, soviel kalte, mitleidlose Neugier schlug ihr entgegen. Viele wußten, daß sie arm war und keine andere Wahl hatte, als Elkwin zu heiraten, aber manche dachten wohl auch, sein Geld sei ihr Entschädigung genug für sein widerliches Gesicht.

Vor allem drei Gäste fielen ihr auf, die sie besonders eindringlich anstarrten. Das waren zwei außergewöhnlich schöne junge Männer, der eine blond, der andere braun, und ein fast kindlich wirkendes Mädchen, alle drei wie wohlhabende Leute gekleidet. Offenbar gehörten sie nicht in den Hafen, sondern in jene reichen Viertel von Festum, deren Bewohner gelegentlich hierherkamen, um die volkstümliche Atmosphäre und die köstliche Küche des *Lachenden Henkers* zu genießen. Tineke wunderte sich, daß derlei feines Volk so schlechte Sitten hatte, denn die drei hefteten so brennende Augen auf sie, daß ihr beinahe angst wurde. Sie fühlte die bohrenden Blicke wie Nadelspitzen. Und einmal trat einer der drei – der Blonde mit dem gelockten Haar – auf sie zu und rief einen Trinkspruch auf sie aus, für den sie widerwillig dankte. Als er den Becher hob, fielen ihr seine Hände auf – Hände mit so außergewöhnlich langen Fingern, daß es aussah, als hätten sie ein Fingerglied zuviel. Als wolle er diese Seltsamkeit noch betonen, waren auch seine Nägel sehr lang und spitz. Tineke murmelte mit niedergeschlagenem Blick ein Dankeschön für den Trinkspruch. Sie merkte, daß auch Elkwin keine Freude an dem Vorfall hatte. Er antwortete dem Mann zwar höflich, zog aber die Lefzen hoch wie ein knurrender Hund, als er ihm nachsah.

An allen Tischen wurde getafelt – Hanske hatte sich selbst übertroffen – und getrunken. Elkwin, der mit seiner halb fühllosen Oberlippe Schwierigkeiten beim Essen hatte, saß tief über seinen Teller gebeugt da und hielt die Hand vors Gesicht, während er aß. Die Tische bogen sich unter der Last der kräftigen und deftigen Speisen der traditionellen bornländischen Küche. Es gab Boschtek, ein Gericht aus roten Bohnen und Fleisch, zu dem Fladen aus grob geschrotetem Hafer gereicht wurden, gefüllten Fisch, Norburger Allerlei, Selchsuppe, danach süße Plötzinger Dotzen und Ruckener Dickbalken und zuletzt Pfefferkuchen mit Mir-Theniok, dazu Tee und Hafer-Honig-Branntwein. Für die vornehmen Gäste wurde Balihoer Bärentod aufgetischt, ein edler Likör.

Musikanten mit Zwergenpiepern und Fiedeln spielten fröhliche Tänze wie die ›Walsarella‹, einen Schreittanz, der im Bornland so beliebt ist. Gaukler und Schelme unterhielten die Leute mit ihren Scherzen. Der Saal widerhallte von Lachen und Scherzen, Trinksprüchen und Zurufen. Unter dem lauten ›Aa‹ und ›Oh‹ der Gäste führte ein Bärenführer seine Künste vor, er ließ die Peitsche knallen, der angekettete Bär tanzte tappend umher, und als Höhepunkt legte der Mann sein Gesicht ins aufgesperrte Maul der zwei Schritt großen Bestie!

Tineke unterdrückte ein Seufzen und trank ihr Glas heißen Branntwein aus. Einen Augenblick lang erwog sie, ob sie sich nicht sinnlos betrinken sollte – nachdem ihr frischgebackener Ehemann ebenfalls dabei war, dies zu tun – und das drohende Ereignis hinter einem Nebel von Branntwein verschleiern. Aber was nützte ihr das? Morgen war Elkwin ja immer noch da, und sie konnte sich nicht jeden Tag betrinken.

Dann besann sie sich eines Besseren. Vielleicht, dachte sie, ist Elkwin gar nicht so schwarz, wie man ihn malt. Und was machte es schon für einen Unterschied, ob er gut oder böse war? Jeder Mann wäre schlimm für sie gewesen. Niemand erwartete, daß sie ihre Ehe genoß. Sie hatte ihre Pflicht als Tochter getan, hatte dafür gesorgt, daß Pitjow Neerjans Schulden bezahlte, nun würde sie ihre Pflicht ihrem Ehemann gegenüber erfüllen. Daß sie ihn nicht liebte, was machte das schon? Vielleicht würde sie sich mit der Zeit an sein Gesicht gewöhnen. Vielleicht war es nach einem Mond oder einem Jahr weniger schlimm, diesen schiefen Mund zu küssen. Er war der Sohn eines reichen und angesehenen Mannes, sie würde – sobald Golgaris Schwingen Pitjow davontrugen – über ein großes Haus gebieten. Und schließlich kannte sie Elkwin bislang nur vom Sehen ... Wer wußte, wie er war, wenn man ihn wirklich kennenlernte?

Sie nahm ihre Kraft zusammen und lächelte ihn an, als er sich zu ihr umdrehte. Er starrte sie verdutzt an. »Bist du glücklich, ja?« fragte er mit schwerer Zunge. Der viele Branntwein zeigte bereits seine Wirkung. In Tineke erwachte die Hoffnung, daß Elkwin zum mindesten in dieser Nacht wie ein Stein ins Bett fallen würde, und sie setzte alles daran, diese Hoffnung zu befördern. »Auf unser Glück!« rief sie aus und prostete ihm zu. Er stieß an und trank ebenfalls, aber auf seinem Gesicht malte sich ein nachdenklicher Ausdruck. Er war betrunken, aber noch nicht so sinnlos betrunken, daß er ernsthaft angenommen hätte, Tineke könnte mit ihm glücklich sein.

Das Hochzeitsfest schien kein Ende zu nehmen. Der Tag graute bereits, als die letzten lärmenden Gäste vor die Tür gesetzt wurden und die Väter von Braut und Bräutigam das junge Paar in seine Kammer begleiteten. Das war ein hübscher gewölbter Raum, dessen Butzenglasfenster auf die Mündung des Born hinausschauten. Ein Schrank, ein Tisch und ein paar kleinere Möbelstücke standen darin, alle aus massivem dunklen Holz gefertigt und mit Schnitzereien verziert. Das Bett war, wie es sich für eine Hochzeitsnacht gehörte, weiß bezogen und mit Immergrün und bunten Strohblumen geschmückt. Die Mägde hatten Nivesendecken aus Karenwolle und heiße Ziegelsteine auf die Strohsäcke gelegt. Vor dem Bett stand ein buntbemalter Neersander Nachttopf.

Die beiden Alten verabschiedeten sich, und nun war Tineke im Schein der gelben Lampe allein mit ihrem Ehemann.

Elkwin war sturzbetrunken vom heißen Branntwein. Er ließ seine Kleider fallen und stand blaß und nackt vor ihr, noch immer mit dem Kranz grüner Blätter im Haar. Sein Körper war wächsern wie der eines Kranken, aber zu ihrer Überraschung hatte er starke Sehnen und Muskeln an Armen und Beinen. Er mußte ein kräftiger Mann sein. Dann fiel ihr ein, daß er von frühester Jugend an Bierfässer gerollt und schwere Kannen geschleppt hatte. Sie stellte erleichtert fest, daß sein Schaft schlaff war, was vermutlich am Branntwein lag.

Elkwin – der in seinem Rausch nicht einmal merkte, daß er nackt war – ging im Raum auf und ab, wobei er halb mit ihr, halb mit einer unsichtbaren Zuhörerin redete. »Du bist schön«, sagte er, sah sie aber nicht an dabei. »Sehr schön. Ich will dich haben. Ich will dich behalten. Du mußt gehorsam sein, verstehst du? Sonst ist es rasch aus mit dir. Wenn Vater dir etwas verbietet, dann ist es verboten. Und halte dich von Hanske fern. Er ist ein gefährlicher Mann. Betritt nie die Küche!«

Tineke fand, daß das ein ungewöhnliches Ansinnen an die zukünftige Hausfrau war, aber es kam ihr nicht ungelegen. Sie hätte nicht gewußt, wie sie sich mit dem stummen Koch verständigen sollte, und hatte keine Lust, sich in das Reich zu drängen, in dem er geschäftig mit Töpfen und Pfannen herumrasselte. »Wie du es willst«, sagte sie ergeben.

Elkwin blieb vor ihr stehen, und diesmal nahmen seine trunkenen Augen sie wahr. »Ich will dich anfassen«, flüsterte er brünstig. »Du bist ein sehr schönes Mädchen.«

Sie unterdrückte tapfer den jähen Wunsch, ihn zurückzuweisen. Es war jetzt sein Recht, sie zu berühren.

Er streckte scheu und unbeholfen die Hand aus und tastete über ihr Gesicht, durch ihr Haar, als traue er seinen Augen nicht und wolle sie mit anderen Sinnen erfassen. Sie hielt still und ließ ihn gewähren. Er geriet rasch in Erregung, und plötzlich packte er sie um die Schultern und drückte ihr die Lippen auf den Mund. Tineke spürte die rauhe Narbe, spürte seine Zähne, die unter dem hochgezogenen Mundwinkel bloßlagen. Sie empfand weniger Abscheu, als sie erwartet hatte, aber sie erschrak über die Wut, mit der er den Kuß von ihr einforderte. Er bewegte sich hin und her, rieb seinen Mund an dem ihren, als wolle er sie zwingen, ihn wahrzunehmen, ja als wolle er ihr absichtlich Widerwillen einflößen. Dann ließ er sie mit einem Ruck los, stierte sie aus Augen an, die im Lampenlicht wie Onyx glänzten, und stieß hervor: »Das wirst du jeden Tag machen. Du wirst mich jeden Tag küssen. Du bist meine Frau, und ich habe ein Recht auf dich, ob du es willst oder nicht.« Und dann brach er in ein gicksendes Lachen aus wie ein bösartiges Kind, das seine Späße treibt, stach in rascher Folge mit dem Zeigefinger nach ihr und wiederholte entzückt: »Jeden Tag! Jeden Tag!«

Tineke wußte selbst nicht, was sie trieb. Sie trat auf ihn zu, ergriff seine Schultern und küßte ihn voll auf den Mund.

Er stand wie erstarrt. Das dämonische Feuer in seinem Blick erlosch. Als sie von ihm abließ, wandte er sich weg, kroch unter die Bettdecke und drehte sich beiseite. Sie war nicht sicher, ob er wirklich eingeschlafen war oder sich nur schlafend stellte, aber eines war ihr klar: In dieser Nacht würde er ihr nicht mehr nahekommen.

In einem Wirtshaus nahm die Arbeit kein Ende, jedes Paar Hände wurde gebraucht, und so gab es für die jungen Leute nicht einmal nach der Vermählung einen freien Tag. Am Morgen nach dem Hochzeitsfest mußten sie aufstehen und arbeiten, und als Tineke in der nächsten Nacht wahrhaftig Elkwins Ehefrau wurde, hatten sie beide einen Tag harter Arbeit hinter sich.

Es war eine kalte, regnerische Nacht, in der der Wind den Nebel vom Meer hereintrieb und die Straßen mit der berüchtigten Festumer Erbsensuppe erfüllte, diesem gelblichen Gemisch aus Kaminrauch und Nebel, in dem man die Hand vor den Augen nicht sah. Solche Nebelnächte waren gefährlich. Viele brachten es mit sich, daß man auf den unbeleuchteten Straßen der Stadt irgendeinen Unglücklichen verprügelt und beraubt auffand oder daß ein armes Weib vergewaltigt wurde. Tineke fröstelte, als sie kurz das Fenster öffnete und hinaussah. Dann schlug sie es rasch wieder zu. Der Brodem, der draußen durch die Gasse wallte, roch bitter und rauchig. Die Lampe, die ihren schwachen rötlichen Schein durch das Zimmer warf, blakte und sandte dünne schwärzliche Rauchfäden aus.

Sie wandte sich zu Elkwin um, der im Nachthemd – in den kalten Nächten pflegte man hier bekleidet zu schlafen – im Bett saß, die Knie unters Kinn gezogen und die Hände um die Knöchel geschlungen. Er betrachtete sie aus wollüstigen Augen, und plötzlich wurde ihr klar, daß er in dieser Nacht nicht zu müde sein würde.

Ein leiser Schauer überlief sie. Sie fragte sich, ob er gehört hatte, daß sie noch Jungfrau war, und ob sie es ihm sagen sollte. Vielleicht würde er dann vorsichtiger mit ihr umgehen. Sie hatte nie einen Mann gekannt. Der einzige Mensch, mit dem sie je Zärtlichkeiten getauscht hatte, war die Geweihte Dulja, und das waren die Liebkosungen von Frauen gewesen, zart und verspielt, kindlich und zugleich überaus raffiniert. Tineke wußte zwar Bescheid, was ein Mann tun würde, aber sie konnte sich nichts Rechtes darunter vorstellen, außer daß es ihr vermutlich widerlich sein würde.

Elkwin fuhr sich mit den Fingern über das vernarbte Gesicht. »Du bist schön«, flüsterte er mit einer vor Wollust heiseren Stimme. »Komm! Ich will dich haben.«

Sie raffte ihr gerüschtes und mit Spitzenborten besetztes Nachthemd zusammen und trat einen vorsichtigen Schritt auf ihn zu. Sie wußte nicht, wie erregend schön sie aussah in ihrer jungfräulichen Scheu, aber es spiegelte sich in seinen Augen, die vor Gier brannten – einer Gier, wie die schwarzfaule Lust sie in denen entfacht, die ihr verfallen waren.

»Elkwin«, sagte sie leise, »ich habe noch keinen Mann gehabt.«

Er staunte sie an, den Mund offen vor Verblüffung. »Du?« fragte er verwirrt. »Das meinst du im Ernst?«

»Ja, natürlich.«

»Dann bin ich der erste?«

Sie nickte stumm.

Er gaffte sie an, dann brach er in ein jähes wieherndes Lachen aus. »Das ist gut!« rief er, wobei er wie ein Kind in die Hände klatschte. »Das gefällt mir! Komm her, komm schnell!«

Er packte mit harten Fingern ihr Handgelenk und riß sie förmlich ins Bett, wo er sie an sich drückte und sich laut aufstöhnend über sie warf. Sie verstand erst gar nicht, was er zu tun versuchte, als er das Nachthemd um seine langen Beine hochraffte und seine Hüften – an denen die Knochen vorstanden wie bei einem Totenge- rippe – an die ihren preßte. Dann begriff sie, aber in ihrer Unerfahrenheit wußte sie nicht, was sie dazu tun konnte, und so kam es, daß er – ebenso unbeholfen wie sie – an ihr ruckte und zerrte und beinahe ihr Nachthemd zerriß, ohne sein Ziel zu erreichen. Endlich schob er einen Arm unter ihr Knie, hob kurzerhand das Bein hoch, wobei er ihr das Nachthemd über den Kopf warf, und schaffte es mit einer wilden Anstrengung, sich in sie hineinzuzwän- gen, freilich so grob und tolpatschig, daß ihr ein er- schrockener und schmerzlicher Ausruf entfuhr. Sie war so völlig verblüfft, daß sie ängstlich stillhielt und hoffte, er wenigstens wisse, was er tat.

Das Ganze erschien ihr als das Unsinnigste, das sie je erlebt hatte. Es tat weh, es war unbequem, und es sah ziemlich lächerlich aus, wie sie sich da im Lampenschein herumwälzten und sich immer wieder in ihren Hemden verhedderten. Elkwin allerdings, stellte sie erleichtert fest, gefiel es, also hatte sie keine allzu groben Schnitzer gemacht.

Es gefiel ihm nicht nur, er geriet völlig außer sich. Er schrie vor Wollust. Sie erschrak, als ein heftiger Krampf seinen Körper erschütterte und warme Nässe ihr Inneres füllte. Er wich von ihr zurück, vor Anstrengung keu- chend, aber offensichtlich zufrieden.

»Jetzt bist du eine Frau«, stellte er triumphierend fest.

Sie verstand nicht, was er damit meinte – war sie nicht immer schon eine Frau gewesen? –, aber sie lächelte ihn an, um ihren guten Willen zu zeigen. Hätte Tineke ein wenig mehr Ahnung von rahjanischen Dingen gehabt, so hätte sie gemerkt, daß Elkwin ein erbärmlich schlechter Liebhaber war, aber so dachte sie, er habe alles richtig gemacht, und von der Sache sei eben nicht mehr Vergnügen zu erwarten.

Erleichtert, daß es vorüber war, stand sie auf, um sich zu waschen, wie sie es im Rahja-Tempel immer getan hatte. Elkwin folgte ihr, stellte sich breitbeinig über die Waschschüssel und schwappte mit beiden Händen das Wasser über seine erschlafften Levthansfrüchte. Tineke griff nach dem Tuch, das auf dem Halter hing, tauchte es ein und wusch ihn diensteifrig ab. Er warf ihr einen merkwürdigen Blick zu, als habe sie ihn in Erstaunen versetzt, dann wandte er sich unvermittelt ab und kehrte ins Bett zurück. Sie wusch sich sorgfältig und folgte ihm.

Er blies die Lampe aus, lag aber noch eine Weile wach, lang ausgestreckt und die Arme unter dem Kopf verschränkt. Schließlich fragte er: »Du hast das wirklich noch nie getan? Warum nicht?«

»Ich wollte nicht.«

»Aber es muß viele Männer gegeben haben, denen du gefällst.«

»Das mag sein, aber ich wollte nicht.«

»Du mußt es jetzt immer tun, sooft ich will.«

»Ja, ich weiß.«

Er stieß ein leises, befriedigtes Lachen aus, rückte an sie heran und schmiegte sich an ihre Seite. Einen Arm quer über ihrer Brust, lehnte er den Kopf an ihre Schulter. »Das ist schön«, sagte er. »Sehr schön. Eine Ehefrau ist viel besser als eine Hure. Vater hatte recht. Es war an der Zeit, daß ich heirate.«

Tineke gab keine Antwort. Sie legte eine Hand auf seine Schulter und strich geistesabwesend darüber hin, während sie wartete, daß er einschlief.

In den nächsten Wochen unterschied sich Tinekes Leben nur wenig von dem anderer unglücklich verheirateter Frauen. Sie lebte mit einem Mann, den sie nur erduldete, und einem Schwiegervater, der sie behandelte wie eine Magd. Tagsüber und abends stand sie neben Elkwin an der Theke und zapfte Bier. Ein einziges Mal hatte sie sich der Küche nur genähert und neugierig hineingeblickt, da war Hanske – ein zerzauster dunkelhaariger Koloß, der einem Oger ähnlicher sah als einem Mann – auf sie losgefahren, wobei er wild mit den Händen fuchtelte und zornige tierische Laute ausstieß.

Sie hatte ihren Mann nicht gefragt, was er mit seinen seltsamen Worten in ihrer Hochzeitsnacht gemeint hatte. Sie spürte, daß es nicht klug gewesen wäre, ihn daran zu erinnern, was er im Rausch geredet hatte. Und was gab es an seinen Worten schon groß zu deuten? Vermutlich hatte er nichts weiter gemeint, als daß Hanske seine Küche hütete wie ein Lindwurm seinen Hort und Pitjow ein strenges Regiment führte. Das tat der Alte auch. Er ließ keinen Zweifel daran, wer der Herr im Haus war. Die Mägde, die ihm nicht flink genug waren, prügelte er mit dem Besenstiel. Er kannte keine Scheu, die Hand gegen Elkwin zu erheben, und hielt es mit seiner Schwiegertochter nicht anders. Sie lernte rasch, ihm nicht zu widerstreben.

Ansonsten mußte Tineke zugeben, daß das Leben im *Lachenden Henker* weitaus bunter und aufregender war als in dem trübseligen Gewölbe der Krämerei ihres Vaters. Von Mittag an bis in die späten Nachtstunden herrschte in dem Wirtshaus fröhlicher Betrieb. Die Gäste gaben einander die Klinke in die Hand. Oft wurde gesungen und gescherzt. Pitjow, stellte Tineke mit Verwunderung fest, verstand es, unter seinen Gästen für gute Stimmung zu sorgen. So mürrisch er seinen Anverwandten gegenüber auch war, in der Schenke ging er oft von Tisch zu Tisch, erzählte da einen Scherz, neckte dort ein

junges Mädchen, das errötend den Kopf senkte. Die Seeleute unterhielt er mit groben Späßen, die sie mit brüllendem Gelächter quittierten, aber mit den vornehmeren
Gästen sprach er fein und manierlich.

Hin und wieder kamen die drei Gäste, die ihr bei
ihrem Hochzeitsfest so unangenehm aufgefallen waren –
die beiden schönen jungen Männer und das kindliche
Mädchen –, und ihnen widmete Pitjow besondere Aufmerksamkeit. Er tanzte förmlich um sie herum, wenn
sie sich am besten Tisch in der Gaststube niederließen.
Bei den dreien mußte es sich um sehr reiche und wichtige Leute handeln. Tineke stellte mißvergnügt fest, daß
diese Gäste – auch das Mädchen – sie immer noch an-
sahen, als wollten sie ihr mit den Augen Löcher ins
Kleid brennen, aber da Elkwin ständig neben ihr stand,
machte sie sich weiter keine Gedanken über diese Zu-
dringlichkeit.

Auf jeden Fall sah sie gern zu, wie betriebsam und
munter es in der Schenke zuging. Elkwin sorgte freilich
dafür, daß sie dieses gesellige Treiben nur aus der Ferne
betrachten konnte. Sie durfte nicht an die Tische treten,
und selbst an der Theke hatte sie nicht viel Kontakt mit
den Gästen. Ihr Mann stand von früh bis spät neben ihr,
und sobald es ihm schien, daß ein Gast – was nicht selten
vorkam – sich zu lange mit der schönen Wirtin unterhielt, mischte er sich in mürrischem Ton ein. »Steh da
nicht herum und schwatze, Weib – arbeite!«

Außerdem mußte Tineke feststellen, daß Elkwin seinen schlechten Ruf zu Recht hatte. Er war nur glücklich –
und liebesmächtig –, wenn er sie körperlich oder seelisch
quälte. Manchmal genügte es ihm, sich an dem Gedanken zu weiden, daß sie sich vor seinem Gesicht und seinem mageren, schal riechenden Körper ekelte, aber oft
verlangte es ihn nach mehr. Dann holte er einen Kälberstrick aus dem Schrank und schnürte sie mit grausamen
Knoten am Bett oder auf einem Stuhl fest und genoß es,

daß sie seine Nähe voll Widerwillen und Schmerz erdulden mußte.

Tineke sprach mit niemandem davon. Pitjow, davon war sie überzeugt, wußte Bescheid und hatte ebenso sein Vergnügen an dieser bösen Lust wie sein Sohn. Ihrem Vater wollte sie nichts sagen – er litt auch so schon unter dem schlechten Gewissen, daß er sie gleichsam verkauft hatte. Und wen hatte sie sonst schon? Ihre wenigen Freundinnen hatte sie nicht wiedergesehen, seit sie verheiratet war. Es gab nur noch Dulja, und die wagte sie nicht mehr zu besuchen, seit sie geheiratet hatte. Sie wußte, daß Elkwin und ihr Schwiegervater – die beide keinen Fuß in einen Tempel setzten – es ihr übelnehmen würden.

Ihr war längst klargeworden, daß sie ihren Mann nicht liebte und nie lieben würde, aber es erschien ihr klug und traviagefällig, ihm dennoch eine liebevolle Ehefrau zu sein. Sie hoffte, daß sie beide – wenn sie auch nicht glücklich miteinander wurden – doch lernen könnten, einander gut zu sein. Nun war Tineke ein zwar unerfahrenes, aber keineswegs einfältiges Mädchen, und so hatte sie rasch gemerkt, daß ihrem Mann die Wollust über alles ging. Sie ahnte, daß der kürzeste Weg zu seinem Herzen über seine Lenden führte, und beschloß, sich rasch alles zu eigen zu machen, was sie brauchte, um ihm eine gute Geliebte zu sein. So stellte Elkwin nach kurzer Zeit mit Verwunderung fest, daß seine Frau sich geradezu danach drängte, ihm wohlzutun, ja es ging so weit, daß er eines Tages halb im Spott bemerkte: »Man sollte meinen, du wärst eine Geweihte der Rahja, so zärtlich bist du zu mir!«

Sie lächelte ihn an. »Und bist du nicht darum mein Mann, damit ich zärtlich zu dir bin?«

Darauf wußte er keine Antwort, aber sie merkte, daß ihm ihre Worte keine Ruhe ließen. Elkwin Peddersen mochte in mancher Hinsicht ein Tölpel sein, aber blöde war er nicht. Er wußte genau, daß seine junge Frau ihn aus Zwang geheiratet hatte und ihm lieber heute als morgen davongelaufen wäre. Was sie bei ihm hielt, war allein die List des alten Pitjow, der die Schulden ihres Vaters nicht zur Gänze bezahlt hatte, sondern immer nur die laufenden Raten beglich. So blieben Vater und Tochter von den Peddersens abhängig.

Warum also bemühte sie sich so um ihn? Erst dachte er, sie wolle ihm damit Geschenke abschmeicheln, aber Tineke war ein bescheidenes Mädchen und dachte gar nicht daran, mehr zu verlangen, als er ihr freiwillig gab. Dann fragte er sich – denn wie ein Schelm ist, so denkt er –, ob sie am Ende Böses gegen ihn im Schilde führe, ob ihre Zuwendung ihn nur einlullen solle, damit der Schlag um so härter und heimtückischer falle. Die Schiffe der Südländer, die in Festum einliefen, waren voll von Giften, genug, um mehr als einen ungeliebten Ehemann in Borons Reich zu schicken …

Am Windstag, wenn die Schenke geschlossen hatte, war es bei den Wirtsleuten Brauch, daß sie badeten. Dann heizten die Mägde die Badestube neben der Küche, und Hanske füllte den Zuber mit warmem Wasser. Für gewöhnlich hatte jeder für sich gebadet, aber nun sagte Tineke zu ihrem Mann: »Laß mich heute deine Magd sein und dich waschen.«

Er war erstaunt, willigte aber ein, und so stand sie in ihrem Hauskleid in dem von Feuerschein und zwei Kerzen erhellten Raum, hatte die Ärmel hochgekrempelt und setzte alles daran, es Elkwin behaglich zu machen. Sie bürstete ihn von oben bis unten ab und wusch sein langes Haar mit Birkenasche, die in einem Töpfchen in der Badestube aufbewahrt wurde. Es gefiel ihm sichtlich. Er wurde fröhlich und lachte, als sie die Arme um ihn schlang. Seine Hände umfaßten die ihren und zogen sie eng an seine Brust. Das einzig Gefällige an ihm, fand

Tineke, waren seine Hände und Füße, die waren schmal und wohlgebildet, als wären sie aus Holz geschnitzt. Sie schmiegte die Wange an die seine und küßte die blasse Haut.

Elkwin seufzte behaglich, aber dann wand er sich brüsk aus ihrer Umarmung. »Du belügst mich«, stieß er hervor, jählings wieder mißgelaunt. »Du liebst mich nicht. Du hast mich nur geheiratet, damit mein Vater die Schulden deines Vaters zahlt – anders hättest du mir ins Gesicht gespuckt.« Mit einem Ruck wandte er sich ab und ließ sich mit dem Rücken zu ihr ins Wasser gleiten.

Sie setzte sich auf den Rand des Zubers und liebkoste seine bloße Schulter, die im Feuerschein einen rosigen Ton angenommen hatte. »Du hast recht, ich liebe dich nicht. Und liebst du mich denn? Du begehrst doch nur meinen Leib, und im Innersten kennst du mich gar nicht. Aber sollten wir nicht trotzdem das Beste aus unserem Traviabund machen? Welchen Sinn hätte es, wenn wir einander Zank und Bosheit antäten? Laß uns versuchen, gut zu einander zu sein.«

Er kaute grübelnd an seinen Fingerknöcheln. »Liebst du einen anderen?« fragte er.

»Nein. Ich habe nie einen Mann geliebt, und der einzige, mit dem ich je vertraut wurde, bist du.«

»Du bist närrisch«, sagte er und lachte wiehernd, wie er immer lachte, wenn etwas über seinen Verstand ging.

Sie erwiderte nichts, sondern fuhr ihm mit allen zehn Fingern in das strähnige pechschwarze Haar und kraulte ihn.

Er schloß die Augen und ließ den Kopf nach hinten gegen den Holzrand des Zubers sinken. Sein verunstaltetes Gesicht entspannte sich, und er erschien ihr weniger abstoßend als sonst. »Komm zu mir ins Wasser«, bat er leise. »Ich will dich auch waschen.«

Tineke gehorchte prompt. Sie schlüpfte aus ihren Kleidern und stieg nackt in den Zuber, der genügend Raum für zwei Leute bot. Elkwin schlang seine mageren, sehnigen Arme um sie und zog sie an sich, so daß ihre Brüste sich gegen seine Rippen drückten. Sie spürte die Knochen an seinen Lenden und fühlte, wie er ein Bein um die ihren legte, um näher an sie heranzukommen. Sein nasser Schaft zuckte und wurde fühlbar steif. Er wandte sich langsam von einer Seite zur anderen und rieb sich an ihr, während er den Bauch an sie preßte. Plötzlich legte er beide Hände auf ihre Schultern und drückte sie mit erstaunlicher Kraft nach unten, so daß sie in die Knie gehen mußte, um nicht aus dem Zuber zu fallen. Er lachte brünstig auf, schlang die Finger hinter ihrem Nacken ineinander und zog ihr Gesicht so eng an sich, daß ihre Lippen seine Levthansäpfel berührten. Sie spürte den Geschmack der Birkenasche auf der runzligen dunklen Haut.

Er flüsterte mit gepreßter Stimme: »Tu mir einen Dienst.«

Tineke – die keine Ahnung hatte, was er meinte – sah verdutzt zu ihm auf. Sie dachte, er wollte, daß sie ihn auf die Lenden küßte, und sie tat es, aber er wollte noch etwas anderes. Sie fuhr erschrocken prustend zurück, als er sie mit einer Hand unterm Kinn faßte und zwingen wollte, daß sie den Mund öffnete. Ihr Erschrecken versetzte ihn in eine so wütende Lust, daß er die Finger in ihren Nacken krallte und seinen harten Schaft gewaltsam zwischen ihre zusammengebissenen Zähne zu zwängen versuchte.

Sie riß sich los und sprang auf, Zorn in den Augen. »Warum überfällst du mich so? Warum sagst du mir nicht einfach, was du willst? Dann könnte ich dir den Willen tun.«

Er stand da, verblüfft von ihrem Angebot und zitternd vor Gier. In den letzten vier Jahren hatte er so manchen Taler hingelegt, damit die widerspenstigen Frauen ihm auf diese Weise zu Gefallen waren, und er konnte es nicht fassen, daß Tineke seinem Verlangen nicht widerstrebte. »Tätest du es denn?« fragte er fassungslos. »Freiwillig?«

Sie sah ihn vertrauensvoll an. Sie hatte keine Vorstellung, worum es ging, aber in allen diesen Dingen, so war sie jedenfalls überzeugt, war er der Erfahrene, der über das Eheleben Bescheid wußte. Sie mußte sich nach ihm richten. »Nun, wenn es traviagefällig ist, was du willst, warum denn nicht?« fragte sie erstaunt. »Aber es ist doch traviagefällig, oder? Ich möchte nichts tun, was ihr mißfällt.«

»O ja, zweifellos«, versicherte er ihr rasch. »Es ist traviagefällig.« Er war so erregt, daß die Muskeln in seinen langen Beinen zuckten wie bei einem Pferd, aber ihre Zuwendung verwirrte ihn. Es war doch nicht möglich, daß sie freiwillig tat, wozu selbst bezahlte Weiber sich nur voll Ekel hingaben? Er starrte seine Frau an, und in seinem verzerrten Gesicht spiegelte sich der Kampf in seinem Inneren, als dämonische und traviagefällige Lust miteinander rangen. Sein Leben lang war es der Abscheu und Zorn der Frauen gewesen, der das Feuer in seinen Lenden entfacht hatte, aber nun berührte ihn ein Hauch williger Zuwendung. Das machte ihn so betroffen, daß seine Kraft beinahe erlahmt wäre. Aber dann blickte er auf die demütige, nackte Schöne hinunter, die zu seinen Füßen im Wasser kniete und ihn voll ergebener Erwartung ansah –, und neue Kraft durchströmte ihn. »Komm«, flüsterte er heiser. »Komm schon.«

Sie gab ihm nach, ließ sich von ihm lenken. Sie empfand keinen Widerwillen – obwohl sie froh war, daß er eben gebadet hatte –, aber sie kam immer mehr zu dem Schluß, daß ihre Traviapflichten darin bestanden, die albernsten Dinge zu tun. Als Elkwin rhythmisch mit den Hüften gegen ihr Gesicht stieß, mußte sie sich zwingen, ein Lachen zu unterdrücken; sie stellte sich vor, wie komisch sie beide aussahen und wie verrückt es war, daß er so in Aufregung geriet. Für Tineke, die nicht das geringste Vergnügen an ihrem Eheleben empfand, war es ein Rätsel, was ihn daran so begeisterte, aber sie merkte, daß er etwas Besonderes erlebte, etwas, das ihn zutiefst befriedigte.

Sie wünschte nur, es würde nicht immer damit enden, daß er sich so reichlich ergoß, aber das, so wußte sie, war das Zeichen, daß es ihm wirklich wohl ergangen war. Dann erschrak sie, denn als Elkwin von ihr abließ, keuchte er wie ein Sterbender und war so bleich und naßgeschwitzt, daß sie ängstlich fragte: »Was ist dir?«

Er ließ sich geschwächt ins Wasser sinken und lehnte den Kopf an den Rand des Zubers. Die Augen geschlossen, gab er ein langgezogenes »Ohhh …« von sich. Dann sagte er mit seinem harten, freudlosen Auflachen: »Wenn du eine Hure wärst, hättest du dir jetzt eine Handvoll Silber verdient. Sie verlangen viel Geld für das, was du getan hast.«

Tineke, der seine Blässe Sorgen machte, setzte sich zu ihm und streichelte seine Schulter. Da sie nicht die geringste Erfahrung mit Huren hatte – obwohl es aventurische Frauen gab, die genauso ins Bordell gingen wie Männer –, hatte sie das Gefühl, daß sie bei dem Thema nicht mitreden konnte. Also lächelte sie nur und mahnte ihn freundlich: »Es hat dich erschöpft. Ruh dich aus.«

»Und wenn ich daran sterben müßte«, murmelte er, »so würde ich es wieder tun. Tineke«, fragte er dann, »ehrst du die Götter?«

»Aber natürlich«, erwiderte sie verwundert.

»Dann antworte mir bei den Göttern: Du hast das nie zuvor getan?«

»Nein, wirklich nicht.«

»Du bist ein Mirakel!« rief er. »Oh, ich gebe dich nie wieder her!« Er zog sie so heftig in die Arme, daß sie sich schmerzhaft an seiner Schulter stieß, barg ihren Kopf an seiner Brust und fuhr ihr wild mit allen zehn Fingern durch das langwallende blonde Haar. »Du bist meine Frau und mußt es bleiben, hörst du? Hörst du?« Dabei schüttelte er sie, daß ihr die Zähne zusammenschlugen.

Sie mußte gegen ihn ankämpfen, um überhaupt verständlich sprechen zu können. Atemlos stieß sie hervor: »Aber sicher bleibe ich deine Frau.« Und sanftmütig fügte sie hinzu: »Du darfst nicht ungeduldig mit mir werden, Elkwin. Ich bin ganz unerfahren in rahjanischen Dingen. Du mußt sie mir eins nach dem anderen zeigen und mir sagen, was ich zu tun habe, um dir einen Dienst zu erweisen. Wirst du das tun?«

»Ja, das werde ich tun«, stammelte Elkwin und blickte sie aus Augen an, als werde er jeden Augenblick in Ohnmacht sinken. »Du mußt noch viel lernen.«

Tineke fragte sich, was für närrisches Zeug sie wohl noch werde tun müssen, aber sie sagte nichts. Ein listiger Gedanke war ihr gekommen: Es war ihr soeben erspart geblieben, daß er in sie eindrang, und da er so glücklich gewesen war, beschloß sie, ihn demnächst wieder an diese Art des Traviadienstes zu erinnern. Bei dem Gedanken wurde ihr wohl zumute. Sie schob die Hand unter seinen Nacken und kraulte zärtlich sein nasses Haar.

Tineke hatte nur selten Gelegenheit, das Haus zu verlassen. Die Einkäufe auf dem Markt erledigte Pitjow selbst, und es gab zuviel zu tun, als daß sie Zeit gehabt hätte, Besuche zu machen. Zu wem hätte sie auch gehen sollen? Nur windstags, wenn Elkwin bis in den Abend hinein schlief, erlaubte er ihr, nachmittags nach ihrem Vater zu sehen. Dann eilte sie, gegen die Kälte in nivesische Wolltücher gewickelt, ein gesticktes Tuch über dem Kopf, durch die düsteren Straßen der Gasse in der Altstadt entgegen, wo der alte Mann jetzt ein einfaches, aber gemütliches Zimmer bewohnte. Unterwegs kaufte sie immer ein kleines Geschenk für ihren Vater, eine Flasche

Wein, ein wenig Tabak – mehr Geld wagte sie nicht auszugeben, um ihren Schwiegervater nicht zu erzürnen.

Ihr Weg führte sie über den Großen Markt, das Herzstück der Stadt. Über einhundertsechzig Schritt im Geviert erstreckte sich der kopfsteingepflasterte Platz mit den alten Weißilmen, dem Drachenbrunnnen und dem Marktgericht. Von hier aus führte die Brückenstraße zum Hafen, die Oststraße zum Meer und nach Neersand, die Bienenstraße und Schlingenstraße aus der Stadt hinaus ins Märkische und die Bornstraße nach Norden. Hier herrschte ein solcher Betrieb, daß Tineke achthaben mußte, um von all den geschäftigen Leuten nicht umgestoßen zu werden. Vom ersten Morgengrauen an, wenn die Stadttore geöffnet wurden, strömten die Krämer zum Platz, ohne daß sie ihn wirklich füllten. Brechend voll war er jedoch während der Warenschau ab dem ersten Markttag des Ingerimm, die eine Woche lang dauerte und noch immer die größte Messe Aventuriens war. Während der Namenlosen Tage war er verlassen, denn da durften im Bornland keine Geschäfte abgewickelt und keine Urteile gefällt werden.

Das Angebot war atemberaubend vielfältig. Ein Kalauer der Marktschreier besagte: Gleichgültig, weswegen man hergekommen ist, irgend etwas anderes findet man bestimmt! Neben den Eßwaren aus der Mark florierte vor allem der Verkauf von Prisengut und Konterbande – die Festumer Flotte befand sich im ständigen Kampf gegen Piraten und Schmuggler. Die meisten Anbieter allerdings waren ehrliche Handwerker: Kammmacher, Kürschner, Elfenbeinarbeiter, Bernsteinschleifer in Kniebundhosen und Holzschuhen, Bürstenbinder und die Schuster, die für ihre besonders guten Erzeugnisse berühmt waren. Auffällig waren die zahlreichen Edelsteinschneider und -händler, die in diesen bedrohlichen Zeiten vor allem Amulette verkauften: Aquamarin mit dem Zeichen Efferds (ein Amulett, das Macht über die

Winde geben soll), Bernstein mit dem Praioszeichen, um vor schwarzer Magie zu schützen, oder mit Peraines Storch, um Wasser heilkräftig zu machen. Dazwischen mengten sich Gaukler und die lautstarken Wanderprediger vom Bund des Wahren Glaubens.

Tineke kam am Pranger vor dem Eingang vorbei, wo ein mürrischer – und sichtlich vom Wolf geplagter – Zwerg im Schandkäfig hockte. Lex Zwergia und Tralloper Vertrag konnten nicht verhindern, daß immer wieder trunksüchtige oder diebische Zwerge oder gesetzlose Elfen am Pranger oder im Käfig ausgestellt wurden. Vor allem die Zwerge gerieten öfter in Schwierigkeiten, weil sie den Meskinnes allzusehr liebten.

Die Beamten des Marktgerichtes waren für ihre Korrektheit berühmt. Neben geizigen Schneidern, die das Tuch mit falschem Maß verkürzten, und Händlern, die ihre Heilkräuter mit gehacktem Huflattich streckten, landeten hier auch oft Abenteurer, die sich beim Anbieten von Pelzen, Bernstein oder Elfenbein der Wilderei oder des Verstoßes gegen Stoerrebrandts Monopole schuldig gemacht hatten.

Über dem Tor des Marktgerichts hing eine ungeschlachte ausgestopfte Puppe: der Winterbold, der den Winter über hier hing. Die Stadtgarde bewachte ihn, und so war es mehr als ein Jungenstreich, ihn zu stehlen. Die umliegenden Städte setzten ihren Stolz darein, sich den Winterbold anzueignen, und schickten immer wieder Stoßtrupps von Bürgerskindern, die mit echten Schlachtplänen, Ablenkungsmanövern, Verkleidungen und anderen Tricks arbeiteten.

Bei einem dieser Spaziergänge geschah es nun, daß jemand Tineke am Ärmel zupfte, und als sie sich umwandte, sah sie ein fettes altes Weib mit tief ins Gesicht gezogener schmuddeliger Haube vor sich stehen. Sie dachte, die Alte sei eine Bettlerin, und wollte in der Tasche nach einem Deut – dem bornländischen Kreuzer –

greifen, aber die Frau schob ihre Hand beiseite, näherte sich ihr so weit, daß sie ihr ins Ohr zischen konnte, und flüsterte: »Purpurblitz!«

Tineke staunte sie an, überzeugt, daß sie bei all dem geschäftigen Lärm rings umher falsch verstanden hatte. »Was meint Ihr?« fragte sie verwirrt. »Was blitzt?«

Die Alte kicherte. »Vor den Augen wird es ihm blitzen, Eurem häßlichen Beischläfer«, zischelte sie mit zahnlosem Mund, wobei ihr Speichel Tineke ins Gesicht sprühte. »Purpurner Lotus, ein wenig Krötenhaut und Brabaker Vitriol … Eine Unze nur in einem Glas Wasser, so wird es ihm vor Augen purpurn wallen, und er wird Golgaris Schwingen rauschen hören. Dann seid Ihr wieder frei, meine Schöne.«

Tineke riß sich entsetzt los. »Ihr redet von Gift?« rief sie.

»Sch, sch, mein Kind! Nicht so laut! Niemand wird es wissen, niemand kann es beweisen, wenn Ihr den Unhold in Borons Schlafgemach schickt …«

»Da seien die Götter vor, daß ich meinen Mann vergifte!« rief Tineke erbleichend. »Wie könnt Ihr … Wer hat Euch …«

Aber die Alte hatte mit einem Fluch ihren Ärmel losgelassen und war in der Menge verschwunden.

Tineke blickte ihr betroffen nach. Es dauerte eine ganze Weile, bis sie sich wieder gefaßt hatte.

Die Alte war mittlerweile in einem der vielen, wie ein Rattenbau verwinkelten Durchgänge im Diebeswerder verschwunden, die von einer Gasse zur anderen führten, und dort in das Loch gekrochen, in dem sie hauste. Das war eine halb unterirdische gemauerte Höhle, kaum größer als eine Gruft, mit einem winzigen Fensterchen, das mit Tierhaut verspannt war, um die Kälte draußen zu halten. Der schmutzige Raum war bis in den letzten Winkel vollgepackt mit dem absonderlichsten Krimskrams, der einen muffigen Beinhausgeruch ausströmte. Räucherwerk, getrockneter Tierkot, Kerzen, groteske Statuetten, mumifizierte Tiermißgeburten, Holzspäne, Glassplitter und ähnliches lagen hier aufgehäuft. Der Mann, der in dieser tristen Behausung auf die Alte gewartet hatte, hielt den Handrücken vor die Nüstern, um den Gestank abzuwehren. Im Halbdunkel sah die lange Narbe entlang seiner Nase aus, als klaffe ein Spalt in seinem Gesicht.

»Nun, Volsa?« empfing er die Greisin mürrisch. »Was hat sie gesagt?«

Die Alte kicherte. »Habt keine Sorge, schöner Herr«, krächzte sie. »Sie hat nichts davon wissen wollen. Hat alle Götter angerufen, sie mögen sie davor bewahren, ihrem Mann ein Leid anzutun.« Dann wich sie ruckartig zurück, denn der Besucher hatte blitzschnell einen Arm ausgestreckt und ihren Ärmel gepackt.

»Lügst du, oder sagst du die Wahrheit, alte Vettel?« knirschte er.

»Ich sage die Wahrheit!« beteuerte Volsa ängstlich. »Laßt mich los! Ich habe getan, was Ihr verlangt habt, nun bezahlt mich!«

Er musterte sie mißtrauisch, dann langte er in den Beutel, der ihm am Gürtel hing, und warf ihr einen Batzen hin. Sie griff gierig mit knotigen Händen danach und schob ihn in ihre Kleider.

Elkwin Peddersen stand auf und reckte sich. Sein Blick hing starr im Leeren, es war, als hätte er die Alte vergessen. »Ich verstehe sie nicht«, murmelte er vor sich hin. »Ich verstehe sie nicht ...«

Die Alte, die ein Geschäft witterte, näherte sich vorsichtig. »Ich hätte da einen Trank, schöner Herr, der Euch die Liebe Eurer Frau sichert ... nur fünf Batzen ...«

Elkwin schreckte aus seinen Gedanken hoch. Er

wandte sich halb zu der Alten um und versetzte ihr wortlos einen so harten Stoß, daß sie ächzend gegen die Wand prallte, dann schritt er aus dem Raum, ohne sich noch einmal umzudrehen.

Arnando Rochdas hatte sich in den letzten drei Wochen in Festum umgesehen und fand, daß ihm die Stadt, trotz des erbärmlich kalten und nebligen Wetters gefiel, das ihm nach der sonnigen Wärme des Südens doppelt zu schaffen machte. Der Matrose hatte recht, dachte er, während er auf einem Mietpferd durch die Straßen ritt. Festum ist nicht *eine* Stadt, es ist gewissermaßen ein halbes Dutzend Städte, vom exotischen Neu-Jergan mit seinen dichtgedrängten Häusern im maraskanischen Stil bis zum beinahe dörflichen Prähnsgardt am Stadrand, von den vornehmen Villen der reichen Handelsherren bis zum Gerberviertel, in dem – Arnando hatte es kaum glauben können – leibhaftige rotpelzige Goblins friedlich ihrem übelriechenden Geschäft nachgingen.

Vor allem aber war es eine Stadt, in der man mit ein wenig Geschick recht gut leben konnte. Arnando hatte keine drei Tage gebraucht, um eine reiche Witwe kennenzulernen, der er sich als kaiserlicher Agent in geheimem Auftrag vorstellte. Wie er ihr erzählte, hatte man ihn von höchster Stelle in Gareth beauftragt, nach borbaradianischen Spionen zu fahnden, die sich von Tobrien her in die Stadt einschlichen. Die Frau war entzückt gewesen und hatte sich geehrt gefühlt, einen so geheimnisvollen und bedeutenden Mann bei sich aufnehmen zu dürfen. Von Catka hatte er ihr natürlich nichts gesagt. Die wohnte immer noch im *Lachenden Henker*, während Arnando sich beinahe Tag und Nacht im Domizil der Witwe in der Festumer Altstadt aufhielt und es sich wohl sein ließ.

Von Zeit zu Zeit allerdings besuchte er seine mohische Freundin, deren zarte wilde Schönheit ihm eine willkommene Abwechslung nach der geschminkten und gepuderten Körperfülle seiner Gönnerin bot. Es entzückte ihn jedesmal aufs neue, wenn er ihre mädchenhafte Gestalt vor sich sah, das lange blauschwarze Haar, das sie zu einem Knoten geschlungen trug, die glatte bräunliche Haut. Dann machte er die Vernachlässigung wett, indem er ihr schöntat und reichlich den süßen Kirschwein bestellte, an dem sie vom ersten Tag an Gefallen gefunden hatte.

An einem solchen Abend – es war Mitte Boron, und der *Lachende Henker* bot willkommenen Schutz vor der eiskalten Nebelnacht – sagte Catka, die sich über sein häufiges Wegbleiben ärgerte: »Hüte dich, mein Arnando, denn der Thekebursche sieht mich mit brünstigen Augen an! Ich meine, es gelüstet ihn nach mir. Wenn du allzuoft fort bist, wird er des Nachts in meine Kammer kommen.«

Arnando, der seiner selbst sehr sicher war, lachte. »Was denn, mein Schelmchen! Der magere Stockfisch an der Theke, der aussieht, als hätte er sich mit einem Richtschwert barbiert? Wie kann mir der gefährlich werden? Wenn der des Nachts an dein Bett käme, so würdesr du vor Abscheu zu Stein erstarren.«

»Seine Frau liebt ihn aber«, bemerkte Catka.

Arnando blickte, die Gabel mit einem Bissen Fleisch in der Hand, zu der Theke hinüber, wo Tineke fleißig die Becher und Humpen füllte. »So muß sie blind oder närrisch sein«, spottete er mit einem neuerlichen Lachen.

Catka sagte nachdenklich: »Das weiß ich nicht, aber sooft sie ihn ansieht, hat sie ein freundliches Lächeln für ihn und spricht mit sanfter Stimme zu ihm. Und dabei ist sie eine so schöne Frau!«

»Ja, zweifellos, das ist sie«, bestätigte Arnando leichthin. Er hatte längst bemerkt, wie schön Tineke war, er hätte sie auch gern für sich gehabt, aber er war kein solcher Narr, daß er sich in Gegenwart eines eifersüchtigen Ehemannes und eines Schwiegervaters, der Augen wie ein Bussard hatte, einer Frau näherte. Mit honigsüßer Stimme fügte er hinzu: »Aber längst nicht so schön wie du, meine Orchidee.«

Catka seufzte. »Ach, du gibst mir schöne Koseworte, mein Arnando, und dann läßt du mich allein. Gib es zu, du hast wieder eine Frau gefunden – eine wie die reiche alte Gräfin, die dich in Perricum in ihr Haus einlud!«

Er dachte nicht daran zu leugnen. »Das mag so sein, meine schöne Blume, aber diese alten Gräfinnen zahlen auch die Rechnung für dieses Gasthaus hier. Wovon sonst sollten wir leben?«

Catka mußte zugeben, daß sie das auch nicht wußte.

Sie war sechzehn Jahre alt, war als Sklavin in einem reichen Haushalt in Al'Anfa aufgewachsen und hatte nie etwas anderes gelernt, als die Dame des Hauses zu bedienen, die ihre Freude an der kindlichen Zofe gehabt hatte. Die Al'Anfanerin war eine gute Herrin gewesen, aber dann waren beide Besitzer, Mann und Frau, kurz nacheinander gestorben – an Gift, wie man munkelte –, und ihre Sklaven waren verkauft worden. Catka fand, daß sie Glück gehabt hatte, als der schöne junge Mittelreicher sie kaufte. Er war kein schlechter Herr. Wenn er sie nur nicht in dieses schreckliche dunkle Land verschleppt hätte, in dem der Nebel wie Spinnweben vom Himmel hing und der kaltfeuchte Hauch vom Meer herüber durch alle Kleider drang! Aber sie verstand natürlich, daß jemand, der Nareb Zornbrechts Mißfallen erweckt hatte, möglichst viele Meilen zwischen sich und Al'Anfa bringen wollte.

Sie verstummten beide, denn in diesem Augenblick kam Pitjow an ihrem Tisch vorbeigeschlendert. Wie es seine Gewohnheit war, blieb er da und dort bei den Gästen stehen oder setzte sich auch, wenn man es ihm anbot, auf ein Gläschen zu ihnen. Arnando hatte ihn als einen welterfahrenen Mann und witzigen Gesprächspartner schätzen gelernt, und so lud er ihn ein, ihnen kurz Gesellschaft zu leisten. Sie plauderten über die Festumer Gesellschaft, und Arnando hörte lächelnd zu, wie Pitjow ihm den neuesten Stadtklatsch erzählte. Er merkte sorgfältig auf, wenn von den Damen die Rede war. Schließlich war immer damit zu rechnen, daß die reiche Witwe ihn satt bekam – obwohl sie im Augenblick noch sehr zufrieden mit ihm war –, und dann mußte er rechtzeitig eine andere finden, denn Pitjow sah nicht so aus, als würde er die Rechnung stunden.

Der junge Mann blickte gedankenvoll in sein Metglas. Der Wirt schien ein schlauer Schurke zu sein, es war gut, daß er nicht versucht hatte, *ihm* das Märchen von dem kaiserlichen Agenten aufzutischen. Pitjow schätzte ihn zweifellos genau als das ein, was er auch tatsächlich war: ein verarmter Adliger aus Garetien, der sich mit allerlei kleinen Schlichen über Wasser hielt, nicht viel besser als ein Streuner, wenn man davon absah, daß er über Kultur und Bildung verfügte und wußte, wie man sich einer Dame näherte. Faul und bequem, wie er war, lebte Arnando hauptsächlich von den Zuwendungen reicher und einsamer älterer Frauen, denn das Söldnerdasein war ihm zu gefährlich – und die schweren Verbrechen, für die man dann am Ende auf einer Kuhhaut zum Galgen geschleift, gehenkt und geviertelt wurde, waren es ebenfalls. Er hatte bereits erfahren, daß Festum in der Hand verschiedenster Banden war, die sich die Stadt untereinander teilten und jedem übel zusetzten, der in das Revier eines anderen eindrang. Er hatte von der ›Kugelbande‹ und den ›Mondkindern‹ gehört, aber er war fest entschlossen, die Finger von solchen Dingen zu lassen.

Pitjows Stimme drang in seine Gedanken. Der Wirt sagte eben: »Ihr wißt ja, wie schlimm es um die Lande steht ... Der Norden ist in der Hand der Dämonenknechte und der Süden in der Hand des Verräters Helme Haffax. Wenn Ihr guten Sold sucht, seid Ihr bei der Flotte am besten bedient, dort braucht man immer kräftige Männer als Geleitschutz. Wer durchs Perlenmeer fährt, tut das heutzutage nur noch unter starker Bedeckung – aus Furcht, von den Dämonenarchen angegriffen zu werden.«

»Ich will fürs erste nicht wieder nach Süden fahren«, sagte Arnando, der mit Schaudern daran dachte, was Nareb Zornbrecht mit ihm angestellt hätte, hätte er ihn jemals in die Finger bekommen. Es gab schon genug Unglückliche, die als entmannte Sklaven auf den Galeeren des Südens schufteten; er wollte dieses Schicksal nicht teilen!

»Ich verstehe«, sagte Pitjow. »Nun, vielleicht erregt der Westen Eure Neugierde? Seit die schwarzen Horden das Perlenmeer unsicher machen, hat der Landweg wieder mehr Bedeutung bekommen. Viele Händler ziehen über Firunen und Norburg und dann durch die Grüne Ebene. Auch sie suchen mutige Männer, denn Überfälle gibt es immer.«

»Ja, das wäre zu bedenken«, sagte Arnando. »Aber zunächst will ich mich in Eurer schönen Stadt umsehen. Es scheint, daß Ihr nicht allzusehr darunter leidet, was im Norden und in Tobrien geschehen ist.«

Pitjow zuckte die Schultern. »Wie man es nimmt. Der Handel ist schwieriger geworden. Die Schiffsherren müssen immer befürchten, von Daimoniden angegriffen zu werden, und auch sonst treibt sich allerhand Gesindel auf dem Perlenmeer herum. Aber wir kommen so leidlich durch.« Er stand auf, klopfte Arnando auf die Schulter und wandte sich anderen Gästen zu.

Catka umfaßte Arnandos Arm und schmiegte sich schmeichelnd an ihn. »Mein Liebster … Wirst du mich wieder allein lassen?«

»Heute nicht, meine Orchidee. Aber morgen muß ich

wieder für uns beide Geld verdienen. Du willst doch noch eine Weile hier im Warmen sitzen, oder etwa nicht?« Er lachte, zog ihren Kopf an seine Schulter und küßte sie zärtlich auf die braune Wange. »Wenn ich das nicht täte, meine Blume, müßtest du als Magd arbeiten, und deine Hände wären rot und rissig von Spüllauge. Das willst du doch sicher nicht?«

»Nein!« rief Catka entschieden. In dem Haus in Al'Anfa hatte sie nie schwere Arbeit getan. Dafür hatte sie gelernt, ihre Herrin mit Salben einzureiben und ihr die Glieder so kunstvoll zu massieren, daß sie sich unter tiefen Seufzern auf ihrem Lager wand – eine Kunst, die ihr bei Arnando sehr zugute kam.

Ihr Gefährte klopfte ihr den Rücken. »Dann geh und hol uns noch eine Kanne Met, damit wir uns die Knochen wärmen – es ist ein elend kalter Flecken, dieses Bornland.«

Tineke merkte bald, daß im *Lachenden Henker* Dinge vorgingen, von denen sie nichts wissen sollte. Schon kurz nach ihrer Hochzeit ließ Elkwin sie eines Nachts im Schlafzimmer allein, um noch etwas zu erledigen, wie er sagte, und als er den Raum verließ, sperrte er die Tür hinter sich ab. Als er endlich zurückkam, graute beinahe der Morgen. Er erzählte nicht, was er getan hatte, und sie fragte ihn nicht. Auch als sich diese Vorfälle wiederholten, machte sie keine Bemerkung darüber. Sie nahm aber an, daß das nächtliche Treiben mit geschmuggeltem Wein und Schnaps und vielleicht auch Rauschkraut zu tun hatte. Ihr Vater hatte gelegentlich auch ›billig eingekauft‹, wenn ein vollbeladener Kauffahrer an der Speicherinsel anlegte.

Tinekes Gedanken beschäftigten sich mit anderen Dingen.

Seit drei Wochen wohnte das fremde Mädchen nun im *Lachenden Henker* – dieses zierliche dunkelhaarige Mädchen mit der braunen Haut und den schräg gestellten, feuchtdunklen Augen, das immer nahe am Feuer saß und nur auf die Gasse ging, wenn es unbedingt mußte. Pitjow, der in seiner Jugend zur See gefahren war und sich auf Dere auskannte, hatte gesagt, sie sei eine Moha, eine Waldfrau, wie sie tief unten im Süden im Regenwald lebten. Auf Tinekes Einwand, die Fremde sei aber sicher keine wilde Frau, hatte er ihr folgendes erklärt: Viele Mohas wurden als Kinder von Sklavenjägern gefangen und in das verruchte Al'Anfa oder andere Städte gebracht, wo sie in den Häusern und auf den Feldern arbeiten mußten. Dort lernten sie, sich wie andere Südländer zu kleiden und deren Sprache zu sprechen.

Das Mädchen war die Geliebte des Junkers, wie Tineke Arnando Rochdas insgeheim nannte, aber er ließ sie oft allein. Dann saß sie von früh bis spät mit einer Kanne Kirschwein in der Thekestube, dicht an den Kamin gedrückt, und lauschte dem Seemannsgarn. Manchmal kam sie auch zur Theke und sprach auf Garethi mit Tineke, und dann sah die junge Wirtin, wie ein seltsames Licht in ihren Augen aufglomm und ein verführerisches Lächeln um ihre Mundwinkel spielte. Es war fast so, als sende die Moha ihr Signale – heimlich und listig, damit Elkwin sie nicht entdeckte. Tinekes Herz schlug schneller, wenn sie daran dachte, und ein leiser Schauder rann über ihre Glieder. Sie spürte, wie das Blut in ihrem Schoß pulste, genauso, wie es früher gewesen war, wenn sie Dulja besuchte. Bildete sie es sich nur ein, oder lag in den leuchtenden Augen der Fremde eine Frage – eine Bitte – ein Angebot?

Tineke fühlte sich verwirrt. Je länger sie mit Elkwin verheiratet war, desto bewußter wurde ihr, daß sie an seinen Umtrieben niemals Freude empfinden würde. Sie war ihm zu Willen, weil es ihre Pflicht als seine Ehefrau war und weil sie ihn lieber erschöpft und befriedigt hatte als reizbar und voll Verlangen. Aber ihr Herz schlug keinen Schlag schneller, wenn er sie berührte, und ihr Schoß blieb trocken und fühllos. Nun jedoch meinte sie das Blut in den Adern rauschen zu hören und fühlte, wie sich ihr ganzer Körper in zärtlicher Glut erwärmte. Ihre Hände juckten danach, das schwere blauschwarze Haar der Moha zu streicheln, ihre schwellenden Lippen zu berühren, die kindlich kleinen Brüste unter dem Gewand zu ertasten. Sie mußte den Blick niederschlagen, sooft das Mädchen an sie herantrat, denn ihre Seele stand in ihren Augen geschrieben.

2

Die Toten ohne Kopf

Im Festumer Borontempel stand der Geweihte Rajan
Notjes vor der ehrwürdigen Tempelvorsteherin, der
Deuterin Boronje Walroder. Er hatte eben über die unge-
wöhnlichen Ereignisse, die schon seit längerem seine Ge-
danken quälten, Bericht erstattet. Nun wartete er, die
Hände in den Ärmeln der Kutte verborgen, auf die Ant-
wort der Vorsteherin. Fünfarmige Kerzenleuchter in
Form des Boronrades spendeten Licht, das glänzende
Reflexe auf die kahlgeschorenen Köpfe der beiden warf.
Der schwere Duft von Weihrauch schwebte in der Luft.
Ihre Schatten bewegten sich auf den Vorhängen, die das
Arbeitszimmer der Tempelvorsteherin vom Vorraum ab-
trennten. Aus der Rabenhalle, erbaut aus dem schwarzen
Marmor aus dem Ehernen Schwert, drang leise der ele-
gisch-schwebende Singsang der boronischen Kirchen-
musik herüber.

»Bist du dir dessen sicher?« fragte die Deuterin nachdenklich. »Es könnte auch Zufall sein.«

Rajan schüttelte demütig, aber entschieden den Kopf.
»Euer Hochwürden, es sind nun in zwei Götterläufen
fünf Fälle gewesen, der letzte erst im Travia. Die man
uns heute gebracht hat, ist die sechste. Immer wurden sie
ohne Kopf aus dem Hafenbecken gefischt.«

»Niemand hat sie erkannt?«

»Nein, niemand. Wir mußten sie alle an die Anatomen
im Spital der Therbuniten herausgeben.«

»Und du sagst, sie seien alle blond gewesen?«

»Ja, Euer Hochwürden. Blond und – soweit man das aus den Überresten schließen kann – schön. Jedenfalls hatten sie wohlgeformte Körper und eine weiche Haut, nur ihre Hände waren rauh und zeigten an, daß sie harte Arbeit geleistet hatten.« Die Stimme des alten Boroni verriet nicht das geringste Gefühl, während er sprach. Es war lange her, seit er zuletzt an so weltliche Dinge wie weibliche Schönheit gedacht hatte. »Ich denke«, fuhr er fort, »es war ein und dieselbe Hand, die sie alle getötet hat.«

»Hm.« Boronje Walroder fuhr sich nachdenklich mit der hohlen Hand über den Kopf. Es widerstrebte ihr, daß sie entgegen der Gewohnheit der Boroni soviel reden mußte – aber es war wirklich eine schlimme Geschichte, die Rajan ihr erzählt hatte. Sie stützte den Kopf auf beide Fäuste und dachte nach.

Der Bericht des Alten ließ vermuten, daß ein mörderischer Unhold sein Unwesen in Festum trieb, den man nicht ungeschoren davonkommen lassen durfte. Aber wer sollte ihn verfolgen? Natürlich, es gab Richter, aber dazu brauchte es erst einen Kläger, der vor ihnen sein Recht begehrte, und hier hatten sich kein Verwandter, kein Freund gefunden, der im Namen der enthaupteten Mädchen klagte. Im Bornland – wie in anderen Teilen Aventuriens auch – kannte man keinen Unterschied zwischen einer Streitpartei, die gegen die andere klagte, und dem Opfer eines Verbrechens, das gegen den Täter klagte. Wer einen Angehörigen durch Mord oder Totschlag verlor, mußte sein Recht selbst fordern und auch seine Zeugen selbst suchen. Blieb das Opfer unbekannt, so gab es auch keinen Kläger.

Die Boronkirche war mit Rechtsangelegenheiten überhaupt nicht befaßt, aber Boronje ließ der Gedanke nicht los, daß alles getan werden mußte, um den armen geschändeten Leichen wenigstens ein ehrliches Grab zu verschaffen. Es war allerdings unmöglich, daß die Boroni

selbst dieser Frage nachgingen. Einem Verbrechen nachzuforschen erforderte viel Zeit, viel Lauferei, viel weltliche Arbeit, die die stillen, in sich gekehrten Geweihten
des Boron weder leisten konnten noch wollten. Jemand
anderer mußte diese Arbeit tun. Aber wer? Glücksritter
etwa? Bei diesen Leuten, die nur für Silber arbeiteten,
wußte man nie so recht, ob sie auch wirklich auf Seiten
von Recht und Gerechtigkeit standen. Nein, diesem Verbrechen mußte jemand nachgehen, den das Schicksal
dieser unglücklichen Mädchen berührte, jemand, der
sich berufen fühlte, als Ankläger gegen den unbekannten
Unhold aufzutreten.

Da fiel ihr etwas ein.

Tatsächlich, es gab in Festum einen solchen Mann!

Boronje atmete hörbar auf. Sie hatte von diesem Mann
schon des öfteren gehört, denn wenn die Boroni auch
sehr zurückgezogen lebten, so waren sie doch keineswegs blind und taub für die Dinge, die in Festum vor
sich gingen. Allerdings hatte Boronje nur Gerüchte
gehört. Sie wollte sich noch genauer erkundigen.

Sie bedeutete Rajan, sich zurückzuziehen, und befahl
dann einem dienenden Bruder: »Hol den Geweihten
Arlin zu mir.«

Wenig später trat Arlin Muselken ein, ein noch junger
Boroni, der erst seit kurzem dem Geweihtenstand an-
gehörte und weniger Widerwillen empfand, der Welt ge-
genüberzutreten, als seine Mitbrüder. Seine Augen, die
tief in umschatteten Höhlen lagen, hatten einen intensi-
ven, fast elfisch leuchtenden Blick. Er war ein leidenschaftlicher Diener des Totengottes und ein besonderer
Verehrer des heiligen Khalid al-Ghunar von Rashdul, des
Schutzpatrons der Bestattung. Arlin war Schüler eines
Kapitäns gewesen, aber ein übernatürliches Erlebnis hatte
ihn bewogen, seinen Beruf aufzugeben und um Auf-
nahme in den Geweihtenstand nachzusuchen. Seinem
früheren Beruf begegnete er jetzt mit Abscheu. Es grämte

ihn immer besonders, wenn der Tempel eine Leiche an die ruchlosen Anatomen freigeben mußte.

Freilich, auch diese Toten wurden schließlich begraben, aber was war das für ein Begräbnis! Statt einer gebührenden Zeremonie wurde eine Truhe mit zerstückelten und geschändeten Überresten in einem Winkel des Boronangers verscharrt. Niemand kam, den Toten zu betrauern, niemand sandte ein Gebet zu der sanften Marbo und bat sie, für eine Seele einzutreten. Es war eine traurige und schändliche Sache, und jedem Boroni wurde dabei weh ums Herz.

Die Deuterin begrüßte ihn und sagte dann: »Du weißt gut Bescheid in der Stadt Festum, Arlin. Sage mir, was du über einen Mann namens Orlan Paraiken weißt. Es heißt, er sei ein Meister darin, dunkle und rätselhafte Dinge aufzuklären.«

Arlin nickte. »Das sagt man zu Recht, Euer Hochwürden. Er ist ein ganz besonderer Mensch, und ich zweifle nicht, daß Hesinde selbst es war, der ihm seine seltene Gabe geschenkt hat – man sagt, er sei ein inbrünstiger Verehrer der hohen Magistra. Er ist in höchstem Maße scharfsinnig, so daß es kaum eine List gibt, sei sie noch so fein gesponnen, die er nicht zu entlarven vermöchte. Dabei ist er außergewöhnlich gebildet und in allen Wissenschaften erfahren – leider freilich auch in der verfluchten Kunst der Anatomen, die wir so sehr verabscheuen.«

Boronje Walroder räusperte sich mißbilligend, schwieg aber.

»Dennoch glaube ich«, fuhr Arlin fort, »daß er ein göttergefälliger Mensch ist, von dieser einen Sache abgesehen, denn er tut alle seine Dienste, ohne einen Heller dafür zu verlangen, ja oft schenkt er noch denen etwas, die ihn um Hilfe gebeten haben, wenn sie arm sind.«

Die Tempelvorsteherin sah überrascht auf. »So große Kunst, wie du sagst, übt er ohne Lohn? Wie das?«

»Er hat ein Gelübde getan, Euer Hochwürden. Das kam so: Als er noch ein kleiner Knabe war, starben seine Eltern, Mutter und Vater, beide unter so rätselhaften Umständen, daß das Verbrechen bis heute nicht aufgeklärt und kein Schuldiger gefunden ist. Da schwor Orlan Paraiken, hinfort sein Leben der Aufklärung verbrecherischer Umtriebe zu widmen. Da er ein beträchtliches Vermögen erbte, ist es ihm möglich, sich ganz der Erforschung verschrobener und abwegiger Verbrechen zu widmen. Er macht es allerdings zur Bedingung, daß es sich bei allen Fällen, die er übernimmt, um schwierige Rätsel und dunkle Geheimnisse handeln muß, anders kümmern sie ihn nicht. Er könnte schwerreich sein, wenn er seine Klugheit den mächtigen Handelsherren zur Verfügung stellen würde; selbst das Haus Stoerrebrandt wollte ihn schon um Rat fragen, doch hält er sich an sein Gelübde. Was der Stoerrebrandter ihm antrug, das langweile ihn, soll er gesagt haben, und Langeweile sei ihm so lästig, daß sie mit tausend Batzen nicht aufzuwiegen sei! Wenn aber ein Geschehnis nur recht verworren und verdreht ist, so hilft er bereitwillig dem ärmsten Bettler und scheut weder Mühe noch Gefahr dabei.«

»Das ist bemerkenswert«, stimmte die Tempelvorsteherin ihm zu. »So würde er auch uns helfen?«

»Haben wir denn eine Sorge, die ihn betreffen könnte, Euer Hochwürden?«

Nun erzählte Boronje dem Geweihten von dem Rätsel, das Rajan an diesem Morgen an sie herangetragen hatte. »Eile zu Orlan Paraiken«, befahl sie, »und bitte ihn um seine Hilfe.«

Am Tag nach seinem Gespräch mit der Tempelvorsteherin tat der alte Rajan wieder wie gewöhnlich in der Totenkammer Dienst.

Dort lag die Frau immer noch auf dem steinernen Tisch, bleich und kopflos, wie man sie aus dem brackigen Wasser gezogen hatte. Rajan trat mit der Laterne in der Hand vor sie hin und besah sie noch einmal genauer. Er war überzeugt, daß sie ein Opfer desselben Mörders geworden war wie die fünf anderen, die er im Lauf der letzten beiden Götterläufe auf diesem Tisch liegen gesehen hatte, obwohl sie sich in einem von den anderen unterschied: Nicht nur ihr Kopf war abgetrennt worden, sondern auch ihre rechte Hand – mit einem ebenso sauberen und geraden Schnitt wie der Kopf.

Der Alte blickte auf, als die Tür geöffnet wurde, und verneigte sich dann zur Begrüßung. Arlin war eingetreten und mit ihm zwei Fremde, von denen der eine sofort Rajans Aufmerksamkeit erregte, so ungewöhnlich war seine Erscheinung.

Er war ein Mann Mitte Dreißig, von geradezu erschreckender Hagerkeit und einer Blässe, als läge er auf dem Sterbebett. Doch widersprachen diesem Aussehen nicht nur die lebhafte, ja beinahe feurige Art, mit der er sich betrug, sondern auch seine leuchtenden und von Leben erfüllten Augen. Es war schwer zu sagen, von welcher Farbe sie eigentlich waren – je nachdem, ob der Mann im Dunkel oder im Licht stand, erschienen sie einmal dunkelbraun, dann wieder grünlich mit goldenen Punkten darin. Es dünkte dem alten Rajan, daß dieser Mann heißer und ungestümer Leidenschaften fähig war, doch strahlte er keinerlei Sinnlichkeit aus. Sein Gesicht unter dem glatt zurückgekämmten dunklen Haar war von männlichem Reiz, aber auch gezeichnet von inneren Qualen.

»Das ist die Frau?« Orlan Paraiken konnte es nicht erwarten, sich in seine Aufgabe zu stürzen. Er grüßte nur mit einem flüchtigen Nicken und trat dann sofort an den steinernen Tisch. Zur Überraschung der beiden Boroni zog er eine starke geschliffene Linse aus der Tasche und betrachtete die tote Frau von oben bis unten durch das Glas hindurch. »Man sagte mir, man habe schon mehrere so wie sie gefunden?«

Rajan nickte. »Ja. In den letzten zwei Götterläufen waren es fünf … und vielleicht noch mehr, aber ich habe nur diese fünf in Erinnerung behalten. Dann fiel mir auf, daß sie alle etwas Gemeinsames hatten. Alle waren sie jung und zu ihren Lebzeiten wohl auch schön, alle waren sie blond, und allen war der Kopf mit dem gleichen grausamen Hieb abgetrennt worden … Seht her.« Er lüftete das Tuch von dem blutleeren Halsstumpf und hob die Laterne, so daß ihr Schein auf die tödliche Wunde fiel.

Orlan trat nahe heran und beugte sich über die Tote. Sein Zeigefinger berührte vorsichtig den bläulich angelaufenen Wundrand. »Das ist ein Schnitt, wie ihn nur ein Henker oder Schlächter führen kann«, sagte er sofort. Dann erklärte er: »Es erfordert große Kraft und viel Geschick, den Kopf so sauber abzutrennen. Sieh her, Jasper, wie glatt die Wunde ist! Das muß eine schwere Klinge gewesen sein, die wie ein Blitz durch Muskeln und Knochen gefahren ist – ein Schwert oder eher noch ein Beil.«

Mit diesen Worten wandte er sich an seinen Begleiter, einen schwer gebauten, unauffälligen Menschen mit angenehmen Gesichtszügen, der etwa im selben Alter stand wie er selbst. Der Mann – der die Standestracht eines Kapitäns trug – trat heran, besah die Leiche und fragte dann etwas ratlos: »Meinst du?«

Orlan nickte. »Wäre es ein Messer gewesen, das der Mörder geführt hat, so hätte er mehrmals absetzen und wieder neu schneiden müssen, und wir sähen hier die verschiedenen Schnitte. Aber das war ein einziger Hieb. Und ich bin überzeugt, es war der Hieb einer Axt oder eines Beils, denn der Schnitt eines Schwertes hinterließe einen anderen Wundrand. Der Mörder oder die Mörderin muß ein Mensch von furchtbarer Kraft sein.« Dann beugte er sich über den Arm der Toten. »War das bei den anderen Leichen auch so, Euer Gnaden, daß man ihnen die rechte Hand abgehauen hat?«

»Nein, nur bei dieser.«

»So hat es etwas zu bedeuten. Vielleicht hätte man sie an ihrer Hand ebensoleicht erkannt wie an ihrem Gesicht.«

»An der Hand? Was meint Ihr?« fragte der alte Totenwächter erstaunt.

»Nun«, sagte Orlan, »vielleicht war die Hand verkrüppelt oder auf andere Weise gezeichnet, so daß der Anblick genügt hätte, um die Frau zu erkennen.«

»Tatsächlich!« rief Rajan verblüfft. »Ihr seid wirklich scharfsinnig, Meister! Meint Ihr, man hat ihnen allen den Kopf nur abgehauen, damit sie nicht erkannt werden?«

»Das ist nicht sicher. Es könnte sich auch Schwarze Magie hinter diesem Verbrechen verbergen. Es gibt vielerlei Möglichkeiten. Vielleicht war es ein Schurke, der seine Lust am Blut hat, vielleicht auch ein Dämonenknecht, der Blutmagie trieb. Vielleicht hat man ihnen auch tatsächlich den Kopf nur abgehauen, um sie unkenntlich zu machen. Aber« – er berührte ohne Scheu den handlosen Arm der Toten – »hier hat der Elende einen Fehler begangen. Er meinte, etwas zu verbergen, und hat es eben dadurch kenntlich gemacht. Wir werden eine Frau suchen, die an einer Hand gezeichnet war.«

Arlin, der aufmerksam zugehört hatte, schüttelte verwundert den Kopf. »Meister Paraiken, wie wollt Ihr eine einzelne Frau unter all den siebenundzwanzigtausend Menschen finden, die Festum bewohnen, von den Schiffen gar nicht zu reden? Jeden Tag kommen hier fremde Seeleute und Söldner an, im Hafen wimmelt es von ihnen, und es sind auch Frauen auf den Schiffen, Matrosinnen und Kapitäninnen sowie Frauen, die Geschäfte in Festum haben oder vor den schwarzen Horden im

Süden fliehen. Wie wollt Ihr da herausfinden, wer diese eine war, die hier stumm vor uns liegt?«

Orlan fuhr mit einer leisen, fast zärtlichen Bewegung über den bläulich verfärbten Arm der Leiche. »Sie wird mit uns reden, Euer Gnaden. Ihr Körper wird uns sagen, was ihre Zunge nicht mehr verraten kann.«

Der Boroni blickte ihn an. »Ihr Körper?«

Orlan nickte. »Seht her! Ihr könnt leicht sehen, daß ihr Körper glatt ist, aber ihre linke Hand ist rauh und rissig, wie Hände von Spüllauge werden. Auch hat sie Schwielen an den Knien, wie man sie bekommt, wenn man den Boden schrubbt. Also wollen wir annehmen, daß sie eine Magd gewesen ist. Bevor sie starb, muß es ihr gutgegangen sein, denn ihr Körper ist prall, sie hat genug zu essen bekommen und auch sonst nicht im Elend gelebt. Seht nur die Nägel an ihrer Hand an! Sie sind beschnitten und mit Bimsstein gefeilt. War das bei den anderen auch so?«

»Ja, sie waren alle wohlgenährt und glatt«, bestätigte Rajan.

»Also hat diese hier« – Orlan Paraiken legte die Hand auf die Schulter der Toten – »in einem wohlhabenden Hause gedient und die anderen ebenfalls.«

»Festum ist aber immer noch eine sehr große Stadt«, wandte Rajan schüchtern ein. »Wie wollt Ihr das Haus finden?«

»Nun«, erwiderte Orlan, »es kann nicht jedes beliebige Haus sein. Denkt an die Wunde.« Er besah den Wundrand noch einmal durch sein geschliffenes Glas. »Ja, zweifellos hat hier ein Beil zugeschlagen. Nur ein Schlächter oder ein Henker kann diese Wunde verursacht haben, und da wir den Henker getrost ausschließen können, bleiben uns nur die Schlächter und Köche.«

»Du nimmst an, daß es ein Mann war?« fragte der Kapitän.

»Das weiß ich nicht – ein Mann oder eine sehr starke Frau.«

»Könnte es nicht auch ein Anatom gewesen sein?«
Rajan ballte die Faust. »Es gibt nichts, was ich diesen Lei-
chenschändern nicht zutrauen würde! Es geht das
Gerücht um, sie seien fähig, Menschen ermorden zu lassen, um genug Leichen für ihre abscheulichen Studien zu
haben!«

Orlan schüttelte den Kopf. »Das mag sein, aber ...
wozu sollte ein Anatom eine Frau töten? Doch nur, um
sie zu obduzieren. Und das ist weder mit dieser noch mit
den anderen geschehen. Seht selbst, wie unversehrt sie
ist. Ein Anatom hätte Schnitte in ihrem Körper gemacht,
die nicht zu verbergen wären.«

Arlin ließ den Gedanken, ein Anatom könne der
Schuldige gewesen sein, nur widerwillig fahren, mußte
Orlan aber recht geben. »Dann hat es wohl ein Schlächter
oder eine Metzgerin getan.«

»Das glaube ich auch. Es mag aber sein, daß diese Person nur im Dienst der eigentlich Schuldigen handelte –
daß sie nur ausführte, was ihr anbefohlen wurde. Ich
glaube, daß an dem Mord selbst mehrere Täter beteiligt
waren, denn zumindest einer, wenn nicht zweie, müssen
sie festgehalten haben, während der tödliche Hieb geführt wurde.«

»Woher willst du das wissen?« wandte sein Begleiter
sich staunend an ihn. »Du warst doch nicht dabei!«

Paraiken fuhr mit seiner gläsernen Linse über den
Arm und das Handgelenk der Toten. »Natürlich nicht,
aber sieh hier! Sie ist gefesselt worden, der Strick hat
Schürfspuren an ihrem Handgelenk hinterlassen. Und
hier, auf beiden Oberarmen, sieht man knapp über dem
Ellbogen verschwommene dunkle Flecke auf dem
Fleisch. Also hat jemand sie mit großer Kraft gehalten –
jemand, der sehr lange Finger hat. Die Frau hat kräftige
Arme, aber die Fingerspitzen dessen, der sie festhielt,
haben sich beinahe berührt.« Er legte seine eigene Hand
auf die Flecken, die nun, da er darauf hingewiesen hatte,

von allen deutlich erkannt wurden. Obwohl seine Finger sehr schmal und lang waren, paßten sie nicht in die Spuren.

»Wahrhaftig!« rief Arlin erstaunt aus. »Wenn man Euch so reden hört, so erscheint alles selbstverständlich – und doch hätte es keiner von uns gemerkt!«

Paraiken ging nicht auf dieses Lob ein, sondern stellte entschieden fest: »Fürs erste suchen wir also eine blonde Magd mit einer – wieso auch immer – auffälligen Hand, die zuletzt in einem wohlhabenden Haus gedient hat und seit einigen Tagen verschwunden ist.«

Der Alte blickte auf. »Wie wollt Ihr das bewerkstelligen, Meister? Ihr könnt nicht in der ganzen Stadt herumlaufen und die Leute befragen.«

»Nein, Euer Gnaden, sicher nicht. Ein Stück Papier wird uns diese Arbeit abnehmen. Ich werde zu einem Schriftsetzer schicken und einen Zettel drucken lassen, der für jede Nachricht über eine solche Frau einen Lohn aussetzt. Das wird sich in der Stadt herumsprechen. Auch wenn nur wenige Leute hier lesen können, so wird es doch einer dem anderen erzählen. Mag sein, daß wir sehr bald Näheres erfahren. Was aber diese Tote angeht, so bitte ich euch, sie einzubalsamieren, damit sie nicht verfällt und man auch später noch sehen kann, was ihr geschehen ist.«

Tineke lugte neugierig hinter dem Tresen hervor, als sie sah, wie ein Junge in der Kleidung eines Druckerlehrlings den Raum betrat. Über dem Arm trug er einen dicken Packen bedruckter Blätter. Weder Pitjow noch Elkwin waren im Moment in der Gaststube – es war noch früh am Nachmittag –, und so rief sie den Jungen zu sich. »Was hast du da?«

»Das soll in allen Gasthäusern und an öffentlichen

Orten ausgehängt werden«, antwortete er und wedelte ihr mit dem Blatt vor der Nase herum.

»Was steht darauf?« Tineke konnte gerade gut genug lesen, um die Beschriftungen auf Kisten und Amphoren zu entziffern. Den langen Text, der auf dem Zettel stand, vermochte sie nicht zu entziffern. »Kannst du es mir vorlesen?«

»Ja, natürlich. Hier steht: ›Zehn Silbertaler Belohnung für jeden, der Nachricht über eine tot aufgefundene Frau geben kann, etwa zwanzig Jahre alt, einen Schritt und vier Spann groß, blond, füllig, mit einer verkrüppelten oder anderweitig gezeichneten rechten Hand. Hat wohl als Magd in einem guten Haus gedient. Die Tote ist zu besehen im Tempel des Boron. Wer sie kennt, gebe Nachricht an Meister Orlan Paraiken in der Straße der Wollweber, im Haus zum Hirschen.‹«

»Das steht da?« Tineke starrte den Zettel an. Ihre Augen waren rund wie die eines Käuzchens.

»Ja. Da habt Ihr einen Zettel. Ich muß weiterlaufen.«

Er verließ die Thekestube, und Tineke blieb zurück, das Papier in der Hand. Immer wieder blickte sie es an, las einzelne Buchstaben. Dann rief sie laut: »Elkwin! Elkwin! So komm schon!«

Ihr Mann, der in der Küche bei Hanske gewesen war, tauchte auf. »Was schreist du so?«

»Hier, sieh nur!« Sie reichte ihm das Papier. »Das soll an allen öffentlichen Plätzen und in den Gasthäusern ausgehängt werden ... Und sieh nur, was da steht!«

Elkwin, der weitaus flüssiger lesen konnte als seine Frau, studierte den Text. Dann fragte er: »Ja und?«

»Aber das ist zweifellos Dotta, unsere Thorwalerin!« Tineke hatte vor Schrecken die Hände zusammengeschlagen. »Elkwin, sie hatte dieses Bildchen auf dem Handrücken tätowiert, das rote Herz mit dem Dolch ... und sie war blond und rund ... und wir wissen alle nicht, was aus ihr geworden ist! Seit letztem Erdtag ist sie nicht mehr zum Dienst gekommen!«

»Du schwatzt Unsinn«, fuhr Elkwin sie mürrisch an, packte sie am Arm und schob sie wieder hinter den Tresen. »Schweig still und mach dich an deine Arbeit!«

Aber Tineke war nicht mehr zu halten. »Lies selbst! Das muß Dotta sein! Das ... komm hierher, Schwiegervater, und sieh dir das an!«

Pitjow, den das laute Zwiegespräch angelockt hatte, trat an die beiden heran. »Was gibt es hier zu zanken?« Elkwin reichte ihm stumm das Blatt, und er warf einen unwilligen Blick darauf.

»Sie sagt, es sei unsere Dotta«, mischte sich Elkwin ein. »Aber das ist Unsinn.«

Pitjow las bedächtig, mit nachdenklich gerunzelter Stirn. Schließlich sagte er: »Das mag sein oder auch nicht. Ich werde zum Borontempel gehen und nachfragen, was es mit der Sache auf sich hat.«

Tineke sah ihm nach, wie er in seinen Wollmantel schlüpfte und auf die Straße hinaustrat. Immer noch erregt, wandte sie sich an Elkwin. »Tot aufgefunden! Was mag ihr wohl zugestoßen sein? Ach, diese Stadt ist gefährlich für ein armes Weib! Was meinst du, Elkwin?«

Der Mann zuckte mürrisch die Achseln. »Ich muß mich um die Küche kümmern.«

»Aber du hast sie doch gut gekannt! Berührt es dich denn nicht, daß sie tot ist? Meinst du, sie hat einen Unfall gehabt? Oder ist gar ermordet worden? Welcher Unhold mag das getan haben?«

»Du schwatzt zuviel«, knurrte er und verschwand in der Küche.

Tineke starrte ihm entrüstet nach. Nun gut, Dotta war nur eine Magd gewesen, aber immerhin hatte sie vom Sommer an im *Lachenden Henker* gearbeitet, und Elkwin – der es mit seinem Traviabund nicht sehr genau nahm – hatte zweifellos mehr als einmal ihr Lager geteilt. Und

jetzt tat er, als sei sie eine vollkommen Fremde! Tot aufgefunden! Tineke hatte gleich ein banges Gefühl gehabt,
als das Mädchen vergangenen Erdtag nicht zum Dienst
erschienen war, obwohl Pitjow gesagt hatte, die Thorwaler seien alle wie die Meerschwalben – auf und davon,
sobald sie ein Segel sahen! Arme Dotta …

»Ihr seht so bedrückt aus, Frau Wirtin«, sagte eine
sanfte Stimme.

Tinekes Kopf ruckte erschrocken hoch, dann lächelte
sie. »Ach, Ihr seid es. Ihr habt mich ein wenig erschreckt.«

Die Moha bewegte sich lautlos wie ein Kätzchen, man
bemerkte sie oft erst, wenn sie vor einem stand. Jetzt war
sie wie herbeigezaubert vor Tineke aufgetaucht, zart und
schmal, in einem langen rostbraunen Kleid, das schwarze Haar aufgesteckt. »Ich wollte Euch nicht erschrecken«,
sagte sie in ihrem eigentümlichen, ein wenig singenden
Tonfall. »Was bedrückt Euch denn?«

Tineke platzte heraus, so übervoll war ihr Herz. »Ach,
es ist möglich, daß eine unserer Mägde zu Tode gekommen ist. Sie kam letzte Woche nicht mehr zum Dienst,
und nun fragt man nach Nachrichten über eine Tote, die
ihr gleicht. Ich fürchte sehr, die Vermißte ist unsere
Dotta.«

»Diese Frau mit der blonden Haarkrone, die immer so
laut lachte?«

»Ja, das ist sie. Ich meine … das *war* sie. Aber wir wollen nicht mehr darüber reden«, fügte sie hastig hinzu, als
ihr einfiel, daß Elkwin ihr diese Schwatzhaftigkeit übelnehmen würde. »Was wollt Ihr trinken?«

»Heißen Met.«

»Ihr friert wohl sehr hier im Bornland, wie?« fragte
Tineke mitfühlend.

Die Moha nickte, und dann flüsterte sie: »Mein Körper
friert, aber am meisten friert mein Herz.«

Dabei sah sie Tineke aus ihren schräggestellten dunklen Augen an, daß es der Wirtin durchs Herz fuhr wie ein glühendes Eisen. Ihre Blicke trafen sich, und plötzlich waren alle Fragen beantwortet. Tineke reichte mit zitternden Händen die Kanne über die Theke. Catka griff danach und berührte dabei federleicht ihre Hand, als setzte sich ein Vögelchen darauf nieder.

»Auf Euer Wohl«, sagte Tineke leise.

Die Moha schenkte sich behutsam einen Becher Met ein, trank ihr mit einem Schlückchen des dampfenden Getränks zu und kehrte dann zu ihrem Platz neben dem Kamin zurück.

Zwei Stunden später kam Pitjow zurück. Als Tineke ihn fragend ansah, schüttelte er den Kopf. »Sie haben eine Frau ohne Kopf aus dem Hafenbecken gefischt, aber das war nicht Dotta. Ich habe sie mir genau besehen … Sie war es gewiß nicht.«

»Aber die Beschreibung …«

»Es gibt hunderte große blonde Frauen in Festum«, unterbrach er sie ärgerlich. »Und Dotta hätte ich mit Sicherheit erkannt, auch ohne Kopf, denn sie hatte ein Muttermal wie eine Erdbeere auf dem Bauch, eine Handbreit über dem Schoß.« Er grinste Tineke zynisch an. »Du kannst mir glauben, Tineke. Oder wenn du mir nicht glaubst, frag Elkwin. Wir wissen es beide.«

Damit wandte er sich ab und ging.

Tineke blickte ihm wortlos nach. Sie fühlte, wie ihr ein kalter Schauder über den Rücken lief. Was er sagte, hätte sie überzeugen sollen … Hätte sie nicht ganz genau gewußt, daß Dotta *kein* Muttermal auf dem Bauch hatte! Pitjow konnte nicht ahnen, daß sie selbst die Thorwalerin einmal nackend gesehen hätte – und es war auch nur durch Zufall zustande gekommen. Keiner der beiden Männer wußte davon, daß die Frauen mit ihnen über solche Dinge nicht sprachen, aber vor ein paar Wochen war die Magd so stark und unerwartet von ihrem Blut-

mond überkommen worden, daß Tineke sie in die Badestube geführt und ihr geholfen hatte, die blutverschmier-
ten Beine mit Wasser abzuwaschen. Bei der Gelegenheit
hatte sie Dottas Bauch gesehen – *und der war weiß gewesen
wie ein Federbett!*

Orlan Paraiken stand am Fenster, dessen einen Flügel er
geöffnet hatte, und blickte auf die schneebedeckte Straße
hinaus.

Das Wetter war so übel, wie es im Boron im Bornland
nun einmal ist. Der schieferfarbene Himmel schien die
höchsten Zinnen und Türme der Stadt zu streifen. Es
schneite immer wieder, so daß Straße und Häuser, Fuhr-
werke und Fußgänger weiß bestäubt waren. Dazu wehte
ein eisiger Wind vom Meer herein, der durch die Kleidung bis auf die Knochen drang.

Plötzlich hörte Jasper Hollerow seinen Freund sagen:
»Die arme Frau! Als genüge es nicht, daß sie unglück-
lich verheiratet ist, hat sie auch noch einen schlimmen
Schrecken erlebt! Sie braucht dringend unsere Hilfe,
Jasper.«

Hastig und neugierig stand der Kapitän auf und trat
neben seinen Gefährten. Er sah eine blonde Frau, die
eilig die Straße entlangrannte und offensichtlich zum
Haus zum Hirschen wollte. Jasper Hollerow bemühte
sich immer wieder, die Schlußfolgerungen seines Freundes nachzuvollziehen, aber es wollte ihm auch dieses
Mal nicht gelingen. So erkannte er zwar an der Haube,
die die Besucherin trug, daß sie verheiratet war, aber …
»Woher willst du wissen, daß sie *unglücklich* verheiratet
ist, Orlan?« fragte er staunend.

Paraiken zuckte die Achseln. »Das ist sehr leicht zu erkennen, mein lieber Jasper. Sie ist noch blutjung, also
kann sie nicht sehr lange verheiratet sein, und doch läßt

sie sich gehen, als bedeutete ihr Mann ihr nicht das geringste. Das kann nur bedeuten, daß sie unglücklich verheiratet ist.«

»Du verblüffst mich immer wieder«, murmelte Jasper.

Aber da wurde bereits an der Tür geklingelt, und wenig später stand die Besucherin im Raum.

Jetzt wurde auch Jasper Hollerow klar, was sein Freund gemeint hatte. Die Frau war hübsch, ja geradezu schön, aber ihr Haar war nachlässig frisiert und ihr Gesicht bleich. Als sie aus ihrem wollenen Mantel schlüpfte, stellte er fest, daß ihre Kleidung zwar sauber, aber lieblos zusammengestellt war. Zum braunen Kleid trug sie blaue Strümpfe und eine dicke bestickte Wolljacke, die den größten Teil ihrer guten Figur verbarg. Arm aber war sie offenkundig nicht, denn ihr Wollmantel war mit Pelz verbrämt, und auch ihre Kleider sprachen von Wohlstand.

Orlan ging ihr mit lebhaften Schritten entgegen. »Willkommen!« begrüßte er sie. »Und habt keine Angst. Euer Mann wird nichts von Eurem Besuch erfahren.«

Die Frau schreckte heftig zusammen. »Wie – wie könnt Ihr das wissen?« stammelte sie. »Es ist wahr, aber ...«

»Nun«, sagte Orlan, »es ist leicht zu sehen, daß Ihr Schwierigkeiten habt. Wenn eine Frau in solcher Not ist, würde ein guter Ehemann sie gewiß begleiten, oder nicht? Da Ihr aber allein gekommen seid, nehme ich an, daß Euer Gatte nichts von Eurem Besuch hier erfahren soll.«

»So ist es, ganz genau!« stieß die schöne Besucherin hervor, während sie atemlos auf einen Stuhl sank. »Oh, Ihr müßt mir helfen! Ich habe schon von Euch gehört ... man sagt, Ihr seid ein Freund der Schwachen und Hilflosen ... wenn Ihr mir nur raten könntet! Wenn Ihr ...«

»Jasper«, unterbrach sie Orlan, »gib mir den Meskinnes. Hier«, fuhr er fort, während er ein Glas des starken Hafer-Honig-Branntweins einschenkte und ihr reichte,

»trinkt das, ehe die Aufregung Euch gänzlich übermannt. Habt keine Furcht! Ihr seid hier in Sicherheit.« Als er sah, daß die Besucherin sich einigermaßen gefaßt hatte, ermunterte er sie: »Nun sprecht!«

»Mein Name«, begann die Frau, »ist Tineke Peddersen ... ich bin die Ehefrau von Elkwin Peddersen, dessen Vater der Wirt vom *Lachenden Henker* ist. Ach, daß es anders wäre! Genügt es nicht, daß meine Ehe mir nur Gram und Kummer bringt, muß auch noch Schreckliches geschehen! Und er läßt mich nicht fort; nur windstags, wenn das Gasthaus geschlossen ist und er lange schläft, darf ich aus dem Haus gehen, um meinen Vater zu besuchen ... Da bin ich zu Euch geeilt, denn ich weiß nicht mehr, was ich tun soll ... Ich sah Euren Namen auf dem Plakat, mit dem nach der Toten geforscht wurde ...«

Orlan bot ihr noch ein Glas Meskinnes an.

Mit der Zeit beruhigte sie sich so weit, daß sie zusammenhängender erzählte, und so erfuhren die beiden Männer, was im *Lachenden Henker* vorgefallen war. Mit einem tiefen Seufzer schloß die junge Frau: »So weiß ich, daß mein Schwiegervater mich belogen hat und mein Mann auch, denn er sagte mir dasselbe: daß Dotta ein Muttermal wie eine Erdbeere über dem Schoß habe. Aber ich habe ihren nackten Bauch gesehen und weiß, daß sie keines hatte! Warum haben sie versucht, mich hinters Licht zu führen? Warum leugnen sie ab, daß es Dotta ist? Denn es ist gewiß die arme Dotta!«

»Das mag sein«, erwiderte Orlan bedächtig. »Ja, es spricht einiges dafür. Aber da Euer Schwiegervater ableugnet, sie zu kennen, und dies mit einer Lüge bekräftigt, hat er wohl einen Grund dafür.«

Tineke sah ihn aus feuchten Augen an. »Ihr meint ... er hat bei ihrem Tod die Hand im Spiel gehabt?«

Orlan zuckte schweigend die Schultern.

»Aber warum?« rief die junge Frau heftig aus. »Was könnte er daran gewinnen? Sie war nur eine Magd! Was er von ihr haben konnte, das hat er zweifellos – Ihr versteht mich – gehabt. Warum hätte er sie töten sollen?«

Orlan ging nicht auf die Frage ein. »Und Euer Mann? Könnte er einen Grund haben?«

»Nicht, daß ich wüßte«, sagte die Besucherin, aber selbst Jasper fiel auf, wie sie dabei zu Boden blickte.

»Ihr müßt offen zu mir sein, wenn ich Euch helfen soll«, mahnte Orlan sie mit sanftem Vorwurf.

Tineke errötete. »Nun ... man spricht nicht gern über solche Dinge ... Aber mein Mann hat seine Lust daran, grausam zu sein. Es kommt oft vor, daß er mich mißhandelt.«

Jasper sog tief den Atem ein. Er hatte ein mitfühlendes Herz, und seine Ritterlichkeit wallte auf, als er die Spuren des Grams im Gesicht der unglücklichen Schönen sah. »Der Schurke!« rief er empört aus. »Habt Ihr denn keinen Vater, keinen Bruder, der ihn in seine Schranken weist?«

Die junge Frau begann bitterlich zu weinen. »Ach nein, Bruder habe ich keinen ... und was meinen Vater angeht, so hat er selbst mich an den Unhold verkauft! Oh, ihr Götter, ich sagte ihm noch, daß die Peddersens in üblem Ruf stehen, aber er wollte nicht hören!«

»Was sagt man ihnen denn nach?« wollte Orlan wissen.

Tineke wischte sich die Tränen aus den Augen. »Es ging immer schon das Gerede, daß keine Magd es lange im *Lachenden Henker* aushält. Es hieß sogar, etliche seien spurlos verschwunden, aber ich dachte, das hätte mit der bösen Lust meines Mannes und meines Schwiegervaters zu tun. Ich meinte, sie seien entlaufen ...« Sie blickte Orlan ängstlich an, aber er ging nicht darauf ein. Statt dessen fragte er sie noch eine Weile nach häuslichen Dingen, und sie erzählte ihm und Jasper von dem stummen Koch und den häufig wechselnden Mägden, von den schwarzfaulen Gelüsten ihres Ehemannes und der harten

Herrschaft ihres Schwiegervaters, von ihrem schwächlichen Vater und von der alten Frau, die ihr auf offener Straße angeboten hatte, ihren Mann zu vergiften. Letzteres erregte Orlans Aufmerksamkeit besonders, und er verweilte eine geraume Zeitlang bei diesem abstoßenden Erlebnis. Er fragte Tineke auch viel nach dem Wesen ihres Mannes, wonach es jenen am meisten gelüstete und wie seine Art im allgemeinen sei, und obwohl die arme Frau sich sichtlich schämte, gab sie ihm doch genauen Bericht.

Schließlich aber dankte er der Wirtin für ihre Offenheit und sagte: »Geht nach Hause, Frau Peddersen. Überlaßt alles weitere mir. Ihr werdet zu gegebener Zeit von mir hören. Bis dahin schweigt und seid vorsichtig! Wenn Euch etwas Ungewöhnliches begegnet, so sendet mir einen Boten, und ich werde zu Euch kommen.«

Die Frau verabschiedete sich unter vielen gestammelten Dankesworten und huschte dann in den feuchtkalten Nachmittag davon.

»Was hältst du von der Sache, Orlan?« fragte Jasper schließlich, als sein Freund lange ins Feuer blickte, ohne ein Wort zu sprechen.

Orlan hob aufgestört den Kopf. »Sie ist in höchster Gefahr, Jasper. Hast du denn nicht gesehen, daß sie eine schöne blonde Frau ist – wie alle Toten, die man im Hafen gefunden hat? Wir werden rasch und bedacht handeln müssen, wenn es uns gelingen soll, sie vor Schaden zu bewahren.«

Am nächsten Tag nahm ein neuer Gast im *Lachenden Henker* Quartier. Ein wüster Seemann war es, mit braunem Gesicht und unrasierten Wangen, der aussah, als hätte er eben von einem Piratenschiff abgeheuert. Sein schwarzes Haar stand borstig in die Höhe, in einem Ohr trug er einen goldenen Ring. Tineke fühlte sich vom ersten Augenblick an von seiner rohen Art abgestoßen. Es war ganz deutlich, daß er die Götter nicht ehrte. Er fluchte bei jeder Gelegenheit, ja er brüstete sich noch damit, daß er seit zwanzig Jahren keinen Fuß mehr in einen Tempel gesetzt hatte! Pitjow hatte ihm erst einen mißtrauischen Blick zugeworfen, aber der Fremde hatte ihn einen Blick in seine Geldkassette werfen lassen, die bis obenhin voll mit Gold und Silber war. Daraufhin war der Wirt sehr freundlich geworden, hatte dem Fremden – der sich als einen geborenen Garethier mit Namen Burgol Ruttel bezeichnete – ein schönes Zimmer gegeben und setzte sich jedesmal zu ihm, wenn er in der Thekestube saß.

Dort saß der Fremde fast dauernd. Er trank zwar nicht übermäßig viel, aber er liebte Gesellschaft. Wenn niemand in der Gaststube war, mit dem er ein Schwätzchen halten konnte, so stellte er sich oft an die Theke und plauderte mit Elkwin, zuweilen auch mit Tineke, obwohl sie ihre Abneigung gegen ihn nur schlecht verbergen konnte. Wenn andere Gäste da waren, zog er diese in ein Gespräch oder unterhielt sie mit so derb gesponnenem Seemannsgarn, daß Elkwin eines Abends lachend zu seiner Frau sagte: »Er ist wohl auch schon im Güldenlande gewesen, so wie er redet!«

Elkwin hatte seinen Spaß an dem dunklen Gesellen, was wohl daran lag – wie Tineke mit Mißvergnügen feststellte –, daß der Seemann allerlei von den Orgien der Reichen in Al'Anfar zu berichten wußte. Dabei gebrauchte er oft so zotige Worte und drastische Bilder, daß Elkwin brandrot im Gesicht wurde und sogar seine Arbeit schleifen ließ, um dem Burschen zu lauschen. Hin und wieder erzählte er ihm dann eines seiner eigenen Stücklein mit den Hafenhuren, ohne sich darum zu kümmern, daß seine junge Frau daneben stand, und der Seemann quittierte die Anekdoten mit brüllendem Gelächter und schlug ihm vor Vergnügen auf die Schulter.

Tineke stand daneben und bemühte sich, ihre peinliche Verlegenheit und Verwirrung nicht allzu offenkundig zu zeigen. Sie war froh, wenn der Gast wenigstens nur von seinen Reisen schwadronierte und keine Geschichten von al'anfanischen Hafenhuren erzählte, die ›einen Schoß wie das Tor eines Warenspeichers‹ hatten. »Aber, Bruder, mein Wagen paßte noch allemal nur knapp hinein!« Mürrisch wandte sie den Blick dem Mann zu, der an der kupferbeschlagenen Ecke der Theke lehnte und einem Kreis von Zuhörern vom Meer erzählte, über das er alles zu wissen schien. Sogar von dem geheimnisvollen Südmeer, über das selbst Pitjow nur Legenden gehört hatte, redete er, als sei er dort jeden Tag kreuz und quer gefahren.

»Ja, Brüder zur See«, rief er aus, »bei Efferd, ich sage die Wahrheit! Dort haben die Seeschlangen ihre Brutstätten auf dampfenden Geflechten aus Seetang, die so dicht sind, daß ein scharfes Schwert sie nicht zu durchtrennen vermag, geschweige denn der Kiel eines Schiffes. Wehe dem Schiff, das in die tödliche Umarmung einer solchen Tanginsel gerät! Es ist verloren, die Besatzung dem elenden Hungertod preisgegeben! Und nicht nur Seeschlangen, auch Drachen gibt es dort auf einem Eiland im Südwesten, das dem Güldenlande vorgelagert ist. Ihre Schuppen glühen wie flüssiges Gold, ihr Atem heizt die siedende Luft noch weiter auf. Denn je weiter man nach Süden kommt, desto heißer wird es, als segle man geradewegs in einen Backofen, bis zuletzt Takelwerk und Schiffsrumpf Feuer fangen und das Schiff mit Mann und Maus verbrennt!«

Die Leute im *Lachenden Henker* waren es gewohnt, Seemannsgarn zu hören, aber Burgol Ruttel erzählte besser als die meisten anderen. Wenn er mit den Händen fuchtelte und Grimassen schnitt, dann meinte man, die Drachen vor sich zu sehen und den glühenden Hauch der Praiosscheibe zu spüren!

»Habt Ihr wahrhaftig eine Seeschlange gesehen?«
fragte einer der Gäste mit großen Augen.

Burgol warf sich in die Brust. »Das will ich meinen!
Mindestens hundertfünfzig Schritt lang war sie, grün
wie Tang und golden wie die Sonne, mit Augen wie
Feuerscheiben! Wir kamen dazu, als das Vieh gerade
eine Bireme aus Al'Anfa zwischen den Kiefern hatte. Das
Schiff war ein Wrack, und die Leichen der Besatzung
trieben im Wasser, das dort so heiß ist, daß sie weich
wie Schweinebauch gesotten wurden! Die Seeschlange
hatte ihnen allen die Köpfe abgebissen, Männern wie
Weibern …«

»Das erinnert mich an die Tote, die sie aus dem Hafenbecken gefischt haben«, mischte sich einer ein, der lieber
über die Angelegenheiten von Festum gesprochen hätte
als über das siedende Meer im fernen Süden. »Was ist
aus der Sache geworden, Pitjow? Ihr vermißt doch eine
Magd, oder? Wart Ihr auch im Borontempel?«

»Natürlich«, erwiderte Pitjow. »Aber meine Magd
hatte ein Muttermal auf dem Bauch, und die Tote hatte
keins, also war sie's nicht.«

»Seht das alte Rübenschwein!« lachte einer. »Woher
wißt Ihr denn, was Eure Mägde auf dem Bauche haben,
eh?«

Pitjow antwortete nur mit einem dreckigen Grinsen,
und die Runde lachte laut auf. Einer rief: »Was sagst du,
Elkwin? Wenn dein Vater ihren Bauch kannte, kanntest
du ihn sicher auch!«

Elkwin brach in sein wieherndes Gelächter aus. »Und
ob! Ja, sie hatte ein Muttermal, so groß und rot wie eine
Erdbeere!«

»Er weiß es wirklich, dieser Bock!« schrie Burgol, und
das Gelächter brandete von neuem auf.

In solchen Augenblicken fand Tineke Trost darin, daß
sie den Blick zu der Moha schweifen ließ, die wie
immer an ihrem Platz am Kamin saß. Ihr Herz schlug

schneller, als der Blick der schwarzen Augen den ihren kreuzte. Es bedurfte keiner Worte mehr, um zu wissen, daß sie eines Sinnes waren. Aber ihre Liebe mußte sich auf Blicke und verstohlene Berührungen beschränken. Elkwin wachte eifersüchtig über seine Frau, und Catka war von ihrem Arnando so abhängig wie Tineke von den Peddersens. Wie oft träumte Tineke davon, mit der Moha zu fliehen, irgendwo ein neues Leben anzufangen, wo kein Mann ihre Spur finden konnte! Aber das blieb ein Traum, und die Wirklichkeit hieß Elkwin Peddersen, der seine prallen Hosen an ihrem Hinterteil rieb, während er den schmutzigen Geschichten des Seefahrers lauschte.

»Man sagt«, bemerkte einer aus der Runde, »es sei nicht das erste Mal, daß sie ein Weib ohne Kopf aus dem Wasser gezogen haben.«

»Die Weiber haben doch alle keinen Kopf«, sagte Pitjow und löste damit einen neuerlichen Sturm von Gelächter aus.

»Nein, im Ernst«, beharrte der Gast. »Es geht das Gerücht, man habe schon ein gutes Dutzend kopfloser Leichen gefunden. Was sagt ihr dazu?«

»Dummes Gerede«, murrte Elkwin und putzte plötzlich viel eifriger an seinen Bechern.

»Nein, dergleichen gibt es«, mischte Burgol sich ein. »Ich habe es in Khunchom erlebt, daß ein Bursche eine ganze Reihe Mädchen umbrachte – schnitt ihnen allen die Kehle ab und den Bauch auf. Es heißt, er sei ein heimlicher Dämonenpaktierer gewesen, der schwarze Opfer brachte …«

»Ja«, mischte sich ein Holzhändler ein, »bei uns in Sewerien gab es sogar eine Adlige, Libussa Ouvenskaja, die dutzendweise ihre Mägde ermordete und in ihrem Blut badete …«

»Hört auf!« rief eine Frau unter den Zuhörern. »Ich fürchte mich ja, des Nachts heimzugehen!«

Pitjow legte mit einer scherzhaften Bewegung beide Hände um ihren Hals. »Ja, hütet Euch!«

Sie schrie auf, halb im Scherz, halb wirklich erschrocken, und schüttelte ihn ab. »Schämt Euch was, Pitjow, ein armes Weib so zu erschrecken!«

Elkwin bemerkte übellaunig: »Ich würde lieber noch mehr über das Meer im Süden hören als eure Schauergeschichten. Kommt, Burgol, erzählt noch ein Stücklein!«

Der Seemann stellte sich bereitwillig in Positur. »Ja, da gibt es auch einiges zu erzählen! So hört: Dort unten im Süden muß es noch viele unentdeckte Geheimnisse geben, denn Seeleute von gesunkenen Schiffen, die man auf Planken treibend im Wasser fand, erzählten, daß sie auf ihrer Fahrt gen Osten die Praiosscheibe plötzlich *zu ihrer Linken* gehabt hätten … und daß es dort unten Inseln gebe, größer als Maraskan … und schneeweiße Vögel, die weiteres Land angekündigt hätten und die beim Anblick von schwarzem Tuch krächzend das Weite gesucht hätten … ja, daß es dort unten im äußersten Süden, hinter dem Land der ewigen Sonne, weite Flächen von *Eis* gebe …«

»Ja, sicher, und Stover Stoerrebrandt ist ein armer Mann!« rief einer lachend. »Ei, Burgol, jetzt geht Euch aber der Gaul durch!«

Auch die anderen bekundeten lautstark ihren Unglauben, und so lenkte Burgol das Gespräch rasch wieder auf die Frauen von Al'Anfa.

Als das junge Ehepaar in dieser Nacht im gemeinsamen Bett lag, bemerkte Elkwin – der mehr als gewohnt getrunken hatte – träumerisch: »Burgol sagt, die Huren in den Bordellen von Al'Anfa steckten den Männern die Zunge in den Hintern.«

Tineke wandte ihm ein verdutztes und angewidertes Gesicht zu. »Wer möchte wohl jemand anderem die Zunge in den Hintern stecken? Was für eine Schweinerei!

Wahrhaftig, Elkwin, ich glaube, das hat er genauso gelogen wie seine Geschichten vom Eis im Süden. Man muß wirklich nicht jede Narretei glauben.«

»Wenn ich es aber so haben möchte?«

»Elkwin, nein! Das ist sicher nicht traviagefällig, das kannst du mir nicht erzählen.« Sie setzte sich mit einem Ruck auf und kreuzte die Arme vor der Brust.

Er lachte brünstig, von ihrem Schreck und Unbehagen angestachelt. »Ich werde dich zwingen«, murmelte er. Sein Blick wanderte zu dem Schrank, in dem er den Kälberstrick aufbewahrte.

Sie sagte leise: »Du machst es mir schwer, dir gut zu sein.«

Elkwin zögerte eine Weile, dann rollte er sich zu ihr herum und blickte sie im Schein des Kaminfeuers aus dunkel glänzenden Augen an. »Hast du dir noch nie gewünscht, alles zu erleben, was du nur irgendwo erleben kannst? Dich mit jedem Wesen zu paaren, das du begehrst, sei es Frau oder Mann? Auf jede nur erdenkliche Weise?«

»Wovon redest du nur?« fragte Tineke, aber einen Lidschlag lang huschte der Gedanke an die Moha durch ihren Kopf.

»Ich habe Träume, Tineke«, sagte er in einem eigentümlich leisen, fast traurigen Ton. »Wilde, maßlose Träume. Ich weiß, daß ich daran sterben werde, und doch kann ich nicht aufhören … Tineke, ich bin verflucht.«

Tineke blickte ihn erstaunt an. Es war das erste Mal, daß er so mit ihr sprach, und sie wußte nicht, was sie darauf antworten sollte.

»Rahja«, sagte er, »erfüllt viele Träume. Aber die Dämonen machen *alle* Träume wahr.« Er hatte das Wort kaum ausgesprochen, da fuhr es wie ein Windstoß durchs Zimmer, die Flammen im Kamin flackerten, und einen Lidschlag lang schwebte ein ekelsüßer Geruch wie von Blut und verrotteten Blumen in der Luft.

Tineke fuhr erschrocken hoch. »Schsch! Sprich nicht von solchen Dingen! Bist du von Sinnen? Nennen heißt rufen!«

Er lachte auf und verzerrte im selben Augenblick das Gesicht, als wolle er weinen. Es sah so gräßlich aus, daß sie vor ihm zurückschauderte.

»Du bist betrunken«, sagte sie traurig. Sie wußte, daß er – wie viele Wirte – ein sehr vorsichtiger Trinker war, aber manchmal ließ er sich überreden, wie jetzt von diesem Burgol, der ihn auf ein Glas Honig-Branntwein nach dem anderen eingeladen hatte, und dann warf es ihn um. Glücklicherweise hatte der Meskinnes auf ihn die bekannte Wirkung, daß er das Verlangen steigerte, aber das Tun dämpfte.

Elkwin lachte tölpelhaft. »Mag sein, daß ich betrunken bin. Am liebsten wäre ich mein Leben lang betrunken und wüßte nicht, was um mich herum vorgeht … Tineke, schon als ich ein Knabe war, wollte mich keine haben, selbst nicht für Geld, und damals hatte ich die Narbe hier noch nicht … Die Huren pfiffen auf den Fingern, wenn ich in die Füllengasse kam, und lachten mich aus. Weiber, die es mit jedem rotpelzigen Goblin treiben würden, wollten mich nicht … Was hätte ich tun sollen? Ich war jung, und mein Schaft war jeden Tag wie ein Schiffsmast. Die Alte hat mir geholfen … aber um welchen Preis …«

Tineke wußte nicht, ob er ihre Gegenwart überhaupt noch wahrnahm. Er redete vor sich hin, ohne sie anzusehen. Sie saß aufmerksam lauschend neben ihm, sagte aber kein Wort.

»Die verfluchte alte Vettel … Fluch über meinen Vater, daß er mich zu Volsa Tarpjeelen geführt hat! Wie soll das alles nur enden? Tineke!« Plötzlich sah er sie wieder mit wachen Augen an. Seine Finger schlossen sich heiß, beinahe fiebrig um ihre Hand. »Du bist das Beste in meinem Leben«, sagte er. »Wo du bist, da ist immer Licht. Ich

möchte dich nicht verlieren. Ich irre in einem schwarzfaulen Sumpf herum, Tineke, aber du bist mein Licht.
Verlaß mich nicht.«

Impulsiv drückte sie seine Hand, als er sie so flehent-
lich bat. Sie wußte nicht, was ihn bedrückte, aber sie
spürte, daß er in großer Not war. »Wie kann ich dir helfen?« fragte sie bang.

Er umklammerte immer noch ihre Hand. »Du bist
fromm und gut ... Bitte Travia für mich, daß sie mich errettet. Sie ist es, die auch dem ärgsten Verbrecher noch
eine Zuflucht gewährt, in ihrem Tempel ist Heil für alle.«

»Das will ich tun«, versprach sie. »Aber Elkwin, wenn
du Böses tust, laß ab davon!«

»Das kann ich nicht mehr«, sagte er mit matter Stimme.
»Es würde mich das Leben kosten ... und dich. Tineke.«
Er rückte an sie heran und sah sie aus brennenden, aber
merkwürdig blicklosen Augen an, so daß sie nicht wußte,
ob er sie mit klaren Sinnen sah. »Burgol erzählte mir, der
Elende, der in Khunchom den Frauen die Kehle ab-
schnitt, sei grausam gerichtet worden. Für drei Tage
stellte man ihn in einem eisernen Käfig auf dem Markt-
platz zur Schau, dann wurde er lebendig eingemauert.
Burgol sagte, er habe gebrüllt wie ein Stier, als er ange-
kettet in seinem steinernen Grab stand. Als schon der
letzte Stein in die Luke gelegt war, habe man ihn noch
brüllen hören. Was meinst du – hatte er das verdient?«

»Das letzte Urteil wird auf Borons Seelenwaage gesprochen«, antwortete sie leise, denn sie argwöhnte mit
eisigem Schauder, daß Elkwin nicht vom Schicksal eines
Fremden sprach, sondern von seinem eigenen. Zweifellos hatte er mit Dottas Tod zu tun, und nun peinigte ihn
das Gewissen. Oder war es nur die Angst vor der Strafe,
die ihn erwartete, wenn sein Verbrechen ans Tageslicht
kam? So fügte sie hinzu: »Warum mag ein Mensch wohl
eine solche Tat begehen? Mir scheint, ein solcher müsse
wahnsinnig sein oder von Dämonen besessen.«

Elkwin achtete nicht auf sie. Er stützte den Kopf in beide Hände. »Tineke«, fragte er, »was hat ein Mensch wohl mehr zu fürchten, die derische Strafe oder die Kälte der Niederhöllen? Meinst du nicht auch, daß ein Mensch wie dieser Mörder in Khunchom sofort nach seinem Tod in die eisige Verdammnis fahren müßte?«

»Das glaube ich wohl«, sagte sie. »Doch solange ein Mensch lebt, kann er bereuen und umkehren. Erst wenn Golgari ihn über das Nirgendmeer getragen hat, wird er gerichtet. Ich verstehe nicht viel von diesen Dingen, aber so habe ich es von meinen Eltern gelernt. Mein Vater …«

»Dein Vater«, fiel er ihr heftig und gehässig ins Wort, »ist ein Schurke, der seine eigene Tochter verkaufte, um seine Schulden zu bezahlen. Wenn es dir schlecht ergeht, werden die Götter dich an ihm rächen. Meinst du, ich hätte nicht den Gram und Zorn in deinen Augen gesehen, als die Geweihte im Traviatempel unsere Hände ineinanderlegte?«

Tineke senkte den Kopf. »Elkwin«, sagte sie leise, »viele junge Leute im Bornland werden so wie wir verheiratet – um Geld, um Macht, um eines Adelstitels willen. Wir sind nicht die einzigen, die keine Liebe verbindet. Aber liegt es nicht an uns, ob wir einander Elend oder Freude bereiten?«

Elkwins Gedanken jedoch waren bei anderen Dingen. »Wenn du sterben mußt«, murmelte er, »wird dein Blut an deinem Vater gerächt werden. Dann ist es seine Schuld, was dir geschehen ist. Tineke, ich möchte dich nicht verlieren.« Er rückte an sie heran und umschlang sie, so daß sie unter dem Barchent des langen Nachthemdes seinen hageren Körper spürte. »Küß mich«, flüsterte er.

Sie legte die Arme um seine Schultern und küßte seinen verzerrten Mund, so lange und innig, wie sie es nur aushalten konnte.

Er genoß den Kuß mit geschlossenen Augen, aber

dann riß er sich plötzlich los. »Wie kannst du mich küssen?« rief er zornig. »Hast du kein Gefühl? Spürst du nicht, was du da küßt?«

»Doch«, erwiderte sie. »Aber es ist nicht schlimm. Haben denn nicht alle Männer den einen oder anderen Makel? Mein Vater, wie du weißt, hatte als junger Mann die Zorgan-Pocken, und sein Gesicht ist mit Narben übersät. Meinst du, ich hätte ihn deshalb nicht geküßt? Ich kann mich daran gewöhnen, wenn du nur sonst gut zu mir bist – wenn du freundlich zu mir sprichst und aufhörst, mich mit diesem Strick zu mißhandeln.« Sie legte eindringlich die Hand auf seinen Arm. »Elkwin, ich will ja nur, daß du mich gut behandelst. Dann könnte ich leicht zärtlich zu dir sein und dir deine Wünsche erfüllen. Gefiele dir das nicht auch?«

»Ich kann nicht gut zu dir sein, Tineke«, antwortete er, und seine Stimme klang tieftraurig. »Selbst wenn ich es wollte, ich könnte es nicht. Sagte ich dir nicht, daß ich verflucht bin?«

Tineke war so bewegt von seinem Kummer, daß sie ihn in die Arme nahm. »Die Geweihten könnten den Fluch von dir nehmen.«

»Es ist zu spät. Ich habe zuviel Böses getan, um noch gerettet zu werden.«

»Elkwin …« Sie streichelte sein Gesicht, ohne sich um die Narbe zu kümmern. »Ich will für dich beten.«

Er wand sich brüsk aus ihrer Umarmung los und drehte sich von ihr weg. »Laß mich schlafen.«

Er schlief auch wirklich rasch ein, aber Tineke lag bis zum Morgengrauen wach und dachte darüber nach, was er mit ihr geredet hatte. Sie hegte keinen Zweifel mehr, daß er bei Dottas Tod die Hand im Spiel gehabt hatte – und hieß das nicht, auch beim Tod der anderen unglücklichen Frauen, die man ohne Kopf aus dem Hafenbecken gezogen hatte? Vor allem aber: Was hatte er mit seinen Reden über die schwarzfaule Lust gemeint? Mord war schlimm, aber alles, was mit Dämonen zu tun hatte, war noch weit schlimmer. Tineke konnte kaum glauben, daß Elkwin sich wirklich auf so verruchte Dinge eingelassen hatte – aber da war der Name, den er genannt hatte. *Volsa Tarpjeelen.* Sie mußte herausfinden, wer diese Frau war. Hatte sie Elkwin verflucht? In irgendeiner Weise mußte sie mit seinem Verderben zu tun haben!

Tinekes Gedanken wanderten zu Meister Paraiken. Hatte er ihr nicht gesagt, sie sollte ihn benachrichtigen, wenn etwas Ungewöhnliches geschah? Ihm würde es leichter fallen als ihr, diese Frau ausfindig zu machen. Allerdings war sie ein wenig enttäuscht von ihm. Sie hatte erwartet, er werde irgend etwas unternehmen oder sich zum mindesten bei ihr melden, aber nun waren fast zwei Wochen seit ihrem Besuch bei ihm vergangen, und sie hatte nichts von ihm gehört. Vielleicht war es ein Fehler gewesen, ihn aufzusuchen. Er war ein so vielbeschäftigter Mann, da hatte er wohl gar keine Zeit, sich um die Angelegenheiten einer unbedeutenden Wirtin zu kümmern. Ob es sich überhaupt lohnte, zu ihm zu gehen? Nun, sie würde einen letzten Versuch wagen. Wenn er sich dann noch immer nicht um ihre Sorgen kümmerte, mußte sie wohl auf seine Hilfe verzichten, so hart sie das auch ankam.

Sobald der nächste Windstag anbrach und Elkwin sich die Bettdecke über die Ohren zog, eilte Tineke in die Straße der Wollweber. Es war ein eiskalter, finsterer Tag, und sie merkte, wie die ersten Schwaden des gefährlichen Nebels durch die Straßen von Festum zogen. Wehe dem, der heute nacht nicht im Schutz eines Hauses saß! Schon jetzt erkannte sie die Leute, die ihr entgegenkamen, nur verschwommen. Ein Chor von Schatten schien um sie zu tanzen, in dem sie keine Gesichter wahrnehmen konnte, nur weiße Flecken über dunklen Kleidern. Die Leute wirkten alle unförmig wie Bären in ihren Pelzen und den dicken wollenen Umschlagtüchern. Sie sahen alle gleich aus, so daß es Tineke zumute war, als stünde sie auf der Stelle und sähe immer dieselben Menschen um sich. Sie war erleichtert, als sie die Straße der Wollweber erreichte und das schmale Haus mit dem spitzen Giebel vor sich aufragen sah. In wilder Hast zog sie die Klingel.

Ihr Herz schlug wieder ruhig, als Orlans Schwester Dorlin ihr öffnete, doch hörte sie zu ihrer Enttäuschung, daß Orlan Paraiken nicht zu Hause war. Sie könne aber seinen Freund und Gefährten sprechen, den Kapitän Jasper Hollerow.

Tineke war niedergeschlagen, doch schließlich befand sie, der Freund sei besser als gar nichts, und so saß sie bald darauf in dem kunterbunt eingerichteten Salon dem Kapitän gegenüber. Er entschuldigte sich höflich bei ihr, Orlan Paraiken sei in Geschäften unabkömmlich, doch werde er ihm bei erster Gelegenheit getreulich alles berichten. Tineke hatte ihn bei ihrem erstem Besuch nicht sonderlich beachtet – er war ein Mann, den man leicht übersah –, doch nun fielen ihre seine freundlichen braunen Augen und die milden Gesichtszüge über einem kräftigen braunblonden Schnauzbart auf. Sie faßte sofort Vertrauen zu ihm.

»Es ist etwas Seltsames geschehen, und da Euer edler Freund mich ermahnte, ihm alles Außergewöhnliche sofort mitzuteilen …«

»Ja, natürlich. Sprecht nur.«

Also erzählte Tineke dem aufmerksam Lauschenden von ihrer nächtlichen Unterredung mit Elkwin und den dunklen Andeutungen, die er gemacht hatte. »Ich weiß, Meister Paraiken ist ein vielbeschäftigter Mann«, entschuldigte sie sich. »Aber es geht mir soviel im Kopfe herum … Auch wenn er vielleicht keine Zeit hat, sich um mich zu kümmern …«

Hollerow beschwichtigte sie. »Er hat Euren Fall angenommen, Frau Wirtin, und das heißt, daß er sich aufs genaueste damit beschäftigt. Ich weiß auch nicht, was er gerade tut, aber er hat Euch zweifellos nicht vergessen. Habt Geduld! Er hat seine eigene Methode, an diese Dinge heranzugehen, oft arbeitet er im verborgenen und tritt erst ans Licht, wenn er alle Fäden in der Hand hat.«

Das beruhigte Tineke ein wenig. »Es macht mir solche Sorgen, was mein Mann von – von gefährlichen Dämonen sagte«, gestand sie ihm. »Was soll ich nur tun? Es ist schon schrecklich genug, daß ich fürchten muß, mit einem Mörder verheiratet zu sein, aber mit einem Dämonenpaktierer – das könnte ich nicht ertragen!« Ihre Augen füllten sich mit Tränen. »Ich wollte doch nur meinen Vater vor seinen Gläubigern retten! War dies eine so schwere Sünde, daß nun alles Unheil Deres über mich arme Frau hereinbricht?« Und bevor sie noch wußte, wie ihr geschah, hatte sie die Arme um den Hals des gütigen Kapitäns geschlungen und weinte bitterlich an seiner Schulter. Alles strömte aus ihr heraus, all die Leiden, Demütigungen und Ängste der letzten zwei Monde. Sie spürte, wie ihre Tränen die Schulter seines Wamses benetzten, fühlte, wie er väterlich ihre Schulter tätschelte. Es tat gut, wieder einmal einem warmherzigen menschlichen Wesen nahe zu sein, das Anteil an ihrem Schicksal nahm.

Seine freundliche Stimme klang dicht an ihrem Ohr. »Habt keine Furcht, junge Frau! Nun, da Orlan sich Eurer Sache angenommen hat, habt Ihr einen Beschützer. Grämt Euch nicht, wenn Ihr nichts von ihm hört! Er ist oft wie eine Fledermaus in der Nacht; Ihr meint, er sei ferne, aber er ist ganz nahe.«

Tineke schöpfte Trost aus diesen Worten, aber mehr noch aus seiner Gegenwart. Sie löste sich ein wenig befangen von ihm und entschuldigte sich für ihren Ungestüm, aber er lächelte nur und sagte: »An meiner Schulter haben schon viele geweint. Es scheint den Leuten oft, daß ich mehr Herz hätte als Orlan, aber das ist nicht wahr. Mein Freund ist ein sehr mitfühlender Mensch, doch kann er es nicht zeigen. Ihr werdet sein Mitgefühl an der Leidenschaft erkennen, mit der er sich für Euch einsetzt.«

Als Tineke sich schließlich erhob, um sich zu verabschieden, fühlte sie sich weitaus besser als zuvor. Leichten Herzens stieg sie die schmale, glänzend polierte Treppe hinunter. Hollerows Worte klangen ihr noch in den Ohren nach: *Nun, da Orlan sich Eurer Sache angenommen hat, habt Ihr einen Beschützer.*

Burgol Ruttel, der struppige Seemann, der seit zwei Wochen im *Lachenden Henker* wohnte, hatte eine sonderbare Vorliebe für Elkwin gefaßt. Er plauderte oft an der Theke mit ihm, und wenn die meisten Gäste bereits die Schenke verlassen hatten, drängte er ihn, er möge Tineke das Aufräumen überlassen und sich auf ein Glas Branntwein zu ihm setzen.

Elkwin – der natürlich merkte, daß die Gäste ihn für gewöhnlich mit Widerwillen betrachteten – freute sich über diesen einen, der seine Gesellschaft suchte, und es dauerte nicht lange, da waren sie beide die besten Freunde. Burgol hatte nichts dagegen, daß der Wirtssohn mit Vorliebe über Frauen redete, ja, er stachelte Elkwin noch weiter auf, indem er ihm immer wieder von den Orgien in Al'Anfa erzählte. Dabei ließ er ständig durchblicken, wie sehr er diese Orgien genossen habe und wie sehr er es bedaure, daß es in Festum nichts Vergleichbares gebe. Er sagte schließlich rundheraus, daß er sich bereitwillig von einer Menge seines Geldes trennen würde, wenn sich eine solche Möglichkeit eröffnete.

Elkwin hörte ihm mit steigender Aufmerksamkeit zu.

Er empfahl dem Gast erst ein paar Bordelle, wie man sie in der Füllengasse und ihren Nebengassen Laternenstiege, Obere Möwengasse und Mondscheinweg zuhauf fand, dann einige Huren, die dafür bekannt waren, daß sie auch ausgefallene Wünsche erfüllten, aber nichts schien den brünstigen Burgol Ruttel so richtig zufriedenzustellen. Immer wieder kam er darauf zu sprechen, daß er in Al'Anfa mehr und Besseres erlebt habe.

Wenig später schon lud er Elkwin in sein Zimmer ein, und als sie dort im Schein eines Wachslichtleins beisammensaßen, fragte er vertraulich: »Wollt Ihr etwas Besonderes probieren? Ich hätte ein Tränklein da, das versetzt Euch in die Gefilde Alverans ...«

Elkwin zögerte. »Ich weiß nicht ... mir ist das Rauschkraut nicht geheuer. Das ist eine Südländersitte.«

»Eben, Bruder, und die Südländer wissen, was gut ist!« Er holte ein bauchiges Fläschchen aus seiner Seekiste und hielt es gegen das Licht. Der Inhalt schimmerte scharlachrot. Burgol nahm einen Schluck, dann bot er Elkwin davon an. »Probiert! Ein Schlückchen nur! Ein Mann wie Ihr kann das vertragen.«

Elkwin zauderte zunächst noch, aber dann wollte er sich nicht nachsagen lassen, er sei feige, und so probierte er einen winzigen Schluck. Ein paar Lidschläge lang blickte er noch mißtrauisch die Flasche an, dann durchschauerte es ihn, und seine Augen weiteten sich. »Bei den Göttern! Das fährt ins Blut!« rief er aus.

»Nun, was habe ich Euch gesagt! Da, noch ein Schlückchen, damit Ihr es auch ordentlich spürt!«

Ihre Schatten tanzten groß und gespenstisch an den weiß gekalkten Mauern, als die beiden am Tisch saßen, Branntwein tranken und hin und wieder an dem Fläschchen mit dem verführerischen Inhalt nippten. Sie unterhielten sich wie gewohnt über die Hurerei, und Burgol äußerte sich höchst abfällig über die Frauen, die er bislang im Bornland kennengelernt hatte, bis Elkwin schließlich halb gereizt, halb neugierig fragte: »Was juckt Euch denn so sehr, daß die besten Huren von Festum nicht gut genug für Euch sind? Ihr wollt wohl Rahja selbst besitzen?«

Da beugte Burgol sich zu ihm und flüsterte: »Meine Lust ist nicht rahjanisch.«

Elkwin warf einen Blick nach allen Seiten, als fürchte er, daß sie selbst hier im Zimmer belauscht werden könnten, und fragte dann mit gedämpfter Stimme: »Dann meint Ihr – die Herrin der schwarzfaulen Lust?«

»Aber natürlich«, antwortete Burgol ebenso verstohlen. »Seht, mir ist in Al'Anfa alles schal geworden, was Rahja mir zu bieten hätte. Da hörte ich, es sei möglich, die Mächte der Niederhöllen zu beschwören …«

Der Wirtssohn hob erstaunt den Kopf, in seinen Augen flackerte es. »Die Thaz-Laraanij? Ihr kennt …? Dann müßt Ihr von Sinnen sein, wenn Ihr danach verlangt! Und wißt Ihr nicht, daß in Festum Rad und Galgen auf solches Tun stehen?«

Der Seemann lachte roh. »Rad und Galgen habe ich mir schon anders verdient, die schrecken mich nicht mehr. Es ist auch nicht das erste Mal, daß ich eine Beschwörung mitmache …«

Elkwin packte ihn heftig am Arm. »Seid kein Narr! Reicht es Euch nicht zur Warnung, wie ich aussehe? Das geschah, als ein anderer und Höherer erschien als der, den wir riefen. Ich meinte zu sterben und in die Verdammnis zu fahren! Nie werde ich diesen Tag vergessen. Und welchen Fluch hat er über mich gebracht!«

»Was meint Ihr? Eure Narbe?«

Elkwin lachte laut und bitter auf. »Meine Narbe!« höhnte er und fuhr sich mit den Fingern übers Gesicht. »Damit könnte ich zur Not leben. Aber wer kann schon die Kälte der Niederhöllen ertragen? Könntet Ihr der ewigen Verdammnis trotzen – dem rasenden Wahnsinn der Seelenmühle?«

»Es kann einem nichts geschehen, wenn man keinen Pakt eingeht«, zischte der Seemann.

»Ist mir denn nichts geschehen?« fuhr Elkwin ihn an. »Die verfluchte Alte patzte, und ein Gehörnter Dämon erschien statt eines niederen! Ich meinte, er werde uns alle drei an Ort und Stelle zerreißen, als er mir ins Gesicht fuhr und mir die Wange aufschlitzte. Aber was er tat, war noch schlimmer: Er verfluchte mich und meinen Vater.«

»Ein Fluch? Welchen Fluch sprach er aus?«

Elkwin hob den Kopf, und ein Ausdruck rasender Qual huschte über sein verzerrtes Gesicht. »Ich war fünfzehn Jahre alt, als mein Vater mich zu der elenden Zauberin führte ... und seit diesem Tag brennt das Verlangen in seinen und meinen Lenden, unstillbar, schwarz und faul, wie nur die Kälte der Niederhöllen brennen kann. Nichts befriedigt uns als nur der Gedanke an Grausamkeit, Blut und Tod, und ständig hetzt uns das Verlangen, dieser bösen Lust bis zum letzten nachzugeben.« Er blickte auf, eine düstere Glut brannte in seinen Augen. »Ich bin ein Verlorener, Burgol ... nichts kann ewig unentdeckt bleiben. Ich werde einen grausamen Tod erleiden – und was dann? Denn ich fühle, wie der Fluch mich verfolgt, wie Angst und Bangigkeit mich überkommen, wenn ich mich einem Tempel nähere, und wie es mir eine schreckliche Qual ist, einen zu betreten ...«

»Aber Ihr könnt den Tempel noch betreten?«

»Ja, wenn auch unter gräßlichen Ängsten und Schmerzen. Ich habe ja keinen Pakt geschlossen. Es ist der Wille des Dämons, der wie eiserne Ketten auf mir lastet. Tag und Nacht verfolgt er mich.«

»Ein Geweihter könnte Euch befreien, wenn Ihr es wollt.«

Elkwin schüttelte den Kopf. »Dann müßte ich eingestehen, was ich getan habe, und würde mich selbst aufs Schafott bringen – und nicht nur mich, auch meinen

Vater. Und Ihr habt meine Frau gesehen, Burgol. Wir sind erst seit drei Monden verheiratet. Sie ist das Kostbarste, was ich besitze. Ich müßte auch sie aufgeben, wenn ich zu den Geweihten ginge ... und das kann ich nicht. Sie ist mein, ich will sie behalten – noch viele Jahre lang.« Er machte eine Bewegung, als wolle er aufstehen, sank aber, von dem heimtückischen Elixier benommen, auf seinen Sitz zurück. »Tut nicht, was ich getan habe! Geht nicht zu Volsa Tarpjeelen! Ihr bringt Euch in die niederhöllische Verdammnis!«

Seine harten Finger krallten sich so heftig in den Arm des Gefährten, daß dieser schmerzlich das Gesicht verzog. »Hört«, zischte Elkwin. »Hört, Ihr Narr: Ich werde eines Tages mit meinem Leben für die Lust bezahlen, die ich damals suchte, ich werde am Galgen büßen, und ich werde wohl den Göttern danken müssen, wenn ich nur erwürgt werde und mir nichts Ärgeres geschieht! Und immerzu drängt es mich, noch einmal denselben Irrsinn zu begehen und die Thaz-Laraanij zu beschwören. Aber ich habe Angst davor, furchtbare Angst. Es ist genug, daß ich Verbrechen begangen habe, die mich dem Henker überantworten – ich will nicht auch meine Seele verlieren. Immer wieder träume ich von den niederhöllischen Abgründen, von der eisigen Finsternis, in der die Seelenmühle die Seelen der Verfluchten zermalmt ... oh, daß ein Gott mich erretten würde!«

Der Seemann saß schweigend da und blickte Elkwin an. Auf seinem eben noch so wüsten Gesicht malten sich Mitleid und bange Sorge. »Ihr habt Euch tief in Böses eingelassen«, murmelte er.

Elkwin schüttelte den Kopf und fuhr sich über die Augen, als müsse er Spinnweben wegwischen. Sein Blick irrte unstet und benommen durch den Raum. Es war deutlich sichtbar, daß er seiner Sinne kaum noch mächtig war. »Ich bin ein Schurke, Burgol«, ächzte er, »und werde wie ein Schurke enden, aber eines habe ich nie wieder getan – einen Dämon beschworen, sei es ein niederer oder ein hoher. *Sie* haben mich in ihrer Gewalt, und ich muß ihr Knecht sein, aber so tief bin ich nicht gefallen, daß ich an ihren blutigen Beschwörungen teilnähme ... mögen sie allesamt in die eisige Verdammnis fahren!«

Mit diesem Fluch ließ er den Kopf auf den Tisch sinken und war drauf und dran, einzuschlafen. Burgol stand auf, packte ihn mit kräftigem Griff am Arm und führte den Schwankenden in seine Kammer hinüber, wo er ihn angekleidet, wie er war, aufs Bett legte. Mochte Tineke sich um ihren berauschten Mann kümmern! Morgen würde Elkwin sich nur noch erinnern, daß es ihm am vergangenen Abend sehr wohl ergangen war und er sich köstlich gefühlt hatte – und Burgol dachte nicht daran, ihm zu verraten, was er alles ausgeplaudert hatte.

Orlan Paraiken lehnte sich in seinen Schaukelstuhl am Kamin zurück und fragte: »Nun, Jasper? Was hat sich alles ereignet, während ich fort war?«

Die beiden Männer saßen einander in der behaglichen Unordnung des Raumes gegenüber. Draußen vor den Butzenglasscheiben tobte der eisige Firun seine Wut aus. Es schneite in dichten, wirbelnden Flocken. Von allen Vordächern hingen glitzernde Eiszapfen herab. Der Wind, der in heulenden Stößen vom Meer heranfuhr, schnitt jedem wie ein Messer ins Gesicht, der sich auf die Straße wagte.

Jasper Hollerow dachte an die unglückliche Wirtin und war sehr geneigt, seinem Freund Vorwürfe zu machen, daß er weggefahren war und die Angelegenheit der armen Frau unerledigt gelassen hatte. Aber er bezwang sich. Aus langer Erfahrung wußte er, daß Orlan seine eigene Art hatte, sich um seine Untersuchungen zu kümmern. Es nützte nichts, wenn er ihn drängte.

So gab er ihm den Besuch der Frau in allen Einzelheiten wieder und nannte seinem Freund den Namen, den er sich aufgeschrieben hatte: Volsa Tarpjeelen. »Sagt dir der etwas?«

»Oh, sicher«, erwiderte Orlan prompt. »Ich habe den Namen erst kürzlich gehört. Und er ist mir auch schon bei anderen Untersuchungen unter die Augen gekommen. Laß sehen, was ich über diese Frau verzeichnet habe.« Er stand auf und trat an einen Schrank voller Papiere und Pergamentrollen. Nach einigem Suchen zog er eine dicke Mappe heraus, blätterte darin herum und las dann vor: »›Volsa Tarpjeelen, eine Abtreiberin und Giftmischerin, die sich auch mit Beschwörungen abgibt, wohnt im Diebeswerder.‹ Siehst du, da haben wir es schon. Ich denke, ich werde ihr einen Besuch abstatten.«

»Du bringst dich in Gefahr!« rief Jasper Hollerow erschreckt. »Laß mich dich begleiten!«

»Nein, Jasper, das ist nicht möglich. Ich achte schon auf mich.«

»Ja, wie du immer auf dich achtest – du springst kopfüber in die Gefahr!« Der Kapitän schüttelte besorgt den Kopf. »Eines Tages wird man dich genauso kalt und tot aus dem Hafenbecken ziehen wie jene armen Frauen, um die du dich so wenig gekümmert hast …«

Orlan Paraiken ging nicht auf den Vorwurf ein. Er sagte: »Du könntest mir anders und besser nützen.«

»Sag nur, was ich tun soll.«

Paraiken schrieb ein paar Worte auf einen Zettel. »Geh zu dieser Frau und sag ihr, daß ich ihre Hilfe brauche.«

Hollerow verzog das Gesicht, als er den Zettel entgegennahm. »Kannst du mit einem so geringen Auftrag nicht einen Laufburschen …« Dann fiel sein Blick auf den Namen, der auf dem Zettel stand, und seine Augen wurden groß. »Ich verstehe«, murmelte er. »Aber meinst du, Orlan, die edle Magierin wird sich herablassen, uns zu helfen?«

»Ich hoffe es. Sie ist eine hoch erhabene, aber auch eine sehr gütige Frau. Und nun laß mich meine Vorbereitungen für den Besuch bei Volsa Tarpjeelen treffen.«

Beiderseits des Gargelbaches und auf den zwei Werdern darin lag das Gerberviertel von Festum, oft einfach Westende genannt. Dort im kalten Schatten des Zwielichtberges verbarg sich die andere Seite von Festum, der Prächtigen. Im Westende lebten jene etwa dreitausend Menschen, die die Stadtluft nicht frei, sondern vor allem arm gemacht hatte. Manche gingen unzünftigen Berufen nach, die kaum einen einzelnen ernähren konnten, geschweige denn eine hungrige Familie: Sie waren Flickschuster, Besenbinder und Quassetzbrauer. Das Hungerschreien der Kinder war dort ein alltäglicher Lärm, schon Säuglinge wurden mit dem schnapsgetränkten Schnuller ruhiggestellt. Man sah viele schwachsinnige oder verkrüppelte Kinder, die sich, wenn sie heranwuchsen, nur als Bettler durchbringen konnten. Aber auch den Gesunden blieb meist nichts anderes übrig, als Hure, Taglöhner, Hausierer oder bestenfalls Seemann oder Matrosin zu werden.

Zwischen Hafentor und Gerberviertel lag eine Insel mit einem Dutzend Kaschemmen und Hurenhäusern, die Diebeswerder genannt wurde. Das üble Häusergewirr war ein Geheimtip für Schmuggler, Schacherer, Hehler und Söldnerwerber, deren Geschäfte bis in die Schwarzen Lande reichten. Dort befand sich auch die Wohnung – oder sollte man besser sagen: die Höhle? –, in der Volsa Tarpjeelen hauste. Sie lag versteckt in einem der engen Durchgänge, die die Häuser miteinander verbanden. Der finsterste Abschaum der Stadt lebte hier in den fleckigen, stinkenden Häusern, die sich krumm und vom Mauerfraß befallen aneinander lehnten, als wollten sie beim kleinsten Windhauch einstürzen: Weiber, die es für Geld mit Goblins trieben, Bettler, die Kinder stahlen und künstlich verkrüppelten, um mit diesen mitleiderregenden Gestalten Geld zu machen, Meuchelmörder, Abtreiberinnen und Leichenfledderer. Man mußte selbst am hellen Tage auf der Hut sein, wenn man sich in diesen Rattenbau wagte. Der Mann, der an diesem Tage zu Volsa unterwegs war, war froh, daß er seinen dicken Knotenstock mitgenommen hatte.

Er war hochgewachsen, mit scharfen Zügen und leuchtenden Augen, aber sein Gesicht verunzierte ein schwammiges, borstig behaartes Muttermal, das fast die ganze Wange bedeckte. Wenn er ging, sah man, daß er hinkte, und seine rechte Schulter war höher als die linke. Er war wie ein wohlhabender Bürger gekleidet.

Volsas Tür stand offen, und er trat ein. In dem niedrig gewölbten Raum herrschten dämmriges Zwielicht und muffige, schlechte Luft. Das kleine Fenster führte auf den Durchgang zwischen den Häusern, so daß kaum Licht hereindrang. Der Schatten des wilden Weins verdunkelte es von außen, innen war es zur Hälfte mit irdenen Töpfen verstellt, die auf der Fensterbank aufgebaut waren. Oben hielt ein schwerer Vorhang das Tageslicht noch zusätzlich ab. Der Raum stank buchstäblich – stank nach etwas Verschmortem. Der Besucher schluckte, um ein Würgen zu unterdrücken. Es war nicht nur der Geruch, der es ausgelöst hatte, es war auch der Anblick: Überall stand verschmutztes, mit vertrockneten Essensresten überkrustetes Geschirr herum, der Raum war geprägt von greisenhafter Verwahrlosung. Die Bewohnerin war nirgends zu sehen.

Aber als der Besucher den Blick schon wieder abwenden wollte, blieb er an einer Anzahl von Gegenständen auf dem unordentlich mit Geschirr und Krimskrams vollgeräumten Tisch hängen, und er trat rasch näher.

Der Tisch war überhäuft mit den ekelerregendsten

Dingen: mumifizierten Tiermißgeburten, getrockneten Katzenschädeln und der Hälfte eines hölzernen Boronrades, wie man es auf Grabstätten fand. Inmitten dieses Durcheinander stand in einer zinnenen Schüssel ein Häuschen – ein buntbemaltes Häuschen, wie man es als Thorwaler Kinderspielzeug zu kaufen bekam. Und dieses Häuschen war an mehreren Stellen verschmort – war, mit Vorsatz und Bedacht, mit einer Kerze angesengt worden, die in der Schüssel daneben stand.

Der Besucher wich zurück, von jähem Abscheu und Grauen erfüllt. »Verfluchte Schadenzauberei!« murmelte er vor sich hin.

Dann trat er rasch in eine andere Ecke des Raumes, um nicht bei seiner Neugier ertappt zu werden. Er wußte, daß Volsa in der Nähe war – irgendwo in dem Labyrinth von Kellern, die hier ein Haus mit dem anderen verbanden.

Es dauerte auch nicht lange, bis die Alte auftauchte. Kurzbeinig und unförmig fett kam sie dahergewatschelt, eine schmutzige Haube auf dem Kopf, unter der ein talgiges Gesicht mit einem Doppelkinn hervorblickte. Bösartig funkelnde Schweinsäuglein musterten den Besucher. »Was wollt Ihr?« fragte sie barsch.

Der Mann schlug seinen Mantel zurück und ließ eine prall gefüllte Geldkatze sehen, die ihm am Gürtel hing. »Ich habe Geld genug«, sagte er rasch, wie einer, der sich schämt mit seinem Anliegen herauszurücken. »Ich hörte, Ihr könntet mir helfen …«

Die Alte setzte sich und bedeutete ihm, auf einem Hocker Platz zu nehmen. »Was bedrückt Euch?« fragte sie schon etwas freundlicher.

Er wies mit einer Geste, die Verzweiflung ausdrückte, auf sein entstelltes Gesicht. »Die Frauen verachten mich«, stieß er hervor.

Sie zuckte die Achseln. »Da Ihr reichlich Geld habt – geht zu den Huren.«

»Auch sie verachten mich. Sie verlangen stets das Doppelte von dem, was ein anderer zahlen müßte, und verhöhnen mich, sobald sie ihr Geld haben ...«

»Was kann ich dann noch für Euch tun?«

Der Mann wand sich wie in Ängsten und Gewissensqualen, dann platzte er heraus: »Beschwört mir eine Thaz-Laraan.«

Die Alte kniff die Augen zusammen, als wehe ihr ein scharfer Wind ins Gesicht. »Ihr seid von Sinnen!«

»Ja«, schrie er auf, »von Sinnen vor Sehnsucht! Einmal, ein einziges Mal in meinem elenden Leben möchte ich die Lust ungemischt genießen, nicht mit einem widerwilligen Hurenweib, sondern mit einer brünstigen Schönen ... Da, nehmt alles hin!« Mit diesen Worten sprang er auf und schüttete den Inhalt seiner Geldkatze vor der Frau auf den Boden. »Beschwört mir die Lustdämonin«, heulte er, »und das alles soll Euch gehören! Das alles und noch mehr!«

Die Schweinsäuglein der Alten funkelten gierig, als sie auf das Silber blickte, aber noch zögerte sie. »Das ist keine einfache Sache«, murmelte sie. »Und Ihr wißt wohl, was Ihr dabei riskiert.«

»Was schert mich das!« keuchte der Wahnsinnige. »Einmal nur möchte ich in die Tiefen der Lust tauchen ... alle Träume erfüllt sehen, was immer sie sein mögen ... helft mir, ich beschwöre Euch, helft mir!«

Sie fragte mißtrauisch: »Wer hat Euch zu mir gesandt?«

»Einer, dem Ihr denselben Dienst getan habt.« Dabei zog er das Gesicht schief und den linken Mundwinkel hoch, als grinse er hämisch.

Volsa nickte. Dann sagte sie: »Laßt das Silber hier, das Ihr ausgeschüttet habt, und es mag geschehen.«

Er schob die Münzen mit dem Fuß weg, als wäre es Kehricht. »Behaltet das Zeug, davon habe ich genug.« Plötzlich beugte er sich so nahe zu der alten Zauberin herunter, daß ihre Gesichter beinahe zusammenstießen. »Ihr könnt noch mehr als das haben, *wenn Ihr mir Höheres als eine Thaz-Laraan beschwört* ...«

Die Alte kniff die Augen ein. »Das kann ich nicht. Dazu habe ich nicht genug magische Kraft.«

Er zischte kaum hörbar: »Es gibt Mittel und Wege, diese Kraft zu ersetzen ...«

Angst funkelte in ihren tiefliegenden, umschatteten Augen. »Ihr seid von Sinnen! Ist es nicht schlimm genug, daß ich Euch eine niedere Dämonin beschwören soll? Allein das kann uns schon auf Rad und Galgen bringen!«

Der Mann hörte nicht auf sie. Ein dämonischer Ausdruck trat auf sein Gesicht, als er ihr ins Ohr flüsterte: »Blut ist billig in Festum ... Schneidet der nächstbesten Hafenhure den Hals durch, wen kümmert das?«

Die Alte zögerte. Ihr breites Maul bewegte sich mahlend, während sie nachdachte, hin und her gerissen zwischen der Gier nach Geld und der Furcht, die selbst diese in allem Bösen erfahrene Alte erfüllte. Sie schielte ihn tückisch an, dann zischelte sie: »Es ist zu gefährlich. Man redet in der Stadt von den kopflosen Leichen, die man aus dem Hafenbecken gezogen hat. Wenn jetzt noch eine aufgefunden würde ... Nein, behaltet Euer Silber, mein Herr! Gebt Euch zufrieden mit der Thaz-Laraan, die kann ich Euch mit einem Spruch und einem Pentagramm beschwören!«

Er machte Anstalten, sein Silber wieder einzusammeln.

Sie fiel ihm hastig in den Arm, voll Angst, die schönen glänzenden Münzen könnten vor ihren Augen wieder verschwinden. »Haltet ein, wartet, Herr Ungeduld! So einfach ist das nicht! Meint Ihr, einen höheren Dämon beschwört man, als pfiffe man einen Hund herbei? Ich kann es nicht einmal hier tun ... Es bedarf des geeigneten Orts, der richtigen Paraphernalia ... Und Ihr müßt warten.«

»Warten? Worauf? Ich kann nicht warten! Ich sterbe vor Lust!«

Sie fauchte ihn an wie eine wütende Katze. »Ihr seid nicht der einzige, den nach dergleichen gelüstet! Ihr müßt warten, bis die anderen versammelt sind. Soll ich für Euch allein ein derart wahnwitziges Opfer bringen? Das kommt nicht in Frage! Wartet ab. Es wird nicht länger als vierzehn Tage dauern, solange könnt Ihr Euren Hahn wohl noch im Zaum halten!«

Er blickte verdrossen zu Boden. »Was meint Ihr damit – Ihr könnt es nicht hier tun?«

»Was versteht Ihr schon von Zauberei? Der Ort muß recht sein, alles vorbereitet! Wenn die Zeit gekommen ist, wird man Euch an einen solchen Ort bringen, mit verbundenen Augen und verstopften Ohren, falls es Euch in den Sinn kommen sollte, jemanden verraten zu wollen.«

»Ich verrate niemanden.«

Ein gräßliches Lächeln zog ihre Mundwinkel auseinander. »Das ist wohlgetan, denn jeder Verräter muß fürchten, den fünfgehörnten Laraan in seiner wahren nachtschwarzen Gestalt zu sehen – und Ihr wißt, was das bedeutet! Ihr würdet dem heulenden Wahnsinn verfallen.«

Er winkte ab. »Ich bin kein Verräter. Muß ich das Opfer besorgen, oder kümmert Ihr Euch darum?«

»Das tue ich. Wohin soll ich Euch Botschaft senden, wenn es so weit ist?«

Der Mann mit dem Muttermal lachte roh auf. »Ihr meint doch wohl nicht, ich würde Euch mein Haus nennen! Sendet Botschaft an die Kneipe *Riff der verdorrenden Kehlen* in der Füllengasse. Ich werde dort Nachfrage halten. Seht zu, daß bis dahin alles bereitet ist!«

Sie nickte. »Es wird bereit sein.«

Der Hinkende verschwand ohne Gruß.

Er hastete die Stufen zur Gasse hinauf und humpelte dort gesenkten Blicks weiter, bis er das unheimliche

Häusergewirr hinter sich gelassen hatte. Dann trat er in eine Hauseinfahrt, die ihn vor den Blicken der Vorübergehenden verbarg. Er streckte sich und atmete tief durch – und plötzlich waren seine Schultern wieder gleich hoch. Mit einem Ruck löste er das Muttermal von der Wange und schob ein Stückchen teerbeschmiertes Katzenfell in die Tasche. Als er weiterging, war auch das Hinken verschwunden.

Tineke war kaum drei Monde verheiratet, als ihr Vater starb – friedlich im Schlaf.

Nun war ihr Leben noch bitterer als zuvor. Früher war ihr wenigstens noch die tröstliche Gewißheit geblieben, daß sie den alten Mann vor Schuldturm und Bettlerdasein bewahrte, aber nun hatte sie ihm gegenüber keine Verpflichtung mehr. Wie gern wäre sie Elkwin davongelaufen! Als sie in Gesellschaft ihres Mannes vom Begräbnis auf dem Boronanger zurückkehrte – Elkwin hatte wohl Angst, daß sie sogar diese traurige Gelegenheit zur Flucht nützen könnte –, erwog sie sogar ernsthaft, aus dem Haus zu fliehen und sich zu verbergen. Aber wohin sollte sie? Sie hatte kein Geld, keine hilfreichen Verwandten. Und sie hatte Angst davor, was ihr Mann ihr antäte, wenn sie ihm entflöhe und er sie wieder zu fassen bekäme. Elkwin war grausam, er hätte die Gelegenheit sicher mit Freuden genutzt, um sie zu peinigen. Nein, wenn sie entwiche und ihr Mann oder ihr Schwiegervater sie wieder zu fassen bekämen, müßte sie mit dem Schlimmsten rechnen!

Als hätte er ihre geheimsten Gedanken erraten, bewachte Elkwin sie von nun an eifersüchtiger als ein Drache seinen Schatz. Er wich kaum noch von ihrer Seite und war nur ruhig, wenn er sie in Griffweite wußte. Oft packte er, während sie an der Theke standen, nach ihrer

Hand und hielt sie am Handgelenk fest, wobei er sie so heftig preßte, daß er ihr weh tat. Windstags ließ er sie jetzt nicht mehr fortgehen. Sie mußte unter Pitjows Aufsicht im Haus bleiben, während ihr Ehemann sich ausschlief, oder Elkwin befahl ihr, sich neben ihm ins Bett zu legen. Das war Tineke nicht so unwillkommen, wie man meinen möchte, sie war müde genug von der vielen Arbeit und hatte nichts dagegen, sich richtig auszuschlafen. Das Dumme war nur, daß Elkwin regelmäßig am späten Nachmittag erwachte und es dann nicht erwarten konnte, über sie herzufallen. Nachts konnte sie wenigstens darauf hoffen, daß er vom stundenlangen Stehen auch müde war, aber windstags war er frisch und munter und noch viel erfindungsreicher als gewöhnlich.

Sie fragte sich, wo er nur alle die Einfälle herhatte. Inzwischen hatte sie herausgefunden, daß längst nicht alles, was er von ihr verlangte, auch wirklich traviagefällig war, und es widerstrebte ihr noch mehr als früher. Aber sie hatte Angst vor seiner Wut, wenn sie ihn zurückwies. Und was hätte es auch genützt? Wenn sie nicht freiwillig zustimmte, holte er den Strick, band sie fest und machte sich auf eine Weise an ihr zu schaffen, die ihr noch ungleich widerlicher war. Mit der Zeit war sie darauf verfallen, ihn von sich aus auf die Dinge zu bringen, die ihr am wenigsten unangenehm waren, das ersparte ihr Schlimmeres.

Aber es war immer noch unerträglich.

3

Die Dämonenknechte

Arnando betrat neben seiner Gönnerin den Ballsaal des Palais Alatzer an der Seeufer-Promenade. Mit Hilfe der reichen Witwe war es ihm gelungen, binnen kürzester Zeit in die vornehme Gesellschaft von Festum vorzudringen. Er wußte natürlich, daß die wirklich reichen und bedeutenden Leute wie die Stoerrebrandts, die Tsirkevists, die Surjeloffs oder die Alatzers ihn für einen windigen Glücksritter hielten, aber das störte ihn nicht, solange er Gelegenheit hatte, sich an dem erlesenen Büfett gütlich zu tun und nachts in einem damastbezogenen Bett zu schlafen. Fröhlicher Lärm und der klimpernde Klang eines Spinetts schlugen ihm entgegen, als er durch eine gewaltige Doppelflügeltür den Festsaal betrat.

Selbst in schlechten Zeiten verstand man es in der Festumer Gesellschaft zu leben. An den Wänden leuchteten Lüster aus dem Bergkristall des Ehernen Schwertes, die prächtigen Säle waren überreichlich ausgestattet mit Kusliker Keramik, garethischen Emaillen, tulamidischen Vasen, Unauer Porzellan und dem kostbaren alanfanischen Glas. An einer Wand befand sich ein riesenhafter dreiteiliger Spiegel, in dem man alle die bunt geputzten Festgäste doppelt sah.

Es mochte sein, daß das Büfett weniger üppig als früher war, die Weine weniger erlesen waren, und man mußte mit gröberen Speisen und dem heimischem Meskinnes statt der maraskanischen ›Offenbarung der Zwil-

linge‹ vorliebnehmen. Vielleicht waren auch die Kleider
der Geladenen heutzutage eine Spur weniger prächtig.
Aber die Stimmung war bestens, die Gäste sangen und
tanzten, die Musik klang beschwingt durch den Saal.
Man tanzte höfische Tänze, über die die feine Gesellschaft des Mittelreiches zwar gelacht hätte, so plump
und bäurisch wären sie einem kultivierten Garethier erschienen, aber den Festumern gefielen sie. In den Sälen
brannten Hunderte von Kerzen und erleuchteten zusammen mit dem Feuer der Kamine die buntbemalten
Wände und die kunstvoll mit Elfenbein geschmückten
Möbel.

Alles, was Rang und Namen hatte in Festum, war eingeladen. Entlang der Wände saßen die Matronen auf sei-
denbezogenen Stühlen und beobachteten die jungen
Leute beim Tanz, wobei sie in Gedanken schon die künf-
tigen Ehepaare zusammenstellten, während die Jungen
sich knicksend drehten, mit zierlichen Schritten einander
umkreisten und sich voreinander verbeugten. Andere
ältere Männer und Frauen hatten es sich in einem geson-
derten Raum am hell brennenden Kaminfeuer bequem
gemacht, tranken Meskinnes, rauchten ihre Pfeifen und
redeten über Politik und Geschäfte.

Als Arnando Rochdas durch den kerzenerhellten Saal
schritt, fielen ihm drei junge Leute auf, denen sein geüb-
tes Auge sofort etwas Ungewöhnliches und nicht ganz
Geheures anmerkte. Es waren zwei junge Männer, der
eine dunkelhaarig, der andere blond, beide von ungewöhnlich reizvollem Äußeren, und ein junges Mädchen,
dessen Erscheinung ihm Rätsel aufgab. Wie sie aussah,
war sie knapp zwölf Götterläufe alt, aber ihr Gehaben
und – als er sich den dreien näherte – ihre Sprache verrieten Arnando, daß sie um ein beträchtliches älter war,
mit Sicherheit so alt wie die beiden Jünglinge, die er auf
Anfang Zwanzig schätzte. Alle drei waren vornehm, fast
geckenhaft nach der neuesten Mode gekleidet, hatten

sorgfältig frisiertes langes Haar und dufteten etwas aufdringlich nach Parfüm.

»Wer sind die drei dort?« wandte er sich an seine Begleiterin.

Sie schlug ihn mit dem Fächer auf den Arm. »Treuloser! Siehst du das Mädchen mit brünstigen Augen an?«

»Nein, meine Teure, die Knaben.«

Sie kicherte amüsiert und gab ihm dann Auskunft. »Es sind Adlige aus sehr alten bornischen Adelsfamilien – Coljew Schimjontken und Danjow Salderkeim. Das Mädchen heißt Oselda Harden; sie behauptet, eine entfernte Verwandte der beiden zu sein, aber man hält sie allgemein für ihre Geliebte.«

»Was – die Geliebte *beider* Männer?«

»Ja, mein schöner Freund – auch wir in Festum haben unsere Skandale«, bestätigte die Witwe. »Es heißt übrigens, daß sie nicht nur demselben Mädchen, sondern auch einander zugetan sind. Aber sie sind alle beide sehr reich und vornehm, und so sieht man ihnen ihr schlechtes Benehmen nach. Willst du, daß ich dich ihnen vorstelle?«

»Ja, tu das.«

So wurde er mit dem Dreigespann bekanntgemacht. Das Mädchen faszinierte ihn augenblicklich. Nie zuvor hatte er ein so liebliches Geschöpf gesehen. Sie war zart wie eine Elfe, mit blaßblondem Haar, das sich vom Scheitel bis zu Ellbogen in tausenden Löckchen kringelte, mit völlig kindlicher Gestalt – sie reichte Arnando knapp bis zur Schulter – und dem süßen, herzförmigen Gesicht eines Kindes, aber den tiefgründigen Augen einer erwachsenen, ja einer *alten* Frau. Nur der Verstand – und die Sorge um das tägliche Leben – hielten Arnando davon ab, seine Witwe zu vergessen und sich augenblicklich nur noch um Oselda zu kümmern.

Der ältere der beiden Männer, ein schlanker Bursche mit dichtgewelltem blonden Haar und einem kantigen

Gesicht, in dem blaugrüne Augen funkelten, betrachtete ihn unter schweren Lidern hervor und reichte ihm dann mit einer schlaffen Geste eine Hand. Arnando, der ein scharfes Auge für Details hatte, stellte fest, wie lang die Finger an dieser Hand waren, fast als hätten sie ein viertes Fingerglied. Die Hand, die sich in die seine legte, war kalt und ein wenig feucht, wie es die Hände von Wüstlingen nicht selten sind. Der zweite Mann, ein melancholisch wirkender Jüngling mit glattem, sehr reichem braunen Haar und ebenso dunklen Augen, nickte ihm nur schläfrig zu. Beide hatten auffallend glänzende Augen mit winzigen Pupillen, ein deutliches Zeichen, daß sie dem Rauschkraut nicht abgeneigt waren.

Er wechselte ein paar Worte höflicher Konversation mit dem Trio, dann schritt er weiter, die Hand auf den Arm seiner Begleiterin gelegt. Plötzlich fragte sie mit gedämpfter Stimme: »Du bist doch beauftragt, nach Dämonenpaktierern zu fahnden, nicht wahr?«

»Ganz genau, meine Teure.«

»Wenn es jemand in Festum gibt, der solchen üblen Umtrieben anhängt, dann sind es Schimjontken und Salderkeim. Sie sind beide außergewöhnlich verderbt, man munkelt die schlimmsten Dinge über sie. Du weißt, bornländische Adlige sind nicht eben zimperlich, was Frauen, Trunk und Spiel angeht, aber diese beiden übertreffen jeden Bronnjaren in ihrer Liederlichkeit.«

»Tatsächlich? Da könnte meine vorgesetzte Behörde hellhörig werden.« Gewitzt, wie er war, hatte Arnando augenblicklich begriffen, daß sich hier eine Gelegenheit bot, der schönen Oselda näherzukommen. Schließlich handelte er ›im dienstlichen Auftrag‹, wenn er sich um sie kümmerte! Sofort erwiderte er mit ernster Miene: »Das klingt verdächtig. Erzähl mir mehr über sie.«

Die Witwe – die stolz war, den Geheimagenten des Kaiserreiches mit Nachrichten beeindrucken zu können –, plauderte bereitwillig weiter. Was Arnando von ihr hörte, klang tatsächlich so, als seien die beiden schönen jungen Männer noch um vieles wüster, als man es im allgemeinen von dem lasterhaftesten bornischen Adelssproß erwartet hätte. Sie verschliefen den Tag und verbrachten die Nächte am Spieltisch in der Spielhölle *Rettender Hafen* oder bei Vergnügungen aller Art, wobei man sie bei den feinsten Gesellschaften und Empfängen ebenso antraf wie in den finstersten Hafenkneipen. Sogar im *Riff der verdorrenden Kehlen*, der wohl übelsten Kneipe der Stadt, traf man sie an. Das Mädchen befand sich immer in ihrer Begleitung.

»Und du sagst, man verdächtige sie dunkler Umtriebe?« forschte Arnando neugierig.

»Ja, es heißt, die Gesellschaften, die sie in ihrem Palais an der Seeufer-Promenade geben, seien ein Höhepunkt an Sittenlosigkeit. Ich war ja noch nie eingeladen – so eine bin ich nicht, daß ich solche Orgien besuchte, aber es soll dort zugehen wie in Al'Anfa! Und wenn ich sittenlos sage, so heißt das nicht nur Trunk und Spiel, obwohl es von beidem genug geben soll, sondern noch viel schlimmere Dinge …«

»Rauschkraut?«

»Zweifellos, das auch, aber noch Schlimmeres …«

»Was könnte noch schlimmer sein?« fragte Arnando, der sich im Süden leidenschaftlich gern dem süßen Rausch hingegeben hatte, mit tugendhafter Miene.

Die Witwe beugte sich so nahe zu ihm, daß ihre dick gepuderte Wange die seine streifte. »Es heißt, es seien schon Frauen und Mädchen verschwunden, die an solchen Orgien teilgenommen haben!«

»Verschwunden! Du meinst – ermordet?«

»Das weiß niemand. Es ist natürlich auch nie etwas bewiesen worden … nur ein Gerücht … aber dieses Gerücht hält sich hartnäckig. Du weißt natürlich, wie schwierig es ist, nachzuforschen, wenn Mädchen aus dem gemeinen Volk verschwinden, und um solche soll es sich immer gehandelt haben. Doch sag so etwas niemals laut, Arnando! Die beiden Schurken führen eine scharfe Klinge, es wäre dein Tod, wenn sie dich zum Duell forderten.«

Arnando dachte gar nicht daran, sich den Gefahren eines Duells auszusetzen. Er wollte auch nicht auf geheimnisvolle Weise verschwundenen Dirnen nachforschen, sondern einen Weg finden, wie er an Oselda herankam, ohne dabei seine Geldquelle zu verlieren.

»Man sagt auch«, fuhr die Witwe fort, die ihre Freude daran hatte, Oselda und ihre Gefährten anzuschwärzen, »sie hätten irgendwo einen geheimen Raum, der aufs grauenhafteste gestaltet sei; dort gäben sie die verderbtesten Feste. Niemand weiß, wie dieser Raum aussieht, ja ob es ihn wirklich gibt, aber du siehst, welche Gerüchte die Runde machen!«

»Und du meinst, sie befassen sich mit … Schwarzer Magie?« Er flüsterte die Worte, um von den Paaren, die sich im Tanz vorüberdrehten, nicht gehört zu werden.

»Niemanden würde es wundern, wenn dem so wäre.« Die Witwe flüsterte ebenfalls. Ihre kleinen Vogelaugen glitzerten vor Vergnügen.

»Komm, laß uns etwas trinken.« Arnando wollte Zeit zum Nachdenken haben. Er fragte sich, was an den gemunkelten Anschuldigungen wahr sein mochte. Wie überall an der aventurischen Ostküste herrschte auch in Festum seit dem Vordringen der schwarzen Horden eine gewisse Borbarad-Hysterie – die erschreckten Leute sahen überall Agenten der finsteren Macht (deshalb hatte die Witwe ihm sein Lügenmärchen auch so bereitwillig geglaubt) und verdächtigten jeden, der einen ausgefallenen Lebenswandel führte. Es mochte gut sein, daß die beiden Wüstlinge und ihre Freundin nichts weiter waren als Wüstlinge. Vermutlich wehte auf ihren Festen ein Hauch von Al'Anfa, der die Bornländer empörte.

Nachdenklich sagte er: »Kannst du dafür sorgen,

meine Teure, daß ich zu einem dieser Feste eingeladen werde? Wie du weißt«, fügte er hastig hinzu, um ihr Mißtrauen zu zerstreuen, »sind Belohnungen ausgesetzt für die Verhaftung borbaradianischer Agenten. Ich würde das Geld mit dir teilen.«

Die Witwe, die Geld genug besaß, aber wie alle reichen Leute immer gerne noch mehr hatte, war einverstanden. »Das kann ich besorgen. Aber hüte dich!« Sie schlug warnend mit dem Fächer nach ihm. »Kümmere dich um Coljew und Danjow und nicht um das Mädchen!«

»Wer denkt an eine andere, wenn er eine Frau wie dich in den Armen halten kann?« murmelte Arnando ihr brünstig seufzend ins Ohr – und die Witwe war zufriedengestellt.

Er dachte aber den ganzen Abend an nichts anderes als an die schöne, geheimnisumwitterte Oselda.

Arnando war kein außergewöhnlicher Mensch, aber er besaß in außergewöhnlichem Maß eine Gabe, die ihm bei dem Schmarotzerdasein, das er führte, sehr wichtig und nützlich war: Er vermochte Menschen binnen kürzester Zeit für sich einzunehmen. Als die Witwe in seinem Namen um eine Einladung zu den Festen der beiden Adligen bat, spürte er noch Mißtrauen und eine gewisse Ablehnung, aber das änderte sich rasch. Sein offenes Lächeln, seine gewinnende Art und zweifellos auch seine Schönheit gefielen den dreien. Sie wurden von einem zum anderen Mal vertrauter mit ihm. Zu seinem Ärger waren es vor allem die beiden Männer, die ihm ihre Zuneigung in aufdringlicher und eindeutiger Weise zuwandten, doch auch Oselda zeigte sich ihm sehr geneigt, wenn sie auch nie darüber hinausging, was Sitte und Anstand erlaubten. Sie plauderte mit ihm, ja es schien, daß sie ihm kokett ihre Reize darbot, dann zog sie sich wieder zurück und hing den ganzen Abend am Arm des einen oder anderen ihrer Gefährten.

Arnando war in Gedanken bei Oselda, als er an einem eisigen Firunstag die Oststraße entlangritt. Die breite Straße knickte am Gaukelplatz nach Norden ab und führte zum Neersander Tor; dabei passierte sie drei Dutzend Villen, die an der prominentesten Adresse Festums standen: dem Seeufer. Jenseits der Promenade fiel eine gemauerte Böschung steil zum hellen, schneebedeckten Sandstrand ab, der dort bis zu fünfzig Schritt breit wurde. Die Handelsherren Stoerrebrandt, Tsirkevist, Surjeloff und Alatzer hatten hier ebenso ihre Residenzen wie bedeutende märkische und festenländische Adlige, darunter die Schimjontken, Niemitz und Neerbruch. Viele Bronjaren residierten den ganzen Winter in ihrem Stadthaus. Manch einer dieser Adligen hatte freilich nur noch lebenslanges Wohnrecht in einem Haus, das längst einem der Handelsherren gehörte …

Arnando atmete tief durch, als er das faszinierende Bild vor sich sah: die gleißende Sonne über der ruhigen, milchig dampfenden See, davor eine Dreimastschivone mit vollen Segeln, die sanft die weißen Schwaden über den Wogen zerteilte. Ein jäher Widerwille überkam ihn, sich nach diesem Anblick reiner Schönheit auf ein Fest zu begeben, das ein Ausbund an Hemmungslosigkeit sein würde. Dennoch ritt er weiter. Die Faszination, die Oselda auf ihn ausübte, war stärker als seine Bedenken.

Die beiden Freunde hatten ihr Stadtpalais in einem höchst ausgefallenen Geschmack dekoriert. Nur langsam gewöhnten sich das Auge und der Sinn an die fratzenhaften Verzierungen, die üppige Glut der Wandbespannungen, die in Dunkelrot und Rosa gehalten waren, und die sinnenaufpeitschenden Darstellungen auf den Fresken und Gemälden. Die Ausstattung hatte Ähnlichkeit mit der eines Rahja-Tempels, doch Arnando fand, daß sie eher ein Spottbild auf einen Tempel der Liebesgöttin darstellen sollte als dessen Nachahmung.

Die Fresken und Gobelins zeigten Motive wilder sinnlicher Begegnung auf eine Weise, wie es nicht einmal der Vorsteher des Rahja-Hauses zu Fasar gestattet hätte. Arnando fragte sich, woran es liegen mochte, daß diese Bilder so widerwärtig waren, während ganz ähnliche in einem Tempel die Sinne aufs angenehmste erregten. Allmählich fand er heraus, daß es nicht die Freizügigkeit der Motive war, sondern die Art die Darstellung. Unter den vielen Bildern fanden sich kein lächelndes Gesicht, kein Blick der Zuwendung. Was immer die Dargestellten taten, sie schienen es unter Schmerzen und Widerwillen zu vollbringen, als verabscheuten sie insgeheim Rahjas Gabe. Sie wanden sich in Umarmungen der Leidenschaft, als würden sie aufs Rad geflochten, ihre Augen stierten blicklos, ihre Münder waren wie klaffende Wunden.

Diese widerlichen Gemälde fanden ihr Gegenstück in den schwül-süßen Farben der Tapisserien und Bezüge und dem sinnverwirrenden Duft, den das Räucherwerk ausströmte, wenn es auf glühende Kohlen gestreut wurde. Alles in den prunkvoll ausgestatteten, doch stets nur schwach von farbigen Lampen erleuchteten Sälen schien unter einer Verzerrung zu leiden, einem Anhauch des Bösen. Selbst die Menschen, die in diesen Sälen unterwegs waren, schienen gezeichnet. Arnando hatte selbst in den moschusgeschwängerten Lasterhöhlen von Al'Anfa nie Menschen gesehen, die zugleich so schön und so abstoßend waren. Es war ihm zumute, als bewege er sich in einer Versammlung lebender Leichen, wenn er unter den Festgästen einherschritt, so wenig Frohsinn herrschte in der Runde, die sich getroffen hatte, um der Freude zu huldigen.

Und dennoch schien das alles unbedeutend im Vergleich zu dem, was sich abspielen mochte, wenn ›nur vertraute Freunde‹ geladen waren!

Drei Wochen nachdem er die Bekanntschaft der jungen Bronnjaren gemacht – und mit beiden Männern geschlafen – hatte, wandte Coljew, der Blonde mit den funkelnden grünen Augen, sich eines Abends an ihn. Die Hand auf seiner Schulter, so daß die ungewöhnlich langen Finger sein Ohr liebkosten, bemerkte er: »Ich sehe, wie Ihr Oselda mit brünstigen Augen betrachtet, schöner Garethier.«

»Nicht mehr, als es Sitte und Anstand erlauben«, widersprach Arnando rasch, von der Angst gepackt, der wüste junge Mann könne ihn eifersüchtig zum Duell fordern.

Coljew lachte jedoch nur. Die roten Lippen so nahe an Arnandos Wange, daß der Jüngling seinen fauligen Atem roch, zischelte er: »Oselda gewährt ihre Gunst nur unseren vertrauten Freunden.«

»Was mich angeht, so bin ich Euer Freund«, antwortete Arnando, den es bei diesem Versprechen glühendheiß durchfuhr.

»Nicht ganz«, schränkte Coljew ein und fuhr kosend mit den Fingern durch Arnandos Locken. »Seht … unsere vertrauten Freunde werden zu Festen eingeladen, auf denen uns nur die Schweigsamsten und Zuverlässigsten willkommen sind. Man muß nicht alles unters Volk tragen, meint Ihr nicht?«

»Natürlich nicht«, stimmte Arnando mit heftig pochendem Herzen zu. »Es wäre mir eine Ehre, zu Euren Vertrauten zu zählen, und an Schweigsamkeit und Zuverlässigkeit soll es bei mir nicht fehlen. Ich schweige wie ein Grab.«

»Ihr hättet auch nicht viel auszuplaudern, wenn Ihr wolltet«, lachte Coljew. »Denn zu den Festen, von denen hier die Rede ist, müßt Ihr Euch mit verbundenen Augen und verstopften Ohren bringen lassen und werdet nie erfahren, wo Ihr gewesen seid. Kein einziger unserer Gäste weiß das. Aber es erwartet Euch die schönste Lust dort, die Ihr Euch im Herzen wünschen könnt.«

»Ich bin begierig«, sagte Arnando und tat einen heftigen Atemzug. Sein Blick flog voll Verlangen zu Oselda, die sich im Tanz mit einem gelbgesichtigen alten Mann drehte. »Wann ... wann wird es soweit sein?«

»Demnächst, doch sage ich Euch nichts Näheres. Es soll eine Überraschung werden.«

Elkwin Peddersen fand, daß es wieder einmal an der Zeit war, Geertja aufzusuchen, um die er sich in den letzten drei Monden kaum gekümmert hatte. Er hatte schon lange keine Frau mehr so richtig herzhaft verprügelt, und Tineke wollte er schonen – nicht aus Mitgefühl, sondern weil er davor zurückscheute, sein schönes Spielzeug mit blau geschwollenen Augen und blutigen Lippen zu verunzieren. Bei Geertja kannte er solche Hemmungen nicht, und so trug er die Peitsche und den Kälberstrick in einem Beutel bei sich, als er sich auf den Weg zu der Näherin machte.

Sein Weg führte ihn zum Hafentor hinaus und durch den Diebeswerder und die trübselige Moorlandschaft am Ufer des Gargelbachs zum Zwielichtberg, der sich etwa dreißig Schritt hoch und anderthalb Meilen lang vor ihm erhob. Elkwin schritt rasch aus, den Kopf gesenkt, und wünschte, Geertja hätte sich anderswo eine Wohnung gesucht. Aber wer wohnte schon freiwillig dort? Schon bei der Gründung Festums war beschlossen worden, den verfluchten Berg zu meiden, obwohl er sich als Festungsberg geradezu angeboten hätte. Nur die ärmsten der Armen drückten sich mit ihren Hütten in den Schatten des Berges.

Es gab verschiedene Erklärungen für den Namen des Berges, auf jeden Fall aber war es so, als ob sich der Nebel wie auch Abend- und Morgendämmerung länger um den Berg hielten als anderswo, als ob die Schatten stets etwas länger seien und als ob nie mehr als einzelne Praiosstrahlen auf die Turmruinen fielen. Die steilen Hänge waren von Weißdorn und Ogerbeerenranken überwuchert, die jetzt im Firun schwarz wie Fischernetze wirkten.

Elkwin schauderte, als er daran dachte, was man sich abends beim Kaminfeuer an Geistergeschichten erzählte: Der Orkhenker Schlagto Upaatl, der von der Goblinhexe Kuunga Suula erschlagen worden war, spuke da oben. Das mochte – ebenso wie die Märlein von vergrabenen Schätzen im Berg – wahr sein oder auch nicht, unbestritten blieb: Gerade weil in allen Kneipen der Stadt davon abgeraten wurde, war der Zwielichtberg immer wieder Ziel von Glücksrittern und Schatzsuchern. Aber es gab kaum einen Abenteurer, der seine Suche nicht irgendwann schreiend aufgegeben hatte. Mehr als ein Dutzend Unglückliche hatte sich bei der Flucht vom Berg die Haut in Fetzen gerissen oder die Glieder gebrochen, und einige waren überhaupt nicht zurückgekehrt.

Wenn nicht gerade solch ein Unsinniger unterwegs war, der nach dem vergrabenen Gold Herzog Kunibrands gierte, war der Berg völlig verlassen. Zwischen den dürren Ranken und alten Steinen bewegten sich nur die Geister – und von denen gab es Jahr für Jahr mehr, erzählten sich die Festumer im Schein des Kaminfeuers. Nebelgeister, manche wie huschende kleine Tiere, manche groß wie Schiffe in vollem Zeug, und dazu Windsbräute, Buschgeister, die das Dornendickicht bewegten, Frostwirbel und Staubteufel. Dazwischen, hieß es, gingen die Geister der Gefallenen um, von denen einige schon so legendär waren wie das Gespenst des Orkhenkers Upaatl, die Rote Adeptin und der Mann in der Kutte. Elkwin mußte zugeben, daß er noch nie ein Gespenst mit eigenen Augen gesehen hatte, aber es gruselte ihn trotzdem. Als er im bleichen

Wintersonnenlicht auf die Hütten am Fuß des Berges zueilte, blickte er sich ein ums andere Mal über die Schulter.

Er hatte Geertjas Haus schon fast erreicht, als eine Kalesche neben ihm anhielt und der dick vermummte Kutscher sich zu ihm herunterbeugte, um mit rauher Stimme zu fragen, wie er zum Gerberviertel komme. Elkwin trat näher heran und wollte Auskunft geben, da wurde der Schlag des Fahrzeugs aufgestoßen, derbe Fäuste packten den jungen Mann, und ehe er sich versah, wurde er in das Innere der Kalesche gezerrt. Er hatte kaum noch Zeit, einen Schrei auszustoßen, als ein heftiger Schlag in den Nacken ihn niederwarf. Jemand hielt ihm mit grobem Griff die Nase zu, zwang ihn damit, den Mund aufzureißen, und flößte ihm gewaltsam eine Flüssigkeit ein, die wie öliger Schnaps schmeckte. Die Wirkung trat augenblicklich ein. Schwarze Nebel wallten vor seinen Augen auf, und als letztes nahm er das Rattern der Räder wahr, die sich in aller Eile in Bewegung setzten.

Arnando hatte einen herrlichen Abend mit seinen neuen Freunden verbracht. Schimjontken und Salderkeim legten Wert darauf, dem Mittelreicher alle Sehenswürdigkeiten von Festum zu zeigen. Also hatten sie erst das staunenswerte Drachenmuseum besucht und dann das renommierte Speisehaus *Meerperle* aufgesucht, wo sie bornische Delikatessen wie Lachs, Ikra-Kaviar vom Bornstör, Bärenschinken und Austern aus dem Perlenmeer in Milch genossen. Zuletzt schlug Danjow Salderkeim vor, den Abend in der *Taverne zum Bären* zu beschließen, wo die schöne Anjescha mit ihren beiden Bären das Publikum bezauberte.

Arnando mußte zugeben, daß die Vorstellung tatsächlich sehenswert war. Als die rassige Schöne mit den wallenden schwarzen Haaren auftrat, nackt bis auf ein Lendentuch und etwas Kupferschmuck über den Brüsten, da wußte sie gewiß, daß die Blicke nicht ihren zwei Schwarzbären galten, die sie um Schrittlänge überragten. Eine Viertelstunde lang spielte sie die Geschichte von der Schönen und den Bestien. Verführerische tulamidische Tanzschritte und dramatische Vinsalter Theatergesten wechselten mit Dressurakten, die jedem Neersander Beherrschungsmagier Ehre gemacht hätten, denn Anjescha verzichtete auf eine Peitsche, und die Bären trugen weder Nasenring noch Halskette. Ob sie auf dem Rücken der Tiere eine Brücke schlug, scheinbar unter den pelzigen Riesen begraben wurde oder sich bis zu den Deckenbalken emporheben ließ, es war kein Mann im Publikum, der nicht jeden Augenblick um die Schöne gezittert hätte. Ja, ein baumlanger Thorwaler wollte schon auf den Tanzboden springen, um die Maid aus vermeintlicher Todesnot zu retten! Aber die erfahrene Anjescha wußte, wie man mit hilfsbereiten Burschen umgehen mußte, damit sie einem nicht den Auftritt ruinierten.

Nach Schluß der Darbietung rief sie tobenden Verehrern lächelnd zu: »Wer möchte, kann mich gern in meinem Wagen besuchen – wenn er an meinen beiden Freunden da vorbeikommt!«

Arnando klatschte begeistert mit den anderen mit, aber er mußte zugeben, daß er an diesem Abend keinen Blick für Anjeschas dunkle Schönheit hatte. Sein ganzes Sinnen und Trachten galt Oselda, die neben ihm saß und ihm gelegentlich verführerische Blicke aus ihren blauen Augen zuwarf. Er ahnte, er fühlte, daß die Erfüllung nahe war! Und wirklich wandte sich Salderkeim an ihn und sagte, wobei er ihn verschwörerisch anblinzelte: »Habt Ihr immer noch Lust, etwas ganz Besonderes zu erleben, schöner Mittelreicher?«

»Aber sicher«, antwortete Arnando mit klopfendem Herzen.

»Dann macht Euch bereit, denn Ihr sollt etwas erleben, das Ihr nicht so bald wieder vergessen werdet.«

In der Kalesche der beiden Freunde fuhren sie durch die nachtdunklen Straßen. Arnando war noch nicht lange genug in Festum, um sich in der großen Stadt auszukennen. Als sie schließlich ausstiegen, sah er zwar, daß sie sich irgendwo am Hafen befanden, aber er hatte keine Ahnung, wo genau. Schimjontken, Salderkeim und das Mädchen gingen jedoch mit zielsicheren Schritten über eine schneebedeckte Landungsbrücke auf ein Boot zu, das sie erwartet hatte, denn ein Mann stieg aus und eilte ihnen entgegen.

Schimjontken wandte sich an Arnando. »Hier ist der Ort, wo wir Euch die Augen verbinden und die Ohren verstopfen müssen.«

Arnando ließ es geschehen, wenn auch etwas widerwillig. Blind und taub wurde er auf das Boot geführt und mußte sich auf eine der Bänke setzen. Die beiden Adligen nahmen an seiner Seite Platz und hielten ihn fest, damit er in seinem hilflosen Zustand nicht von der Bank kippte. Er fühlte, wie das Boot ablegte und aufs offene Wasser hinausschaukelte, fühlte die kaltfeuchte Brise, die über die Bornmündung wehte. Sie fuhren nicht lange. Seiner Schätzung nach waren kaum zehn Minuten vergangen, als er das Boot anlegen fühlte. Die beiden halfen ihm hinaus und stellten seine Füße auf festen Boden.

Arnando merkte, daß er sich irgendwo in einem Innenraum befand, denn der Wind hatte aufgehört, und der Geruch war anders geworden. Es roch weniger nach Wasser und mehr nach schimmligen Mauern. Er tappte vorsichtig zwischen seinen beiden Führern dahin.

Der Weg wurde ihm lang, aber er wußte, wie leicht man sich in einer solchen Situation verschätzte. Er war erleichtert, als sie ihm endlich mit leisem Druck am Arm bedeuteten, stehenzubleiben. Die Wachspfropfen wurden ihm aus den Ohren gezogen, die Augenbinde wurde abgenommen.

Elkwin Peddersen schien es, daß er in einem dunklen Wasser schwamm. Immer wieder trieb er in die Höhe, wo ein Lichtschein ihm entgegendämmerte, immer wieder sank er hinunter in noch tiefere Schwärze. Der Nacken schmerzte ihm, der Kopf dröhnte, und auch am Körper, vor allem an den Hand- und Fußgelenken, tat etwas weh. Er schüttelte ein ums andere Mal den Kopf und versuchte die Augen zu öffnen, aber es dauerte eine Weile, bis es ihm wirklich gelang – und selbst dann noch deuchte ihn alles eigentümlich verzerrt, so als blicke er in einen krumm geschliffenen Spiegel. Und konnte das, was er sah, überhaupt Wirklichkeit sein? Oder hatte ihn der Wahnsinn übermannt, und er befand sich irgendwo in einem Kerker für Irrsinnige?

Vor seinen verschwimmenden Blicken bewegte sich vor einem Hintergrund zuckender Finsternis eine Gestalt. Kalkig weiß wie Mauertünche war der nackte Körper, mit dunklen Streifen gezeichnet, so daß er an ein Totengerippe gemahnte. Die Augen lagen inmitten von Kreisen aus tiefstem Schwarz, wie sie auch die wulstigen Lippen umrahmten. Das Haar stand um den Kopf wie ein Dornbusch im Winter. Und dieser Unhold trug eine Peitsche in der Hand – *seine eigene Peitsche*, wie er mit aufflackernd klarem Bewußtsein erkannte – und kitzelte ihm damit Arme und Beine.

Elkwin kam so weit zu Sinnen, daß er an sich hinunterblickte, und nun stieß er einen heiser krächzenden Schrei des Entsetzens aus: Er war splitternackt – und überall über seinen hilflos entblößten Körper liefen

Stricke, die ihn an einen hölzernen Stuhl fesselten! An keinen gewöhnlichen Stuhl: Die Sitzfläche war wie die eines Hexenstuhls mit eisernen Noppen bestückt, die das Fleisch zwar nicht verletzten, aber eine ständig sich steigernde Qual bereiteten! Elkwin versuchte mit wilden Bewegungen gegen die Fesseln anzukämpfen, aber sein Körper war seltsam lahm, seine Muskeln wollten ihm nicht gehorchen, ja selbst seine Zunge drohte ihm den Dienst zu versagen. Eine Welle so furchtbaren Entsetzens durchschauerte ihn, daß er beinahe von neuem in Ohnmacht gefallen wäre, aber ein scharfer Hieb mit der Peitsche über den nackten Oberschenkel weckte ihn auf.

»Willkommen in den Niederhöllen, Elkwin Peddersen«, zischte der Unhold, der sich in grausigen Tanzschritten vor ihm hin und her wiegte. »Willkommen in der ewigen Verdammnis!«

Und nun lichtete sich die Finsternis langsam. Als steige ein bleiches, verwesendes Madamal über dem Horizont auf, dämmerte da und dort schwefliges Licht auf. Elkwin, der vor Angst keuchte, sah die trüben Umrisse eines gemauerten Gelasses, feuchtkalt und fensterlos, und darin eine Anzahl Gestalten, die langsam aus dem grünlichen Glast emporwuchsen. Furchtbar waren sie anzusehen, mit blau verwesten Gesichtern, starrenden Augenhöhlen und Zähnen, die über abgefaulten Lippen grinsten. Manche waren nackt und so grotesk gestaltet wie der Dämon, der ihn umkreiste, andere trugen schwarze Kutten wie Boroni oder rote Kapuzen wie Scharfrichter. Aber alle näherten sich ihm mit schleichenden Schritten, streckten die Hände nach ihm aus, als wollten sie ihm die Augen aus den Höhlen krallen, und zogen sie mit gleitenden Bewegungen wieder zurück. Ein schleppender Reigen bewegte sich um ihn herum, und aus den Bewegungen der Tänzer wehte ihm Übelkeit erregende Fäulnis entgegen, der Gestank von Blut

133

und brackigem Wasser, verfaulenden Blumen und zerfallenden Leichen. Er schrie gellend auf und warf den Kopf hin und her. »Nein!« kreischte er. »Nein! Ich bin nicht tot! Ich bin nicht …«

Da brachen alle die Schreckgespenster um ihn herum in ein solches Hohngelächter aus, daß es ihn bis ins Mark durchschauerte. Eisige Kälte ergriff ihn, er sackte in sich zusammen und raffte sich qualvoll wieder auf. »Wer seid ihr?« schrie er.

Das schwarz und weiß gezeichnete Wesen, das ihm am nächsten gestanden hatte, grinste ihn mit gräßlichem Vergnügen an. »Wir sind die Dämonen, die dich von nun an in alle Ewigkeit quälen werden, Elkwin … Du selbst hast dich uns überliefert, und an deinen eigenen Sünden wirst du leiden.«

Smack! fuhr die Peitsche durch die Luft und fraß eine brennrote Spur in Elkwins Arm, so daß er sich schreiend aufbäumte. »Nein! Laßt mich! Das tut weh!«

»Nein! Laßt mich!« äfften die Unholde ringsum sein Schmerzgeschrei nach. »Das tut weh!« Und schon fuhr die Peitsche wiederum zischend herab, einmal und noch einmal. Der Gepeinigte wand sich schreiend und keuchend in seinen Fesseln, aber der Schmerz der Hiebe war nicht das schlimmste – schlimmer war die panische Angst, die ihn in den Fängen hielt und ihm beinahe das Bewußtsein raubte. Nie im Leben war ihm so schrecklich zumute gewesen. Träumte er einen irren Traum, oder war er tatsächlich gestorben und in die Gewalt unaussprechlicher Wesen geraten? Immerzu hatte ihn die Furcht gepeinigt, daß er allzu viel Böses getan habe und nach seinem Tod in die kalte Finsternis der Niederhöllen fahren werde – und nun war es geschehen!

Er schrie gellend auf: »Oh, ihr Götter!«

Aber die Unwesen lachten nur und verspotteten ihn. »Die Götter helfen dir nicht mehr, Elkwin«, zischten sie durcheinander wie ein Nest voller Schlangen. »Uns bist du verfallen, uns – in alle Ewigkeit!«

Dann trat eine hohe Gestalt mit bleichem Totenantlitz vor ihn hin und sprach mit einer Stimme, die wie eine Glocke dröhnte: »Du selbst hast dein Urteil gesprochen, Elkwin Peddersen. Denn in diesen Höllen wirst du nichts anderes leiden, als du selbst getan hast. Du wirst blutig gepeitscht und vergewaltigt werden. Du wirst gezwungen werden, die widerlichsten Dämonenfratzen zu küssen. Du wirst den Mächten der kalten Abgründe geopfert werden ...«

Elkwin machte einen so rasenden Versuch, sich zu befreien, daß der rauhe Strick ihm tief in Arme und Beine schnitt. Ohne den Schmerz zu beachten, schrie er: »Das habe ich nicht getan! Ich habe den Dämonen kein Opfer gebracht!«

»Lügner«, erwiderte der finstere Richter, der mit verschränkten Armen vor ihm stand. »Hast du nicht sogar geplant, dein eigenes armes Weib zu töten?«

»Das habe ich nie.« Elkwin brach vor Verzweiflung in Tränen aus. »Nicht mein Weib! Sie ist das Liebste und Kostbarste, das ich auf Dere habe ...«

»Und doch hast du sie gebunden und mißhandelt und ihre zarte Liebe mit doppelter Grausamkeit belohnt!«

Der Unglückliche ließ den Kopf auf die Brust sinken. »Ja, das habe ich getan. Aber niemals wollte ich sie den Dämonen zum Opfer bringen. Sie ist mein, ich gebe sie nicht heraus – nicht an jene blutgierigen Schurken!«

»Nun schiebst du auch noch anderen die Schuld zu?« fragte der Richter streng, und zu dem Dämon mit der Peitsche sagte er: »Züchtige den Lügner.«

Elkwin wand sich winselnd unter den Hieben, die wie Feuerblitze seinen Körper marterten, aber er blieb beharrlich. »Und wenn Ihr mich zu Tode schlagt – ich wollte sie nicht herausgeben! Nicht sie! Nicht meine Liebste! Die anderen waren mir gleich ...«

»Die Mägde?«

»Ja. Wir verkauften sie an die Sklavenhändler aus Al'Anfa, wen kümmerte es, ob wir sie auch an jene Dämonenknechte auslieferten ... Aber nicht mein Weib! Nicht meine Tineke! Ich will sie ganz für mich allein ... Ihr Herren, hört mich an! Im Namen der Zwölfgötter, hört mich an!« Seine Augen waren aufgerissen wie die eines scheuenden Pferdes, er krümmte sich in den Fesseln, bis brennende Spuren auf seinem Fleisch zurückblieben. »Ich habe keine Blutmagie getrieben ... Seht mein Gesicht an! War es nicht bitter genug, was mir geschehen ist? Ich wagte es nie wieder! Meint Ihr, ich wollte, daß mir noch Schlimmeres widerfährt? Ich war nie dabei, wenn sie ihre Rituale abhielten, ich hatte Angst!«

»Und doch hast du ihnen geholfen, Elender«, sprach der Richter. Aus seinem schrecklich starren Gesicht bohrten sich düstere Augen in Elkwins verstörten Blick.

Der Mann ließ den Kopf sinken. »Sie hatte mich in ihrer Gewalt ... Volsa ... sie drohte mir, den Laraan zu beschwören und ihn in seiner wahren Gestalt vor mir erscheinen zu lassen ... Und hatte ich nicht schon genug getan, um mich an den Galgen zu bringen? Wen hätte ich noch um Hilfe bitten sollen?«

»Es wäre besser für dich«, erwiderte der Richter ernst, »du wärest gehängt worden und in Borons Reich eingegangen. Nun wartet die Seelenmühle auf dich. Unablässig wirst du alles erleiden, was du anderen angetan hast, du wirst sterben, aber aus jedem Tod wirst du auferstehen, um von neuem gepeinigt zu werden, und das unendlich viele Götterläufe lang.«

Der Dämon mit der Peitsche lachte kreischend auf und schlug von neuem zu, so daß Elkwin, der mittlerweile auch die eisernen Noppen schmerzhaft im Fleisch fühlte, aufjaulend hochfuhr.

»Und sie?« schrie der Gequälte auf. »Was ist mit ihnen? Sollen sie ungestraft die Früchte ihrer Sünden genießen, während ich hier höllische Pein leiden muß?«

»Von wem sprichst du? Hier stehst nur du allein vor Gericht«, erwiderte der Richter.

Elkwin lachte trotz seiner Angst, seiner Schmerzen und seiner Verzweiflung auf. »Nur ich? Das nenne ich wahrhaftig niederhöllische Gerechtigkeit! Mich wollt Ihr in die Seelenmühle stoßen, und sie, die feinen Herren, die Hochgeborenen, sie kämen unbeschadet davon? Sendet Eure Dämonen aus, damit sie ihnen das Genick brechen, ihnen und dem Weib, das ihre Schändlichkeiten teilt, und zerrt sie in dieselbe Finsternis wie mich! Denn sie waren es, die alles angestiftet haben, sie waren es, die zu uns kamen, um Mädchen zu kaufen! Wir wußten anfangs nicht einmal, zu welch grausigen Zwecken sie sie brauchten, wir dachten, sie wollten sich vergnügen … dann erzählte Volsa uns, was geschehen war … die verfluchte Vettel! Warum holen Eure geflügelten Dämonen nicht sie? Wenn ich schon in die Finsternis hinaus muß, so will ich sie alle mit mir reißen!«

Er warf den Kopf zurück und lachte wie im Wahnsinn gellend auf. »Sendet Eure Ungeheuer zu Volsa Tarpjeelen, sendet sie zu meinem Vater, vor allem aber sendet sie zu Coljew Schimjontken und Danjow Salderkeim und zu Oselda Harden! Da habt Ihr Fleisch für die eisernen Zähne der Dämonen!« Und mit einem rasenden Schrei brach er ohnmächtig in den Stricken zusammen.

Arnando stand wie erstarrt. Er fühlte, wie sein Blick zurückwich vor dem Schauderhaften, das ihn umgab, und doch gequält der Verlockung folgte, ein zweites Mal hinzusehen. Es war ein undenkbarer, götterlästerlicher Ort, an dem er sich befand – ein Ort, an dem wahnsinnige Künstler mit morbidem Geschmack ein Museum des Schreckens und des Verfalls errichtet hatten.

Der weitläufige, fensterlose Raum wurde von Lampen in Gestalt geflügelter Dämonen aus Basalt und Onyx erleuchtet. Ihre aufgerissenen Mäuler spieen Strahlen roten und orangefarbenen Lichts auf die mit gespenstischen roten Arabesken durchwebten schwarzen Draperien an den Wänden, die sich in einem unsichtbaren Luftzug flatternd bewegten; und dieser Luftzug brachte zugleich Gerüche mit sich, Gerüche von Blut und verrottenden Blumen und zuweilen den schaurigen, übelkeiterregenden Gestank eines offenen Grabes. Statuen und Bilder standen und hingen an den Wänden, wie nur ein verwesendes Gehirn sie erschaffen konnte. In dunklen Schränken, die mit kostbaren Hölzern ausgelegt waren, lagen Dinge, die aus einem geplünderten Boronanger stammten – erdige braune Totenschädel und Knochen, dazwischen aber Leichenteile in den grauenhaftesten Stadien der Verwesung und Mumifizierung, von frisch und rosig erscheinenden Teilen bis hin zu den grau geborstenen Knochen aus altertümlichen Gräbern. Viele waren auf groteske und grausige Weise zu Kunstwerken verbunden, andere mit Vogelfedern und metallenen Teilen bestückt. Vor allem aber standen dort die vertrockneten Häupter von sechs Frauen, denen das blonde Haar wirr um den Kopf hing!

Während Arnando noch atemlos staunte, ertönte Musik, und auch diese Musik war krankhaft, übeltönend und zugleich betäubend süß, als spielten Nephazz eine rahjanische Melodie auf Totengebeinen. Die maskierten Gäste, etwa zwanzig an der Zahl, begannen sich augenblicklich in einem Reigen zu drehen, der auf Arnandos überreizte Sinne so wirkte, als klapperten Totengerippe im Tanz. Schweiß brach ihm aus, die Knie wurden ihm weich, als er sich umsah und immer neue Schrecknisse seine Augen quälten. Manche Dinge, die in den ebenholzgetäfelten Fächern lagen, waren so unbeschreiblich, daß sein Gehirn sich weigerte, sie wahrzunehmen, waren so gräßliche Beleidigungen der Götter, daß seine Sinne vor ihnen zurückscheuten. Er war nie ein frommer Mann gewesen, aber diese Lästerungen waren zu wüst, zu dämonisch. Am liebsten wäre er auf der Stelle in die Knie gebrochen und hätte die Zwölfe um Verzeihung angefleht, daß er sich an diesem grausigen Ort befand.

Die Gäste trugen, wie Arnando selbst, perlbestickte Halbmasken vor den Gesichtern, so daß er niemanden wiedererkannt hätte. Alle waren kostümiert – aber auf welch abscheuliche und verworfene Weise! Manche trugen Kostüme, die die Zwölfgötter lästerten und höhnten. Andere waren unzureichend bekleidet, so daß die Levthansfrüchte der Männer durch Löcher in der Kleidung heraushingen und die Frauen ihren blanken, glattgeschorenen Schoß zur Schau stellten. Viele trugen Schmuckstücke zwischen den Beinen, silberne und goldene Ringe und Kettchen, Pfeile und Kugeln, so daß er sich fragte, wie sie mit all diesem metallenen Gehänge einen Rahjadienst verrichten konnten. Wieder andere trugen Tiermasken auf dem Kopf, Wolfsohren, Elchgeweihe oder die spitzen Ohren von Bären und Katzen. Die verschiedensten Parfüms mischten sich mit dem Grabesduft zu einem Geruch, der die Sinne gleichzeitig aufpeitschte und verstörte.

Arnando schauderte wie im Fieber, als Coljew an ihn herantrat und ihm eine Hand auf die Schulter legte. »Willkommen«, hörte er den Verruchten sagen, »willkommen in unserem Tempel. Du weißt, wem er geweiht ist?« Dabei ergriff er den zitternden jungen Mann und führte ihn zu einer Tafel an der Mauer, auf der in phosphorglühender Schrift geschrieben stand:

›Das Reich Belkeles aber ist voller Freuden. Es ist Traum und Rausch und Schönheit und Lust und Gier und der Geschmack von köstlichstem Blute.

Was du willst, nimm dir, denn das Leid und der Tod anderer sind deine Freude, und ihnen Gewalt anzutun, sie gegen ihren Willen zu nehmen, dein Vergnügen. Die edelste Ekstase aber ist der Tod, der dich hier vielmals ereilen kann und der keinen Schrecken bringt, sondern nur höchste Lust.‹

Daneben stand eine lebensgroße, bekleidete hölzerne Statue, die die Dämonenfürstin in ihrem Gewand aus blutiger Menschenhaut zeigte, und Arnando überlief es eisig!

Coljew liebkoste mit schweißfeuchten Fingern seinen Nacken, während er ihm mit der freien Hand ein Getränk anbot. »Da, mein Freund, berausche deine Sinne!«

Arnando griff zu und stürzte das Glas ›Offenbarung der Zwillinge‹ in einem Schluck hinunter. Mitten in seiner Verwirrung fragte er sich, wie es Coljew gelungen sein mochte, an maraskanischen Rum zu kommen – aber dann fiel ihm mit Entsetzen ein, daß diese Verfluchten, die sich rundum in ihrem spindelbeinigen Tanz drehten, die besten Verbindungen zu der Dämoneninsel unterhielten!

Wie auch immer, der Rum stärkte ihn so weit, daß er nicht ohnmächtig niedersank, sondern mit halbwegs festen Schritten zu einem der Diwane gehen konnte, die überall im Raum verteilt standen. Er setzte sich nieder und merkte, wie sein Kopf wieder klarer wurde, wie die funkelnden Arabesken vor seinen Augen verschwanden und sein Atem ruhiger ging.

»Nun, Freund«, fragte Coljew, während er mit lüsterner Zärtlichkeit seinen Hals koste, »bist du bereit für die schöne Oselda?«

»Ja«, murmelte Arnando, obwohl er deutlich fühlte, wie klein, kalt und schlaff seine Männlichkeit war. Abscheu erfüllte ihn bei dem Gedanken an die blondlockige Schöne, die es fertigbrachte, inmitten dieser niederhöllischen Greuel einen Mann zu liebkosen. Als sie vor ihn hintrat, verführerisch in einen leichten rosafarbenen Schleier gekleidet, der sie mehr nackend als bekleidet erscheinen ließ, wäre er beinahe vor ihr zurückgewichen. Aber Arnando Rochdas hatte einen ausgeprägten Lebenswillen und wußte, daß es sein Tod gewesen wäre, sich seinen Abscheu und Widerwillen anmerken zu lassen. Wer einmal diesen Raum betreten hatte, konnte nicht mehr zurück.

»So düster, mein Geliebter?« flüsterte ihm Oselda ins Ohr.

Noch vor wenigen Stunden wäre er bei diesem Flüstern feuriger als ein junger Hengst geworden, aber jetzt lähmte ihn das Entsetzen. Ihm wurde beinahe übel, als Oselda zu ihm auf das Lustbett glitt und sich an seine Seite schmiegte. Ihre Hand tastete nach seinem Hemd und öffnete die Knöpfe. Am liebsten hätte er sie weggestoßen wie eine giftige Schlange, aber er faßte sich rasch und tat so, als erwidere er gierig ihre Liebkosungen. Er hatte lange Übung darin, Frauen zu täuschen – schließlich lebte er seit Jahren davon, fetten und verwelkten Weibern brünstige Leidenschaft vorzuspielen. Er war sicher, daß es ihm auch jetzt gelänge, seinen Hahn in Stellung zu bringen; er brauchte nur noch ein wenig mehr maraskanischen Rum und Zeit.

Während er Oselda mit vorgetäuschter Zärtlichkeit überschüttete, glitt sein Blick in den Augenlöchern der Maske hin und her und versuchte einen Hinweis zu finden, wo er sich befand. Er musterte die Gäste und sah an ihren halb entblößten Körpern, daß sie allen Altersstufen angehörten. Greise mit dürren Beinen und schlaffen Bäuchen waren ebenso vertreten wie junge Leute. Manche mußten gar noch halbe Kinder sein, so zart und rosig wirkten sie. Es waren etwa gleich viele Frauen wie Männer. Einer der Männer fiel ihm besonders wegen seiner ungewöhnlichen Größe auf. Wirres Haar hing über den Rand seiner Gesichtsmaske. Er hatte Arme wie Baumstämme und Hände daran, die imstande schienen, ein Kalb zu erwürgen.

Oseldas Mund saugte sich an seiner Brust fest, ihre Zähne knabberten an seinen Brustwarzen. Arnando war zumute, als nage eine Ratte an ihm. Hastig stürzte er noch ein Glas Rum hinunter und dann noch eins. Eine wohlige Verwirrung umfing seine Sinne. Er spürte, wie das Leben in ihn zurückkehrte, als Oselda seine Kleider öffnete und sich mit dem Mund zwischen seinen Schenkeln zu schaffen machte.

In der Straße der Wollweber, im Haus zum Hirschen, saß Jasper Hollerow am Bett eines Mannes, der sich unruhig hin und her warf. Nur eine Kerze erhellte den Raum. Draußen heulte der Firunswind um die Ecken des Gebäudes, Eisblumen bedeckten die Fenster. Der Mann im Bett versuchte zu erwachen, doch gelang es ihm nicht so recht. Immer wieder öffnete er die Augen, stierte aber nur blicklos ins Leere. Sein Gesicht war mit Schweißperlen bedeckt, sein schwarzes Haar schweißgetränkt. Hollerow legte die Hand auf die Stirn des Kranken und sagte leise zu Orlan Paraiken, der aufmerksam wachend neben ihm stand: »Ich fürchte, dein schrecklicher Einfall hat ihm sehr geschadet. Er will und will nicht zu sich kommen.«

»Ach was!« Paraiken schüttelte den Kopf. »Eine Dosis Angstgift und ein paar geschminkte Schauspieler – den Rest hat ihm sein eigenes böses Gewissen angetan. Welch ein Schurke! Es würde mich nicht grämen, wenn er gehängt würde. Aber es ist nicht meine Aufgabe, den Bütteln die Arbeit abzunehmen. Hier, gib ihm von dem Riechsalz! Ich brauche ihn wach.«

Der Kapitän hielt dem Mann das Riechsalz unter die Nase.

Elkwin Peddersen nieste ein paarmal, öffnete die Augen und blickte verstört um sich. »Erbarmen!« schrie er auf, den Blick wild in die Dunkelheit rundum gerichtet. »Nicht, Ihr Herren, nicht ...« Dann erst dämmerte ihm, wo er sich befand, und er setzte sich schwerfällig auf. »Wer seid Ihr? Und Ihr?« fragte er verwirrt. »Mir ist Furchtbares widerfahren ...« Von neuem Entsetzen überwältigt, schlug er die Hände vors Gesicht und ächzte: »Ihr Götter, errettet mich!«

»Das kann geschehen«, sagte Orlan Paraiken mit ernster Stimme. »Doch entscheidet Euch rasch, hier, auf der Stelle!« Damit hob er den Vorhang, der das Schlafzimmer abteilte, und ließ eine Frau in der Tracht einer Maga eintreten. Sie war etwa vierzig Jahre alt, das graue Haar hing ihr in langen offenen Strähnen über die Schultern. Graue Augen blickten aus einem tiefernsten Gesicht. »Das«, stellte Orlan Paraiken sie vor, »ist Paisuma Baerow, die edle Meisterin der Anti-Magie aus der Halle des Quecksilbers. Sie vermag Euch zu retten, doch verliert keine Zeit.«

Elkwin wich furchtsam vor der Frau zurück, er buckelte wie eine Katze und verzerrte das Gesicht noch schlimmer als sonst, aber der entsetzliche Schrecken seiner Vision saß ihm noch in den Knochen. Er kam gar nicht auf den Gedanken, zu fragen, wie es wohl kommen mochte, daß er sich plötzlich in einem Bett in einem fremden Zimmer befand und wie aus dem Nichts herbeigezaubert eine Anti-Magierin vor ihm auftauchte. Er wollte nur noch eines – den Fluch des Dämons abschütteln und verhindern, daß die Niederhöllen noch einmal ihre Klauen nach ihm ausstreckten. Das Angstgift wirkte noch in ihm nach, er meinte jeden Augenblick in die Schwärze zurückzusinken, in der jene Unholde ihn bedroht hatten. Er fühlte ihre eisernen Krallen und Zähne an seinem Fleisch, und so sprang er mit einem Satz aus dem Bett, im Hemd, wie er war, und fiel der Frau zu Füßen. »Errettet mich, edle Magierin!« schrie er auf. »Befreit mich von dem Fluch des Dämons!«

Sie legte ihm eine Hand auf den Scheitel und bedeutete ihm, niederzuknien. »Laß mich sehen«, befahl sie mit tiefer, wohlklingender Stimme, »wer es ist, der deine Seele in Fesseln geschlagen hat.«

Elkwin winselte unter ihrer Berührung, als würde er mit glühenden Zangen gezwickt; er krümmte sich und versuchte ihrem Blick zu entgehen. Aber sie zwang ihn sanft, das Gesicht zu heben und zu dulden, daß sie ihn eindringlich ansah, während sie die Zauberformel des *Analüs Arkanstruktur* murmelte.

Auch der Magierin bereitete der Kontakt mit dem Unseligen Widerwillen und Schmerzen. Nur mühsam schien sie an sich zu halten, daß sie ihn nicht wegstieß wie ein giftiges Gewürm. Schweiß brach auf ihren vornehmen Zügen aus, ihre Brust hob und senkte sich bebend, als ihr hellsichtiger Blick erkannte, welcher Feind Elkwins Seele gefangen hielt. Schaudernd ließ sie ihn los. Ihre Stimme zitterte ein wenig, als sie sagte: »Ein furchtbares Wesen ist es, das dich in Banden hält, Mann ... Ich will sogleich zur Tat schreiten und dich befreien. Mag sein, daß wir in der Eile nicht alles zur Hand haben, was die Regeln der Magie verlangen, doch glaube ich, daß wir es schaffen. Ich denke, er ist nicht stark genug, sich zu dieser Zeit und unter diesen Umständen zu widersetzen, und was wir tun können, ist allemal noch besser als ein roher *Pentagramma* ...«

Mit diesen Worten legte sie ihr Obergewand und ihre Schuhe ab. Barfuß, in der schlichten weißen Tunika, dem Beschwörungsgewand, stand sie inmitten der Stube.

Hollerow schien es, daß ein sanfter Glanz sie umfloß, als wäre ein Lichtstrahl aus Alveran auf sie gefallen.

Orlan reichte der Magierin ein Stück Kreide, und sie zeichnete mit raschen Strichen ein Heptagon auf den Fußboden. Dann befahl sie Hollerow, Gefäße mit reinem Wein zu füllen und an den Spitzen des Heptagons aufzustellen. Sie fragte, ob einer der beiden Männer etwas von der Musik verstehe. Hollerow antwortete, er verstehe es, auf der Flöte zu spielen, und Paraiken sagte, er sei ein leidlich guter Sänger. Da gebot sie dem Kapitän, während der Austreibung liebliche Musik zu blasen, alle schönen und göttergefälligen Lieder, die ihm nur einfielen, und der Meister sollte sie singen. »So verstärken wir die Kraft des Bannspruchs«, erklärte Paisuma ihnen. Dann befahl sie Elkwin, inmitten der Heptagons vor ihr niederzuknien.

Sie trat vor ihn hin, das magische Schwert in der Hand, das mit Runen und Zeichen graviert war – ein unentbehrliches Requisit bei jeder Bannung und Entschwörung. Elkwin zischte wie eine Schlange, als er es sah, und machte Anstalten, auf allen vieren aus dem Kreis zu kriechen – aber dann trieb ihn die Angst vor den Dämonen wieder zurück. Schwitzend und schweratmend starrte er die Maga an.

Jasper Hollerow stand ein wenig abseits in einem Winkel und beobachtete das Geschehen wie gewöhnlich mit dem Blick des Chronisten. Er mußte jedoch zugeben, daß ihm bange war. Den Fluch eines Dämons aufzuheben, war fast das gleiche wie den Dämon auszutreiben, und niemand wußte genau, was geschehen würde, wenn die Magierin den *Reversalis Heptagon* sprach. Schon jetzt war der Mann zu ihren Füßen von einer unheimlichen Unruhe ergriffen, er drehte sich auf allen vieren hin und her wie ein Hund und schnappte mit den Zähnen nach dem Hemd, das ihm faltig um den mageren Körper hing. Zuletzt zog er es über den

Kopf und warf es von sich, aus dem magischen Hepta-gon hinaus.

Paisuma bedeutete den beiden Männern, mit der Musik zu beginnen. Gleich darauf erfüllten die süßen Klänge einer Flöte das Zimmer, und Paraiken stimmte mit schöner, volltönender Stimme einen Gesang zu Ehren der Zwölfgötter an. Der Besessene fletschte die Zähne und schnitt Grimassen, daß es Hollerow schien, er sähe den Dämon selbst aus seinem verunstalteten Ge-sicht blicken. Ein Strom von Unflat quoll über Elkwins Lippen, obszöne und blasphemische Worte, wie man sie selbst im Hafen nur selten hörte. Die Magierin kümmerte sich nicht darum, sondern stand mit gesenktem Blick da, voll auf den Spruch konzentriert.

Im Zimmer breitete sich ein seltsamer, übler Geruch aus, süßlich und faul zugleich, wie von verwesendem Fleisch und verrottenden Blumen. Hollerow spürte, wie es ihn zum Erbrechen reizte, aber er überwand sich und spielte weiter die Flöte, während Orlan Paraiken sang. Paisuma hob beide Hände und rief mit lauter Stimme den mächtigen Spruch.

Ein heulender Windstoß fuhr aus den Winkeln des Zimmers auf, daß die beiden Zuschauer aneinander Halt suchten, um nicht umgerissen zu werden. Die Kerze er-losch, statt dessen flammte ein schwefliggelbes Licht auf, das den Raum erhellte. Hollerow sah, wie Elkwin – der auf allen vieren gekauert hatte – von einer unsichtbaren Kraft aufgerichtet und in die Höhe gezogen wurde. Es sah aus, als habe ihn etwas an seinem langen Haar ge-packt und ziehe ihn daran hoch, denn sein Haar stand in voller Länge senkrecht in die Höhe wie eine Strohgarbe. Seine Füße lösten sich vom Boden. Mit schlaff hängen-den Armen und Beinen schwebte er in der Luft, die Augen so wild aufgerissen, daß das Weiße rund um die Pupillen zu sehen war. Aus seinem Mund quoll ein Heu-len, daß es Hollerow eisig über den Rücken lief. Er stieg höher und höher, bis er fast einen Schritt über dem Boden hing, und dann wurde er plötzlich geradezu zusammengeknüllt – es wirbelte ihn um und um und schmetterte ihn mit solcher Wucht auf die Dielen nieder, daß Holz und Knochen knackten. Ein fürchterliches Gelächter erschallte aus allen vier Ecken des Raumes. Elkwin riß den Mund auf, riß ihn immer weiter und weiter auf, und während er zuckend auf dem Boden kniete, würgte er etwas aus dem Schlund hervor, etwas Klobiges, Schwarzes…

Es drang heraus, bis Hollerow meinte, daß dem Mann die Kinnlade ausreißen müsse. Nun war es deutlich sichtbar ein Kopf – ein Kopf mit einem unbeschreiblich gräßlichen Gesicht, in dessen Mundwinkeln lange Speichelfäden hingen …

Unter den fassungslosen Augen der Zuschauen zwängte sich eine Gestalt aus dem hilflos aufgesperrten Mund des Besessenen. Schultern, Kopf und Rücken drängten heraus, verwuchsen zu einem riesigen Buckel, aus dem messerspitze Stacheln ragten. Elkwin würgte und röchelte und war am Ersticken, aber als sein Gesicht bereits blaurot anlief, fuhr das Ungeheuer plötzlich aus seinem Mund heraus. Ein paar Lidschläge lang schwebte es riesenhaft in dem schwefligen Schein, der das Zimmer erfüllte, dann verschwand es mit einem schnappenden Laut, als bräche trockenes Holz.

Elkwin sank zusammen und blieb reglos liegen. Sein Gesicht war grau vor Erschöpfung. Blut troff ihm aus Nase und Mund.

»Das Werk ist getan«, sagte die Magierin. »Er ist frei.« Dann wandte sie sich an Orlan Paraiken. »Er soll baden und frische Kleider anziehen, und dann möge er in den nächsten Tempel gehen und opfern, um seine Abkehr zu besiegeln.«

»Fürs erste muß es mein Hesinde-Schrein tun«, widersprach der Meister. »Denn ehe er zu den Geweihten geht, muß er mir noch vielerlei sagen.« Er reichte Elkwin sein Hemd. »Bekleidet Euch! Und dann reinigt Eure Seele von der Bürde der Verbrechen, die darauf lasten.«

Elkwin erhob sich benommen und zog sich das Hemd über den Kopf. »Wer seid Ihr?« stammelte er. »Und was ist mir geschehen? Mein Herz ist so leicht, als wolle es davonfliegen, und zugleich bin ich so traurig, daß ich weinen könnte. Ich war … an einem furchtbaren Ort … und dann wart Ihr da, edle Maga, und Ihr – wer seid Ihr? Ich kenne Euch nicht.«

»Ihr kennt mich gut, wenn auch nicht unter meinem Namen Orlan Paraiken«, erwiderte der Meister.

»Ihr seid *Orlan Paraiken*?« rief Elkwin aus. »Was geschieht mir, daß ich in Eurem Hause bin? Ich wurde in eine Kalesche gezerrt und dann … geschah Fürchterliches mit mir …«

»Das kann warten. Jetzt kleidet Euch an. Jasper, achte auf ihn, während ich Ihre Spektabilität zur Tür geleite.«

Jasper Hollerow tat wie geheißen, aber Elkwin dachte gar nicht an Flucht. Er schüttelte immer wieder den Kopf und versuchte Ordnung in seine Gedanken zu bringen. Als Orlan zurückkehrte, saß er voll angekleidet neben dem Feuer und stierte wie ein Schwachsinniger vor sich hin. »Mir ist, als kenne ich mich selbst nicht mehr«, murmelte er. »Ich bin mir so … so fremd.«

»Der Fluch des Dämons ist von Euch gewichen«, erklärte Paraiken, während er sich ihm gegenüber in dem Schaukelstuhl niederließ. »Doch Ihr seid erst in Sicherheit vor ihm, wenn Ihr Euer Gewissen erleichtert habt. Sprecht, Elkwin! Ich weiß schon mehr, als Ihr denkt.«

»Was wißt Ihr?« fragte der junge Mann, aber es klang mehr verwirrt als aufsässig.

Der Meister blickte ihn eindringlich an. »Ich will es Euch sagen. Ich weiß, daß Euer Vater Pitjow über die

Jahre hinweg damit reich geworden ist, daß er blonde Mädchen an die Sklavenhändler im alten Hafen verkaufte und daß Ihr ihm dabei geholfen habt.«

Elkwin sog scharf die Luft ein und erbleichte, ließ aber kein Wort hören.

»Ich weiß auch, daß vor zwei Jahren erstmals zwei junge Adlige zu Euch kamen, gesandt von der alten Vettel Volsa Tarpjeelen, und Euch eine Magd abkauften. Mag sein, daß Ihr damals noch nicht gewußt habt, daß das Mädchen bei einem götterlästerlichen Ritual geopfert werden sollte – daß ihr Blut Volsa die Kraft geben sollte, den fünfgehörnten Laraan zu beschwören, wozu ihre eigene magische Kraft zu gering war. Später habt Ihr es zweifellos gewußt.«

Elkwin biß stumm an seinen Nägeln.

»Ich weiß auch, daß Ihr als leichtfertiger Junge mit Eurem Vater zu Volsa Tarpjeelen gegangen seid, damit sie Euch einen niederen Dämon der Lust beschwören sollte ... aber sie machte einen Fehler, und es erschien ein höherer Dämon, der eben jenen Fluch auf Euch legte, allezeit von der schwarzfaulen Lust erfüllt zu sein. So seid Ihr zum Sklaven der beiden Blutsäufer geworden – denn wenn Ihr selbst auch an den blutmagischen Ritualen aus Furcht nicht teilgenommen habt, habt Ihr doch getan, was Euch Coljew Schimjontken und Danjow Salderkeim befahlen!«

Elkwin sprang auf, aschfahl bis in die Lippen. »Seid Ihr ein Zauberer?« rief er entsetzt. »Verfügt Ihr über göttliche Macht? Wie könnt Ihr wissen, was im verborgenen geschah?«

»So gesteht Ihr es ein?«

Der junge Mann senkte den Kopf und schwieg.

»Elkwin«, mahnte Orlan leise, aber eindringlich, »solange Ihr Eure Verbrechen nicht einbekennt, seid Ihr den Niederhöllen nicht gänzlich entronnen.«

Elkwin schauderte krampfhaft. Mit weit geöffneten

Augen stammelte er: »Es ... es ist wahr, was Ihr sagt. Mögen die Götter sich meiner erbarmen!«

»Sie erbarmen sich eines reuigen Sünders«, erwiderte Paraiken. »Und hört! Es liegt mir nichts daran, Euch den Bütteln zu überantworten. Der Herr Praios läßt Euch auch so Gerechtigkeit widerfahren. Wenn Ihr Euch auf unsere Seite schlagt, so will ich es dem Schicksal überlassen, ob sie Euch fassen oder nicht. Bedingung ist jedoch, daß Ihr freimütig bekennt.«

Der junge Mann rang noch eine Weile mit sich, aber dann senkte er den Kopf und gestand mit leiser Stimme: »Es ist wahr. Alles, was Ihr gesagt habt, ist wahr. Ich war fünfzehn Jahre alt, als mein Vater mich in seinen Handel mit den Mädchen einweihte. Manche waren Mägde, die bei uns im Hause dienten, andere waren Gäste, manche auch Dirnen, die er zu uns ins Haus bestellte ... obwohl die Al'Anfaner die Dirnen nicht gern nahmen, sie wollten junge, frische Mädchen, noch rosig von der Blüte der Kindheit.«

Als Jasper das hörte, konnte er nicht an sich halten. »Elender Schurke!« schrie er dazwischen. »Daß du gehenkt und geviertelt werden mögest!«

Paraiken bedeutete ihm ärgerlich, zu schweigen, und Elkwin sprach weiter. »Dann geschah jene mißlungene Beschwörung, und ich blieb entstellt an Körper und Seele. Die böse Lust fraß Tag und Nacht an mir, nicht einmal meinem Weib gegenüber konnte ich sie zügeln. Ständig zerrte der Drang zum Bösen an mir. Doch hatte mich und meinen Vater die kalte Furcht vor der ewigen Verdammnis gepackt, wir wagten nicht einmal einen Dämon zu beschwören.«

»Doch habt Ihr denen geholfen, die es getan haben?«

In Elkwins Gesicht malte sich jähe Bitterkeit. »Was hätten wir tun sollen gegen die hohen Herren? Sie wußten alles über uns. Hätten wir sie angezeigt, so wären *wir* auf Rad und Galgen gekommen, und ihnen wäre wohl kaum etwas geschehen. Sie sind reich, und die Büttel und Richter sind bestechlich und haben Furcht vor den Edelleuten.«

Bei allem Abscheu, den Jasper Hollerow vor dem verbrecherischen jungen Mann empfand, mußte er zugeben, daß jener recht hatte. Mit Recht und Gesetz stand es nicht zum besten im Bornland, zu oft entschied der dickere Geldbeutel einen Streitfall für sich.

»Wo fanden die Rituale statt?« fragte Orlan.

»In einem geheimen Raum in den Gewölben unter dem Gasthaus *Zum Lachenden Henker*, den früher die Schmuggler für ihre Femegerichte benutzten. Die beiden jungen Herren richteten ihn nach ihrem Gefallen ein ... Ich war nur einmal darin, aber ich schwöre Euch, der Hauch der Niederhöllen wehte mich an!«

»Wie finde ich diesen Raum?«

Elkwin beschrieb ihm den Mechanismus, der die verborgene Tür öffnete.

»Wer tötete die Opfer?«

»Unser Koch Hanske.«

»So ist er auch mit den Schurken im Bunde?«

Elkwin zuckte die Achseln. »Sie ließen ihn dafür an ihren Orgien teilnehmen. Es geht ihm wie mir. Keine Frau mag ihn, so stumm und viehisch, wie er ist. Ich warnte ihn, aber er kennt keine Angst.«

»Wie oft finden die Rituale statt?«

»Auf jeden Fall während der Namenlosen Tage, aber ansonsten wann es den Herren gefällt.«

»Wann wird das nächste Ritual stattfinden?«

»Ich weiß es nicht. Wir erfahren es immer erst kurz zuvor.« Elkwin klammerte die Hände so heftig ineinander, daß ihm die Nägel ins Fleisch drangen. »Ich muß zurück ... ich muß auf meine Frau achten. Die verfluchten Blutsäufer haben ein Auge auf sie geworfen, und mein Vater ist imstande, daß er sie ihnen ausliefert.« Er sprang auf und sah wild und wirr um sich, als würde Tineke bereits vor seinen Augen verschleppt. »Ich gebe sie nicht her! Sie ist mein!«

»Faßt Euch!« rief Orlan Paraiken so streng, daß der junge Mann förmlich in sich zusammensackte. »Eure Frau ist nicht ohne Schutz. Es sind wachsame Augen im *Lachenden Henker*, die sie behüten. Nun sagt: Es fand nicht bei jeder Zusammenkunft in dem geheimen Raum ein Blutopfer statt, oder?«

Elkwin schüttelte den Kopf. »Zumeist treffen sie sich nur, um sich an ihren greulichen Orgien zu ergötzen.«

Paraiken saß eine Weile lang schweigend da und betrachtete den jungen Schurken, dann sagte er: »Ich habe keinen Zweifel, Elkwin Peddersen, daß Ihr in der Schlinge eines Stricks enden werdet, aber es ist nicht meine Sache, die Hand dazu zu reichen. Ihr habt Eure Verbrechen bekannt – wollt Ihr uns helfen?«

Der junge Mann ballte die Hände zu Fäusten. »Wenn ich Euch die beiden Adligen und ihr Weib ans Messer liefere, laßt Ihr mich dann laufen?«

»Ich sagte schon, ich bin nicht Euer Richter.«

»Ihr sollt sie haben. Sobald sie sich das nächste Mal treffen, sende ich Euch eine Botschaft. Dann tut, was Ihr für recht haltet.«

Der Meister erhob sich. »Abgemacht. Laßt Vorsicht walten ... aber das brauche ich Euch wohl nicht eigens zu sagen. Und nun kommt und opfert vor meinem Hesinde-Schrein, wie die Maga es Euch geraten hat.«

Arnando hatte schon viel Wüstes und Schreckliches erlebt, doch nichts war je so grauenhaft gewesen wie die Stunde, in der er in dem verfluchten Tempel aus seinem Rausch erwachte. Er wußte nicht, ob Tag oder Nacht herrschte. Er wußte auch nicht, wie lange er sich schon hier befand. Sein Kopf dröhnte vom Rum und vom

Rauschkraut, seine Sinne schwankten. Er richtete sich kraftlos und von Übelkeit gepeinigt auf dem Lustbett auf, auf dem er in Oseldas Armen hingesunken war, und ließ den trüben Blick durch den Raum wandern. Überall auf den Betten und selbst auf dem Boden lagen sinnlos Berauschte herum, manche halb entkleidet, manche völlig nackt. Chaos herrschte, der üble ranzige Geruch einer Orgie hing in der Luft. Er sah mit Entsetzen, daß einige der Gegenstände in den Fächern entfernt worden waren und auf dem Boden herumlagen. Er wagte nicht daran zu denken, wozu sie gebraucht worden waren.

Oselda hatte ihn verlassen – wofür er dankbar war – und lag in den Armen ihrer beiden Gefährten auf einem anderen Bett. Sie schlief. Salderkeim schlief ebenfalls, aber Schimjontken war wach und lag lässig hingestreckt da, ein Glas Rum in der einen Hand, eine lange Zwergenpfeife in der anderen. Als er sah, daß Arnando erwacht war, kam er zu ihm und ließ sich mit der widerlich weichen Bewegung eines Reptils neben ihm auf das Bett gleiten.

»Nun, wie hat es dir gefallen?« fragte er.

Arnando rang sich ein Lächeln ab. »Es übertrifft Al'Anfa bei weitem.«

Offenbar war das genau das, was der junge Mann hatte hören wollen, denn er lächelte stolz und zufrieden. »Das hast du im kalten Bornland nicht erwartet, was! Wir müssen hier zwar mehr heizen, aber ansonsten sind wir so gut wie die Südländer!«

»Nur habt ihr keine Sklaven«, wandte Arnando ein, der an die willigen braunen Mädchen des Südens dachte.

Schimjontken zuckte die Achseln. »Wir hier sind alle freie Menschen, da hast du recht. Aber du kannst hier genauso Menschenfleisch kaufen wie in Al'Anfa – du mußt nur wissen, bei wem.«

Arnandos Blick wanderte unwillkürlich zu der Statue

Belkelels hinüber, die in ihrem Gewand aus blutiger Menschenhaut dastand.

Schimjontken folgte seinem Blick und lachte. »Ja, du hast richtig gesehen!« sagte er. »Ihr Gewand ist tatsächlich aus echter Menschenhaut gefertigt. Und sie wird auch jedesmal frisch gefärbt.«

»Was meinst du – jedesmal?« fragte Arnando schaudernd.

»Nun, bei jedem Opfer.«

»Ihr bringt – Opfer?«

»Natürlich, was dachtest du denn?« lachte der Edelmann. »Meinst du, die schwarzen Mächte verschenkten ihre Gunst? Schon um die Fünfgehörnten zu beschwören, braucht es ein Opfer, wenn du nicht einen sehr starken Magier zur Hand hast – und die Magier in Festum sind alle Schleimkacker, halbe Praiospfaffen!«

»Die Fünfgehörnten habt ihr beschworen!« schrie Arnando auf, unfähig, sein Entsetzen zu beherrschen.

Schimjontken lachte laut auf, als er den bleichen Schrecken in Arnandos Gesicht sah. »Ja, das ist doch gerade der Spaß! Meinen Hahn in ein Weib hineinstecken, das kann ich in jedem Bordell in der Stadt, dazu brauche ich das hier nicht! Die wahren Wonnen kommen aus der Siebenten Sphäre! Hast du nicht gelesen, was hier geschrieben steht?« Er deutete mit ausgestreckter Hand auf die Wandtafel neben der Statue. »»Das Reich Belkeles aber ist voller Freuden. Es ist Traum und Rausch und Schönheit und Lust und Gier und der Geschmack von köstlichstem Blute. Was du willst, nimm dir, denn das Leid und der Tod anderer sind deine Freude, und ihnen Gewalt anzutun, sie gegen ihren Willen zu nehmen, dein Vergnügen. Die edelste Ekstase aber ist der Tod, der dich hier vielmals ereilen kann und der keinen Schrecken bringt, sondern nur höchste Lust.‹«

Arnando fühlte, wie ein eisiger Hauch durch den Raum wehte, als der Bronnjare den Namen der Dämonenfürstin aussprach. Die wenigen noch brennenden Kerzen flackerten heftig, und in den stickigen Geruch der Brunst mischte sich ein Duft wie von giftgeschwollenen Blüten. Arnando mußte die Hände ineinander verschränken, um nicht zu zittern. »Ihr würdet es nicht wagen – *sie selbst* ...?«

»Wagen würden wir es schon«, prahlte Schimjontken, »aber die Zauberin, die uns den Dienst tut, ist nicht stark genug. Sie sagt, es bedürfe eines Stroms von Blut, um ihr genug Astralkraft zu verleihen, und das ist nicht möglich – noch nicht. Doch wer weiß?« Er lachte mit glitzernden Zähnen. »Vielleicht gelingt uns auch das noch.«

»Gib mir ein Glas Rum«, bat Arnando. Ihm war zumute, als müsse er gleich ohnmächtig zu Boden sinken. Verfluchte Gier nach den Weibern! dachte er. Wie hatte Oseldas Schönheit ihn nur so bezaubern können, daß er in diese Horde von Dämonenanbetern hineingeraten war? Wenn er jetzt nicht rasch einen Ausweg fand, riskierte er nicht nur, von ihnen ermordet oder mit ihnen eines Tages hingerichtet zu werden, er brachte auch noch seine Seele in Gefahr! Er mußte fürchten, in die eisigen Niederhöllen verstoßen zu werden!

Nun hatte Arnando immer den Weg den geringsten Widerstandes gewählt. Er hatte sich nicht viel um die Zwölfe gekümmert, aber er hatte es auch immer sorgsam vermieden, ihren Zorn zu erwecken. Wenn es irgendwo üblich war, ein Opfer darzubringen – wie vor Antritt einer Reise –, dann tat er es, mehr aus abergläubischer Angst, der verärgerte Gott könne ihm übel mitspielen, als aus wahrem Glauben. Nie wäre es ihm in den Sinn gekommen, die Götter offen zu beleidigen. Und nun saß er hier inmitten blutgieriger Dämonenpaktierer, denen ein Menschenleben nicht mehr galt als ein Furz!

Mit matter Stimme fragte er: »Habt ihr nie Angst, entdeckt zu werden?«

Schimjontken schüttelte selbstsicher den Kopf. »Unser

Tempel ist so gut verborgen, daß kein Mensch ihn jemals finden wird. Und was Verrat betrifft – nun, du weißt, was einem Verräter droht!«

»Ich weiß es nicht. Sag es mir.« Arnando fühlte sich wie ein Mann, der begierig erfahren will, auf welche Weise er hingerichtet werden soll.

»So höre«, hub Coljew Schimjontken an. »Die Magierin, die uns zu Diensten ist, vermag den Laraan zu beschwören, den Meister der lüsternen Brut, Verderber des Fleisches. Sie vermag es auch, ihn auf einen Verräter zu hetzen. Dann erscheint der Dämon dem Opfer vierzehn Tage lang in seiner verführerischsten Gestalt, sei es als Weib oder Mann, und dem Opfer bleibt nichts anderes übrig, als sich besinnungslos zu verlieben. In dieser Zeit wird dieser Mensch alles tun, ja sogar jedes Verbrechen begehen, um dem Geliebten gefällig zu sein. Nach Ablauf der Frist jedoch sieht er den Dämon plötzlich in seiner wahren Gestalt vor sich – und dann kann er von Glück reden, wenn er nur dem Wahnsinn verfällt und nicht auf der Stelle tot zu Boden sinkt!«

Arnando hatte fröstelnd vor Angst zugehört. Er wußte natürlich, daß Schimjontkens Worte eine Warnung und eine Drohung enthielten. Mit aller Vorsicht fragte er: »Ist es denn noch nie geschehen, daß jemand … nun, hierher eingeladen war und dann nicht wieder kommen wollte, weil er vielleicht Angst bekommen hatte?«

Der Jüngling beugte sich vor und küßte ihn auf den Mund. »*Noch nie*«, verneinte er lächelnd. »Die einmal hier waren, sind alle unsere guten Freunde geblieben. Ich bin sicher, auch du wirst unser Freund bleiben.«

Tineke wußte nicht, ob sie sich freuen oder grämen sollte, als sie ihren Gatten nach zweitägiger Abwesenheit wieder in der Wirtsstube stehen sah. Sie hütete sich sehr, ihn zu fragen, wo er gewesen war. Wo sollte er schon gewesen sein außer in irgendwelchen finsteren Löchern im Diebeswerder, wo sich die verlaustesten Huren des Hafens herumtrieben? Sie fand ihren Verdacht bestätigt, denn Pitjow fragte seinen Sohn, wo er gewesen sei, und bekam die mürrische Antwort: »Bin beim Saufen im *Riff der verdorrenden Kehlen* versackt.«

Der Alte ging mit dem Besenstiel auf ihn los. »Du schwarzhaariger Narr! Habe ich dich dazu in die Welt gesetzt, daß du mein sauer verdientes Geld versäufst und verhurst und mich hier allein die ganze Arbeit verrichten läßt?«

Elkwin – der im Umgang mit dem Besenstiel Übung hatte – floh hinter den nächstbesten Tisch und wehrte mit einem hoch erhobenen Stuhl ab, als Pitjow auf ihn losdrosch. Fluchend warf der alte Mann den Besen beiseite und schnauzte seinen Sohn an: »Mach dich wenigstens jetzt an die Arbeit, du fauler Taugenichts!«

Tineke stand mit gesenktem Kopf an der Theke und tat, als bemerke sie nichts von dem wüsten Zusammenstoß zwischen Vater und Sohn. Sie war weichherzig genug, sich zu freuen, daß Elkwin kein Unfall zugestoßen war, aber zugleich bekümmerte sie der Gedanke, daß er nachts wieder in ihr Bett kriechen und seine üblen Spiele mit ihr treiben würde. Sie fragte sich auch, wie er darauf reagieren würde, daß Burgol Ruttel abgereist war, mit dem er sich so gut verstanden hatte. Der Seemann hatte sich nicht einmal verabschiedet, hatte nur einen Jungen gesandt, der die Rechnung beglich und seine Habe abholte. Als Elkwin auffiel, daß Ruttel nicht mehr da war, und er nach ihm fragte, antwortete sie beklommen: »Er ist abgereist.«

Sie hatte erwartet, ihr Mann werde in Zorn geraten, aber er sagte nichts, ja sie hörte ihn sogar tief durchatmen, als sei es ihm eine Erleichterung, daß der Seemann verschwunden war. Vielleicht, dachte Tineke, ist dessen götterlästerliche Art sogar Elkwin zu viel geworden.

Sie hatte die eine Nacht genossen, als er nicht zu Hause gewesen war und sie in Ruhe in ihrem Bett schlafen konnte, aber nun war er wieder da, und Tineke stieg, als es Zeit zum Schlafengehen wurde, mit schweren Schritten die steile eichene Treppe empor. Sie war müde und betrübt, und am allerwenigsten hätte sie sich jetzt gewünscht, mit einem Kälberstrick an den Stuhl gebunden und gewaltsam genommen zu werden. Zu ihrer Erleichterung schien Elkwin auch nicht in der Stimmung zu sein. Er kleidete sich aus, wobei er sich im dunkelsten Winkel des Zimmers hielt, schlüpfte hastig in sein Nachthemd und kroch unter das Federbett. So verstohlen er sich auch benahm, Tineke hatte gesehen, daß sein Körper von Striemen gezeichnet war. Was mochte ihm nur widerfahren sein? War er in eine Schlägerei geraten? Oder hatten die Wunden eine andere Ursache? Sie unterdrückte einen erschrockenen Ausruf und tat, als hätte sie nichts gesehen. Instinktiv fühlte sie, daß sie keine Bemerkung machen durfte. Den Blick abgewandt, kroch sie ins Bett.

Als sie sich zu ihrem Mann legte, streckte er seine langen Arme aus und zog sie an sich.

Tineke erstarrte bei dem Gedanken daran, was ihr wieder bevorstehen mochte, aber zu ihrer Überraschung liebkoste er sie. Seine knochigen Hände streichelten über ihren Bauch, ihre Brüste und ihren Schoß, er drängte sich an sie und preßte die Lippen auf ihren Nacken. Sie war so verdutzt, daß sie leise fragte: »Was tust du?«

Er flüsterte an ihrer Wange: »Wolltest du nicht, daß ich dir gut bin?«

»Ja, natürlich«, stammelte Tineke. Sie war so verblüfft, daß sie reglos dalag und ihn gewähren ließ. Es war noch nie geschehen, daß er zärtlich zu ihr war, aber jetzt versuchte er es, obwohl er sich ungeschickt wie ein Bär dabei anstellte. Verwundert streckte sie eine Hand aus und strich nun ihrerseits liebkosend über seine Schultern, zog ihn an sich, so daß sie Bauch an Bauch in der Wärme des Federbetts lagen. Elkwin hielt sie fest umschlungen und schob seinen harten Schaft so sanft wie nie zuvor zwischen ihre Beine. Sie spürte erleichtert, daß es nicht so weh tat, wenn er langsam eindrang, und als sie sich entspannte, fiel es ihr beinahe leicht, ihn in sich aufzunehmen.

Einen Augenblick lang durchblitzte sie der Gedanke, daß diese ungewohnte Zärtlichkeit vielleicht nur das heimtückische Vorspiel einer besonderen Grausamkeit sein mochte ... Aber nein, ihre empfindlichen Sinne spürten, daß etwas an Elkwin sich verändert hatte, daß er nicht mehr derselbe Mann war, der vor zwei Tagen das Haus verlassen hatte, um zu einer anderen Frau zu gehen. Der Geruch war verschwunden, dieser ekelhafte süßlich-faule Geruch, der ihm immer angehaftet war und sie so abgestoßen hatte. Als ihr das bewußt wurde, fühlte sie plötzlich eine solche Erleichterung, daß sie ihren Mann um den Nacken faßte und unaufgefordert seinen schiefen Mund küßte. Er stieß einen leisen, erschrockenen Schrei aus, dann fing er sich wieder und ließ es mit geschlossenen Augen geschehen, während er sich langsam in ihr hin und her bewegte. Tineke küßte ihn von neuem, und diesmal suchte ihre Zungenspitze schüchtern die seine. Sie wußte nicht, ob Männer das auch gern hatten – Dulja hatte es gerne gehabt –, aber sie wollte Elkwin irgendwie belohnen für die Mühe, die er sich gab. Und wirklich, es gefiel ihm über die Maßen. Er wand sich stöhnend hin und her, den Mund auf den ihren gepreßt, sein Haar fegte über ihr Gesicht, bis er sich mit harten, schaudernden Rucken aufbäumte und opferte.

Als sie aufstand, um sich zu waschen, folgte er ihr und wischte mit dem nassen Tuch ihren Schoß ab. Sie sagte

sanft: »Du hast mir gut getan.« Sie hatte erwartet, er
würde ihr eine freudige Antwort geben, aber er wandte
wie in bitterer Scham den Kopf ab, wusch sich schweigend und kehrte ins Bett zurück.

Tineke folgte ihm und schmiegte sich an seinen
Rücken. Sie streichelte seine Schultern, aber er tat, als
merke er nichts davon, und zuletzt schlief sie eng an ihn
gedrückt ein.

Elkwin stellte sich schlafend, aber er war hellwach. Er
spürte, wie die Striemen überall an seinem Körper
brannten und sein Hintern sich anfühlte wie rohes
Fleisch – der Beweis dafür, daß er sein unheimliches Erlebnis nicht nur geträumt hatte. Er war sicher, daß Orlan
Paraiken die Hand dabei im Spiel hatte. Dieser allwis-
sende Mann, davon war er überzeugt, war ein Magier –
und ein bedeutender Magier dazu. Er war zweifellos um
vieles mächtiger als Volsa. Er hatte es fertiggebracht, ihn
in die Siebente Sphäre hinauszuschicken. Er konnte ihm
jederzeit noch viel Schlimmeres antun, gar nicht zu
reden davon, daß er ihn den Bütteln auslieferte. Was
blieb ihm anderes übrig, als ihm zu Willen zu sein?

Mehr als der Gedanke an Orlan Paraiken beschäftigte
Elkwin jedoch etwas, womit er bislang noch nie zu tun
gehabt hatte: die Qualen eines schuldbeladenen Gewissens. Alles Böse, das er je getan hatte, stürzte auf ihn
herab wie Felsblöcke, die ihn unter sich begruben und
ihm die Brust zu zerquetschen drohten. Er warf sich von
einer Seite auf die andere – umsonst. Sein Strohsack war
wie mit Dornen gestopft, die Decke lastete auf ihm, kalte
und heiße Schauer schüttelten ihn, und die Kehle wurde
ihm so eng, als schnüre sich ein Strick darum.

Jetzt, da der Fluch des Dämons von ihm gewichen
war, hatte sich sein Herz aus einem Stein in Fleisch ver-
wandelt. Er dachte mit Entsetzen an die weinenden
Mädchen, die er roh in das Boot gestoßen hatte, während

sein Vater auf das Ablegen wartete. Er dachte an Dotta, die nichts Schlimmes erwartet hatte, als er sie mit sich in den Keller führte. Er dachte an Geertjas tränennasse Augen, wenn sie sich Zorn und Schmerz verbiß, um seinen elenden Silbertaler nicht zu verlieren. Und er dachte an Tineke.

Sie war die erste Frau, die ihn freiwillig geküßt hatte – das brannte ihm im Herzen. Er wußte nichts von der Liebe, er war nur durchdrungen von dem Gedanken, daß diese Frau ihm gehörte, ihm allein, und daß er sie keinem anderen überlassen würde. Er dachte daran, daß sie gut behandelt werden wollte, und zerbrach sich den Kopf, wie er das anstellen sollte. Schmuck und Kleider wollte sie nicht, das hatte er schon herausgefunden. Freundlich sollte er zu ihr sein. Elkwin – dessen Mutter früh gestorben war und der von seinem Vater keine Freundlichkeit erlebt hatte – wußte wenig mit diesem Wunsch anzufangen. Sie meinte wohl, daß er sie nicht schlagen und stoßen und ihr kein mürrisches Gesicht zeigen sollte. Nun gut, er würde tun, was er konnte. Er begriff jetzt noch viel weniger als zuvor, wie es kam, daß sie gut zu ihm war, es war ein Wunder, das über seinen Verstand ging – aber von heute an, nahm er sich vor, würde er ihr alles geben, was Frauen gern hatten.

Er drehte sich zu der schlafenden Schönen um und fuhr vorsichtig mit den Fingern durch ihr offenes Haar. Wie weich, wie seidig! Bislang hatte er das nie bemerkt. Es war, als seien ihm ganz neue Sinne aufgegangen, wie er sie zuvor nicht besessen hatte. Aber mit diesen neuen Sinnen überkam ihn auch eine neue Empfindlichkeit, und er dachte mit Kummer und Scham daran, wie oft er seine Frau mißhandelt hatte.

Plötzlich wurde ihm klar, daß sein neu entdecktes Gewissen ihm keine Ruhe lassen würde, bis er nicht für alle seine Verbrechen bezahlt hatte, seien sie klein oder groß gewesen. Orlan Paraiken hatte recht gehabt, er würde in der Schlinge eines Stricks sterben. Es gab keinen anderen Ausweg mehr. Er hatte die Hände zu tief in unschuldiges Blut getaucht, um hier auf Dere noch Gnade erwarten zu können, sei es von den Göttern oder von den Menschen. Aber – und ein tiefer Atemzug hob seine Brust – er würde nicht als Verdammter sterben. Wenn Golgaris Schwingen seine Seele vom Blutgerüst trugen und ihn über das Nirgendmeer entführten, konnte er auf einen gnädigen Richter hoffen. Er würde Ruhe finden in Borons Reich.

Als er schließlich einschlief, hatte er einen erschreckenden und zugleich beglückenden Traum. Er sah sich auf den rotgestrichenen Brettern eines hohen Blutgerüsts stehen, barfuß und in einem grauen Hemd, das ihm vom Hals bis zu den Knöcheln hing. Seine Hände waren auf dem Rücken zusammengebunden. Er hob den Blick und erblickte die Leiter, auf die er in wenigen Augenblicken würde steigen müssen, sah die Hanfschlinge vom Querbalken des Galgens herunterbaumeln. Der Henker stand hinter ihm, und er war genauso anzusehen wie der Mann, der auf dem Schild des Wirtshauses gemalt war – er trug eine rote Gugelhaube und lachte, daß man alle seine Zähne sah.

Elkwin blickte in die Menge hinunter, die den Galgen umstand, aber in seinem Traum waren es nicht die Bürger von Festum, die darauf warteten, ihn hängen zu sehen, sondern schwarze Dämonengestalten – Kreaturen, die aus Nacht und Nebel geschaffen schienen, mit glühenden roten Augen in zerfließenden Gesichtern und Haar, das wie dürres Wurzelwerk von ihren Köpfen starrte. Sie glotzten bösartig zu ihm herauf, umlauerten ihn mit blinkenden Zähnen und speichelnden Mäulern, aber er wußte, daß er ihnen entronnen war. Sie hatten keine Macht mehr über ihn. Wie leicht war der Tod! Eine kurze Qual, während der Strick ihn zu Tode würgte, dann würden Golgaris Schwingen ihn umrauschen, und

Friede erwartete ihn. In Borons dunklen, vom Duft der Lotosblüten durchdrungenen Hallen würde er vergessen, was er Böses getan hatte, und in sein Herz würde Ruhe einkehren.

Er wandte sich mit einem leichten Schritt dem Henker zu. »Mach schnell«, rief er ihm fröhlich zu, »damit ich Golgaris Schwingen rauschen höre!«

Arnando vernachlässigte seine reiche Witwe auf eine Weise, die seinen Lebensunterhalt in Gefahr brachte – aber er schaffte es beim besten Willen nicht, an etwas anderes zu denken als an die verfluchte Nacht im Tempel der Dämonenanbeter. Unablässig versuchte er Mittel und Wege zu finden, wie er sich ihnen entziehen könnte, aber je mehr er nachdachte, desto klarer wurde ihm, daß es keinen Ausweg gab. Da war die fürchterliche Drohung, ihm den Laraan auf den Hals zu hetzen, und die weniger fürchterliche, aber immer noch ausreichende Drohung, an Leib und Leben gefährdet zu sein.

Dämonenpaktierer waren zu allem fähig. Wenn er sie anklagte – und welche Beweise hatte er denn überhaupt? – und sie wurden freigesprochen, so würden sie ihn töten, entweder offen im Duell oder hinterrücks durch Meuchelmörder. Und selbst wenn man ihm Glauben schenkte, so war die Gefahr groß, daß er mit ihnen auf der Anklagebank sitzen mußte. Würde man ihm glauben, daß er nur aus törichter Verliebtheit mit ihnen gegangen war? Er war ein Fremder in Festum, ein Mann ohne Mittel (sein Geld wurde allmählich knapp, seit die Witwe den Beutel zuhielt), ohne Familie, ohne einflußreiche Freunde, während seine Gegner zum alten Adel des Bornlandes zählten. Kein Zweifel, sie hatten einen schlechten Ruf, aber Arnando wußte noch aus Al'Anfa, wie oft die Richter sich von einem klangvollen Namen beeindrucken ließen. Und dazu kam, daß er keine Ahnung hatte, wer die anderen Maskierten gewesen waren. Vielleicht Leute, die im Rang noch höher standen als Schimjontken und Salderkeim? Reiche Handelsherren? Kapitäne großer Schiffe? Am Ende gar Angehörige des Hohen Rates von Festum?

Nein, es war sinnlos, auf die bornländische Gerechtigkeit zu hoffen. Er mußte einen anderen Weg finden – und zwar rasch. Denn eines war ihm klar: Wenn er erst einmal an einem Blutopfer teilgenommen hatte, so gab es keinen Ausweg mehr für ihn. Dann war seine Seele in Ketten gelegt, den Dämonen ausgeliefert.

Eine gute Woche lang grübelte er. Dann kam ihm ein Gedanke, so wahnwitzig, daß er es zuerst kaum glauben mochte. Die Idee war verrückt – und mehr noch: Die Wahrscheinlichkeit war groß, daß er mit seinem eigenen Leben bezahlte.

Aber es war immer noch besser zu sterben, als der eisigen Verdammnis ausgeliefert zu werden.

In den nächsten zwei Wochen kam Tineke aus dem Staunen über ihren Mann nicht heraus. Elkwin legte nicht etwa die Künste eines Rahjageweihten an den Tag; er war und blieb ein Tolpatsch, der ihr beim Liebesspiel das Knie in den Bauch stemmte und die Hände auf ihr offenes Haar stützte, so daß es erbärmlich ziepte. Aber er gab sich offenkundig Mühe, sie gut zu behandeln. Auch seine Wünsche hatten sich verändert. Er war nach wie vor glücklich, wenn sie Dinge mit ihm tat, die angeblich in Al'Anfa üblich waren, aber er dachte nicht mehr daran, sie zu schlagen oder zu binden. Das allein war eine solche Erleichterung für Tineke, daß sie schon aus Dankbarkeit dafür bereit war, ihm in allem seinen Willen zu lassen.

Sie hätte beinahe glücklich sein können, wäre da nicht der schreckliche Gedanke gewesen, daß ihr Mann bei Dottas Tod die Hand im Spiel gehabt hatte – daß er das Mädchen ermordet oder zumindest bei ihrer Ermordung mitgeholfen hatte. Und wenn das bei Dotta so gewesen war, mußte man es dann nicht auch bei den fünf anderen Frauen befürchten, die man ohne Kopf aus dem Wasser gezogen hatte? War der Mann, mit dem sie das Lager teilte, ein Mörder? Manchmal wurde die nagende Angst so unerträglich, daß sie ihn beinahe gefragt hätte. Aber hätte er ihre Frage beantwortet? Und wie hätte sie weiterleben sollen, wenn sie eine Antwort bekam – die Antwort, vor der sie sich fürchtete?

Immer wieder erwog sie, Orlan Paraiken aufzusuchen. Hatte sein Freund ihr nicht gesagt, daß sie in ihm einen Beschützer hatte? Aber dann kam ihr wieder der Verdacht, der Kapitän habe sie mit seinen Worten nur trösten wollen, während der große Meister in Wahrheit ihr Anliegen längst vergessen hatte. Zweifellos hatte er viel Bedeutenderes zu tun. Hatte sie nicht gehört, daß selbst die Ratsherren der Stadt sich danach drängten, in schwierigen und dunklen Fragen seinen Rat einzuholen? Sie konnte sich nicht vorstellen, daß er solche Anfragen wirklich ablehnte, um einer Wirtin zu helfen. Nein, er hatte sie vergessen. Aber wer blieb ihr nun noch als Hilfe?

»Frau Wirtin?« Sie schreckte aus ihren Gedanken hoch, als die Frage an sie gerichtet wurde, und hätte beinahe den Krug fallenlassen, mit dem sie geistesabwesend herumgespielt hatte.

Der Gast war an die Theke getreten, den sie bei sich ›den alten Narren‹ nannte: ein wunderlicher Bursche mit struppigem grauen Haar und einem Bart wie ein Zwerg, der seit zwei Wochen im *Lachenden Henker* Quartier genommen hatte und sich Tirvan Brenneisen nannte. Er hatte ihr erzählt, daß er aus Ysilia – wo er eine Apotheke betrieben hatte – geflohen sei, als es von den schwarzen Horden überrannt wurde, und nun auf seine alten Tage in Festum noch einmal neu anfangen mußte. Er hatte stets ein eigentümliches Tier bei sich, einen grauen Papagei, der dazu angelernt war, aus einem Kasten voller Zetteln kleine Briefe hervorzuziehen, die mehr oder minder kuriose Ratschläge enthielten.

Tineke hatte den Eindruck, daß Herr Brenneisen als Bettler auf der Straße enden würde, denn der Alte hatte kaum noch seine fünf Sinne beisammen. Er kam immer wieder an die Theke und erzählte ihr Geschichten von Leuten, von denen sie nie zuvor gehört hatte, oder er brüstete sich damit, wie gut er sich in Kräutern und anderen Apothekerwaren auskannte. Ständig legte er es darauf an, ihr oder Elkwin irgendwelche Tinkturen anzudrehen, die er in seinem Zimmer braute und dann an die Gäste zu verhökern versuchte. Die jungen Peddersens lehnten ebenso ab wie die meisten Besucher, denn der Alte war kaum noch so weit bei Sinnen, daß er wußte, was er in seine Tränklein hineinmischte. So machte er schlechte Geschäfte, aber er mußte eine Menge Erspartes mit sich führen, denn er zahlte pünktlich. Anders hätte Pitjow – dem der Alte nicht minder lästig war – auch nicht zugelassen, daß er weiterhin im *Lachenden Henker* wohnte.

»Was wollt Ihr, Herr Brenneisen?« fragte Tineke müde. Sie verspürte nicht die geringste Lust, sich wieder ausufernde Erzählungen über wildfremde Ysilier anzuhören.

»Ihr seid traurig, junge Frau«, bemerkte der Alte. »Was bekümmert Euch denn?«

Gleich will er mir ein Tränklein gegen Kümmernis verkaufen, dachte Tineke und wußte nicht, ob sie bei dem Gedanken lachen oder sich ärgern sollte. Sie sagte rasch: »Ach, es ist nichts.«

Der Alte beugte sich zu ihr herüber und wedelte mit dem knotigen Zeigefinger vor ihrer Nasenspitze herum.

Seine Äuglein funkelten unter buschigen Brauen. »Sagt das nicht! Sagt das nicht! Ich erkenne Kummer, wenn ich ihn sehe. Ist es Euer Mann, der Euch zu schaffen macht?«

Sie sah ihn erschrocken an, einen Lidschlag lang überzeugt, daß er ihre geheimen Gedanken gelesen hatte. »Warum mein Mann? Was fragt Ihr? Was soll mit ihm sein?«

»Oh«, sagte er mit einem listigen Lächeln, »wenn eine Frau Kummer hat, ist meistens ihr Mann daran schuld. Habt Ihr denn keine Freundin, bei der Ihr Euch ausweinen könnt?«

Jetzt seufzte Tineke laut. »Ich habe niemanden. Wollt Ihr bestellen oder …«

Er ging nicht darauf ein, sondern holte rasch seinen Papagei und den Zettelkasten herbei. »Da, ein guter Rat!« sagte er mit seinem greisenhaften, halbblöden Grinsen. »Lest nur, lest! Ein guter Rat ist immer etwas wert.«

Tineke nahm mürrisch das rote Papierbriefchen entgegen, faltete es auf und las:

> *Hast Kummer und Sorgen*
> *und schlimme Zeit*
> *so ist doch ein Freund*
> *in der Not nicht weit.*

Der Alte nickte ihr zu und tappte vor sich hingrinsend zu seinem Platz am Kamin zurück.

Tineke wollte das Zettelchen mit seinem Allerweltsspruch schon wegwerfen, aber dann steckte sie es in die Schürze. Es war ein Trost, wenn auch nur ein schwacher.

Seit Elkwin Peddersen nach seinem Abenteuer in Orlan Paraikens Haus in den *Lachenden Henker* zurückgekehrt war, spürte er, daß sein Vater ihn mit Habichtaugen beobachtete. Er war sich darüber im klaren, daß er den Alten nicht lange würde täuschen können. Pitjow, der selbst noch unter dem Fluch des Dämons stand, spürte zweifellos, daß sein Sohn von diesem Verhängnis befreit worden war – und das bedeutete, daß er in ihm keinen zuverlässigen Spießgesellen mehr hatte.

Elkwin behielt recht. Keine vierzehn Tage waren vergangen, da bedeutete der Alte ihm eines Nachts, er möge Tineke allein ins Bett schicken und bei ihm in der Thekestube bleiben. Nachdem Elkwins Frau zu Bett gegangen war und Pitjow alle Riegel vorgelegt hatte, setzte er sich mit einer Kanne Branntwein zu seinem Sohn an den Tisch. Er stierte ihn finster an, dann fragte er brüsk: »Kann ich dir noch vertrauen?«

»Warum denn nicht, Vater?« fragte Elkwin zurück. Er spürte einen Kloß im Hals. Er hegte keinen Zweifel daran, daß der Alte imstande war, *ihn* umzubringen, wenn er ihn für eine Gefahr hielt.

»Du bist verändert«, knurrte Pitjow und warf ihm aus seinen brennenden Augen einen Blick zu, daß ihm angst und bange wurde. »Seit du dich vor zwei Wochen so versoffen hast, bist du verändert. Und das gefällt mir nicht, Elkwin. Ich muß sicher sein, daß du treu zu mir stehst.«

»Das tue ich, Vater, ganz gewiß«, beteuerte der junge Mann, während er bei sich dachte: Alter Schurke! Du ließest mich jederzeit fallen wie eine glühende Kohle, wenn es dir in den Kram paßte, aber von mir erwartest du Treue!

Pitjow wandte keinen Lidschlag lang den Blick von ihm. »Das mußt du mir beweisen.«

»Wie soll ich das tun?«

Der Alte betrachtete ihn mit einem wölfischen Lächeln. »Die Herren wollen bald wieder ein Fest feiern ... ein ganz besonderes Fest – du verstehst. Es muß ein Mädchen her. Und diesmal wirst *du* für das Mädchen sorgen.«

»Wo soll ich es hernehmen?« fragte Elkwin, aber noch während er sprach, wurde ihm klar, was sein Vater gemeint hatte, und seine Augen weiteten sich vor Entsetzen. »Nein!« stieß er hervor. »Nein – nicht Tineke!«

»Und warum nicht?« fragte Pitjow lauernd. »Haben wir an dir keinen ergebenen Freund mehr?«

Elkwin sprang auf. »Ich gebe Tineke nicht her! Mögen sie in die Niederhöllen fahren, diese beiden Schurken, aber meine Frau bekommen sie nicht!«

»Sie wollen ein Unterpfand für deine Treue«, erwiderte Pitjow und zeigte alle seine vorstehenden Zähne in einer Grimasse, die ein Lächeln sein sollte. »Und ich will es auch. Du hast in letzter Zeit einen Geruch an dir wie ein Praiospfaffe, Sohn, und bist anders geworden, als ich dich kenne.«

»Du kannst nicht …«

»O doch, ich kann«, drohte Pitjow. »Hü oder hott, Elkwin! Bring dein Weib in den Keller – oder stirb selbst.«

»Eher stirbst *du*!« schrie der Jüngling. Er sprang auf, die schwere Kanne in der Hand und bereit, dem Alten den Schädel einzuschlagen.

Da stieß Pitjow einen schrillen Pfiff aus, und augenblicklich sprang die Küchentür auf. Im schwachen Kerzenlicht traten die beiden Adligen ein. Coljew und Danjow hatten die Waffen gezogen, der scharfe Stahl der beiden Rapiere glänzte hell.

»Hol dein Weib, Elkwin!« befahl Coljew mit kaltem Lächeln. »Bring sie zu uns hinunter in den Keller. Du kennst ja die kleine Zelle. Oder willst du lieber selbst in die Finsternis hinausfahren?«

Tineke war wie gewohnt zu Bett gegangen. Sie lag in ihrem Nachthemd unter dem warmen Federbett, sah die Glut im Kamin in sich zusammensinken und hoffte, Elkwin möge so lange mit seinem Vater zusammensitzen, daß er nachher zu müde wäre, um sie zu bedrängen. Obwohl er sich so sehr gebessert hatte, hatte sie weiterhin kein Vergnügen an ihren Traviapflichten und war froh über jede Nacht, in der er sich erschöpft zum Schlaf einrollen konnte.

Sie schreckte auf, als sie seinen Schritt auf der Treppe hörte. Und wie er rannte! Ihr erster Gedanke war, daß irgend etwas ihn in Zorn versetzt hatte und er gleich wütend hereinstürmen würde. Sie fuhr im Bett hoch und warf sich mit rascher Gebärde das wollene Umschlagtuch über die Schultern. Im nächsten Augenblick kam Elkwin schon ins Zimmer gestürzt, hochrot vor Aufregung, mit wild zerwühltem Haar und brennenden Augen. In der Hand hielt er den schweren Feuerhaken, mit dem unten in der Gaststube der Kamin geschürt wurde.

»Hinter mich, Tineke!« schrie er mit heiserer Stimme. »Sie bekommen dich nicht!«

Aber da polterten auch schon andere Füße die Treppe herauf. und die entsetzte Tineke sah zwei Männer mit gezogenen Rapieren die eichenen Stufen heraufhasten. Beide schienen betrunken zu sein, denn sie schrien und lachten, als sie den Treppenabsatz erreichten – und da erkannte Tineke die beiden wieder! Der Blonde und der Brünette waren es, die sie oft mit so durchdringenden Blicken verfolgt hatten. Sie schrie laut auf und verbarg sich hinter Elkwin, der mit breit gespreizten Beinen in der Tür stand. Er schwang den Feuerhaken in der erhobenen Hand und schrie, wobei er wie ein Rasender lachte: »Nur herbei mit Euch, edle Herren! Dafür, daß ich einen von Euch übers Nirgendmeer schicke, will ich gern gehängt werden!«

»Weg da, bäurischer Hund!« brüllte der Blonde und zückte sein Rapier, hielt sich aber vorsichtshalber außer Reichweite des Feuerhakens. Wie Elkwin aussah, war er bereit, jedem den Schädel einzuschlagen, der ihm nahe kam. Mit einer Hand schob er Tineke hinter sich, während er mit der anderen drohte.

»Verräter!« knirschte Pitjow, der hinter den beiden jungen Männern die Treppe heraufgehastet war.

Elkwin lachte. »Ja, Vater – Verräter! In die Niederhöllen mit euch und euren Blutopfern! Kommt her, wenn ihr es wagt! Ich schlage jeden von euch tot, dich eingeschlossen, alter Mann!« Er sprang einen Schritt nach vorn, und die anderen wichen zurück. Der Feuerhaken sauste nieder und verfehlte nur um einen Fingerbreit den Schädel des Blonden, der mit der Leichtigkeit des geübten Fechters zurücksprang – und im nächsten Augenblick schon wieder da war, das glitzernde Rapier in der Hand. Elkwin blieb keine Zeit, den Feuerhaken noch einmal zu schwingen. Die schmale Klinge fuhr von der Seite in seinen Leib und zwischen den Rippen hindurch ins Herz.

Elkwin stieß einen dumpfen, gurgelnden Schrei aus, taumelte ein paar Schritte zurück, ließ den Feuerhaken fallen und sank auf dem Boden in sich zusammen.

Tineke reagierte blitzschnell. Sie warf sich zur Seite, schlug die schwere Eichentür ins Schloß, als Coljew eben hindurchspringen wollte, und stieß den Riegel vor.

Die drei Männer draußen heulten auf vor Wut, aber Tineke achtete nicht auf sie. In hellem Entsetzen fiel sie neben Elkwin auf die Knie, schob den Arm unter seinen Kopf, versuchte hilflos mit seinem Hemd das Blut zu stillen, das stoßweise aus der Wunde drang. »Was ist dir?« rief sie verzweifelt. »Was hat er dir getan?«

Elkwin schob ihre Hand fort. »Du mußt fliehen«, stammelte er. Blut quoll ihm über die Lippen, als er sprach. »Sie wollen dich töten ... lauf, Tineke, lauf! Laß mich. Ich sterbe.«

Sie umklammerte seine Hand. »Elkwin ...«

Er schüttelte schwach den Kopf, und sie sah, wie sich

Borons Dunkelheit über seinen Blick breitete. »Verzeih mir«, stieß er mühsam hervor.

Sie preßte ihn an sich, fuhr mit der Hand liebkosend über sein vernarbtes Gesicht, aber er suchte sie mit erlöschender Kraft fortzuschieben. »Laß mich«, ächzte er, den Mund voll Blut. »Lauf ... lauf ...«

Und plötzlich wurde sein Kopf auf ihrem Arm schwer, und die Augen brachen ihm. Das Blut hörte auf, aus der Wunde zu fließen.

Sie kauerte da wie erstarrt, den Blick in seine glanzlosen Augen gerichtet. Dann drang in ihr Bewußtsein, was er gesagt hatte, und sie hörte den Lärm, den die Männer draußen an der Tür machten. Mit einem Satz sprang sie auf, warf einen letzten Blick auf den Toten, der mit blutbefleckten Lippen vor ihr lag, und sah dann zum Fenster hinüber. Noch war Zeit – noch konnte sie es erreichen, bevor man die Tür aufbrach.

Sie dachte nicht daran, daß sie barfuß und im Nachthemd war und draußen der bittere Firun herrschte. Ihr einziger Gedanke war Flucht – so weit wie möglich vor diesen Männern zu fliehen, die vor Anstrengung grunzend an der Tür rüttelten. Sie riß beide Fensterflügel weit auf. Ein Schwall des heulenden Windes pfiff herein. Mit einem Satz schwang sie sich auf das Fensterbrett, wollte sich auf das Vordach fallen lassen – da sprang die Tür auf, ein gewaltiger Schatten stürmte herein, und klobige Hände packten sie mit einem Griff, aus dem es kein Entkommen gab.

Hanske war es, der sie ergriffen hatte, der hünenhafte Koch. Seine fleischigen Arme packten sie, hoben sie hoch, wie ein Kind seine Puppe hochhebt. Tineke verschwamm die Welt vor den Augen, als er sie in seinem unerbittlichen Griff gepackt hielt und die Eichentreppe hinunterschleppte. Sie strampelte, aber die Tritte ihrer bloßen Füße kümmerten ihn nicht. Schnaufend und knurrend schleifte er sie Stufe um Stufe abwärts. Eine seiner Hände preßte sich auf ihren Mund und erstickte den Schrei, den sie ausstoßen wollte.

Hanske trug die halb Bewußtlose durch die verlassene Gaststube, durch die Vorratskeller und schließlich in die finsteren, mit Salpeter überkrusteten Gewölbe unter dem *Lachenden Henker*. Im Winkel eines solchen Kellers warf er sie wie einen Kartoffelsack zu Boden. Sie wollte sich aufraffen, aber da war schon Pitjow über ihr und zwängte ihr einen Knebel in den Mund, während der blonde Adlige ihr die Hände auf dem Rücken fesselte. Tineke wehrte sich vergebens. Sie wurde, gebunden, wie sie war, hochgezerrt und durch den Raum geschleift, in dessen Ecken die Schatten ihrer Peiniger wilde Tänze aufführten. Dann hörte sie Eisen klirren und sah in fassungslosem Entsetzen, wie ihr Schwiegervater ein Gitter aufriß, hinter dem ein schwarzes Loch gähnte. Sie wurde hineingestoßen, die Tür aus Eisenstäben fiel zu.

Pitjow stand davor und grinste sie an wie ein Wolf, während sie mühselig versuchte, sich mit den gebundenen Händen aufzuraffen. »Nur schön ruhig, meine Liebe«, höhnte er. »Wir kommen später wieder zu dir. Inzwischen mach es dir gemütlich. Du hast nicht mehr lange zu leben, also mach dir die Zeit nicht unnötig schwer.«

Der braunhaarige Adlige wandte sich ihm zu. »Dein Sohn tut keinen Schnaufer mehr, Alter«, sagte er. »Was sollen wir den Leuten sagen?«

Pitjow grinste. »Was schon? Sie da« – er wies mit dem Kinn auf Tineke – »hat ihn satt bekommen, hat ihn niedergestochen und ist entlaufen. Wahrscheinlich hat sie sich im Wahnsinn im Hafenbecken ertränkt. Hör zu«, wandte er sich an Hanske, »geh in ihr Zimmer hinauf und wühl eine Spur im Schnee auf dem Vordach, desgleichen eine auf der Landungsbrücke. Was Euch angeht, Ihr Herren, so weiß niemand, daß Ihr heute nacht hier wart, also verlaßt das Haus auf dem gewohnten Weg. Ich werde eins der langen Fleischmesser in sein Blut tauchen und neben die Leiche legen, als hätte dieses Messer ihn getötet. Dann wollen wir zetermordio schreien.«

»Du bist wirklich ein Schlaukopf, alter Schurke«, grinste der Blonde bewundernd. »Ich möchte dich nicht zum Feind haben. Aber hast du keine Angst, daß der geheime Raum gefunden wird, wenn die Büttel ins Haus kommen?«

»Den finden sie nie«, widersprach Pitjow selbstbewußt. »Aber nun los, fort von hier! Wir dürfen nicht zu lange warten, bis wir Alarm schlagen, sonst wird der Leichnam kalt – und das könnte auffallen.«

Er bedeutete den Männern mit beiden Händen, sie sollten gehen, während Hanske schon vorauslief. Dann eilte er selbst davon, nachdem er einen letzten Blick voll kalter Grausamkeit auf die unglückliche junge Frau geworfen hatte, die gefesselt und geknebelt in dem finsteren Verlies lag und in der Kälte der unterirdischen Gewölbe zitterte.

Entkräftet vor Entsetzen lag Tineke auf dem kalten, schmutzigen Boden ihres Gefängnisses, einen übel schmeckenden Knebel im Mund und die Hände hinter dem Rücken zusammengebunden. Sie zitterte am ganzen Körper. Keinen Augenblick lang zweifelte sie daran, daß ihr Ende nahe war, daß sie dasselbe traurige Schicksal erleiden würde wie die verschwundenen Mägde. Alle ihre schlimmsten Befürchtungen waren Wahrheit geworden. Warum, fragte sie sich verzweifelt, hatten die Götter zugelassen, daß ihr eigener Vater sie an diese Mörder verkaufte? Warum hatte Orlan Paraiken ihr nicht geholfen? Nur Elkwin hatte ihr beigestanden, und er hatte dafür mit dem Leben bezahlt!

Sie schauderte bei dem Gedanken daran, daß ihr Mann kalt und tot oben im Schlafzimmer lag, während die Unholde alle Vorbereitungen trafen, um ihr die

Schuld zuzuschieben. Und kein Zweifel, es würde ihnen gelingen! Man würde nie wieder eine Spur von ihr finden. Ganz Festum würde überzeugt sein, daß sie den grausigen Mord begangen und sich danach ins Hafenbecken gestürzt hatte. Welcher Fluch lastete auf ihr – welche unaussprechliche Sünde hatte sie begangen, daß die Götter ihr ein so furchtbares Schicksal zugedacht hatten? Gab es in dieser kalten, hartherzigen Stadt, in der nur das Geld zählte, nicht viele Mädchen wie sie, die aus Armut und Not einen ungeliebten Mann heiraten mußten? Erlitten sie alle ein grausames Schicksal?

Bittere Tränen rannen ihr über die Wangen, als sie so allein und gepeinigt in der kalten Finsternis des Kellers lag und den Tod erwartete.

4

Auf den Spuren der Verbrecher

Tolje Panow, der Hochrichter und Hauptmann der Stadtgarde, erschien noch in der Nacht mit seinen rot-weiß gewandeten Bütteln am Ort des Verbrechens, freilich erst nachdem Pitjows Geschrei die Nachbarschaft alarmiert hatte und drei Dutzend Leute in hastig übergezogenen Mänteln und Umschlagtüchern um den *Lachenden Henker* herumwimmelten. Dennoch waren die Spuren für Panow noch klar zu erkennen. Der grimmige Soldat mit dem gewachsten Schnauzbart betrachtete den Toten, der in einer Lache trocknenden Blutes auf dem Boden seiner Schlafkammer lag. Pitjow zeigte ihm ein breites, blutbeflecktes Messer, das die Mörderin nach der Tat fallengelassen habe.

»Sie haßte ihn!« schrie der aufgebrachte Alte. »Von Anfang an hat sie ihn gehaßt – war ihr nicht schön genug, der arme Bursche. Immerzu schielte sie nach anderen, und nun hat sie's getan, wie sie es immer schon angedroht hat!«

Panow war kein dummer und obendrein ein sehr sorgfältiger Mann. Aber er sah keinen Anlaß, Pitjow zu mißtrauen. Der Mann war ein in ganz Festum angesehener Wirt, und was Panow sah, schien seine Worte zu bestätigen. Als er die Nachbarn befragte, bestätigten sie ihm einhellig, es sei keine glückliche Ehe gewesen. Tineke habe unter Zwang geheiratet, und Elkwin sei nicht eben ein Mustergatte gewesen. Er hätte seine junge Frau oft mißhandelt und sei ständig hinter anderen Frauen her gewesen. Und da waren die Spuren: das weit aufgerissene Fenster, die aufgewühlte Spur im Schnee auf dem Vordach, die den Fluchtweg der Mörderin anzeigte, und eine ähnliche Spur auf der Landungsbrücke. Letztere führte geradewegs zum Hafenbecken. Panow stand in seinem pelzgefütterten Ledermantel auf den dick verschneiten Bohlen der Landungsbrücke und reimte sich im Geist zusammen, was geschehen war.

Offenbar war die junge Frau unter dem Druck ihrer erzwungenen Ehe wahnsinnig geworden, hatte ihren Ehemann in einem Anfall von Raserei erstochen und sich dann, entsetzt von ihrer Bluttat, ins Hafenbecken gestürzt. Ein klarer Fall.

Panow verabschiedete sich mit einem steifen Gruß von Pitjow und ritt zurück in sein Quartier, müde von der unterbrochenen Nachtruhe und überzeugt, daß er sein Bestes getan hatte.

Zwei alte Weiber, Tjeika Borderhus und Ulmjescha Pitzke, wurden mit der Aufgabe betraut, den toten Wirtssohn zu waschen und, wie es Brauch war, in seinem Bett aufzubahren, damit seine Verwandten und Freunde von ihm Abschied nehmen konnten – und man sehen konnte, ob Boron ein Wunder wirken und ihn zurückweisen würde, so daß er ins Leben zurückkehrte.

Die beiden alten Krähen waren berufsmäßige Leichenwäscherinnen, und da sie bei ihrer Arbeit allein waren, schwatzten sie munter vor sich hin, während sie den Toten säuberten und in ein weißes Hemd kleideten, so unbefangen, als putzten sie Gemüse. Sie hatten Elkwins schlaffen Körper, nackt und blutig, wie er war, auf den Boden gelegt und schrubbten ihm eifrig das getrocknete Blut vom Leib.

»Es heißt, die arme junge Frau sei wahnsinnig geworden, so schlecht habe er sie behandelt«, tuschelte Ulmjescha. »Und nach allem, was ich gehört habe, war er ein Schurke, den der Tod nicht unverdient ereilt hat. Man sagt, er hätte sie geschlagen und greuliche Dinge mit ihr getan, wie die Al'Anfaner es tun!«

»Sein Hahn war jedenfalls groß genug für eine al'anfanische Orgie«, erwiderte Tjeika mit einem Seitenblick. »Er muß ein starker Mann gewesen sein.« Dann, während sie sorgfältig mit einem nassen Tuch die Wunde abwusch, bemerkte sie: »Womit hat sie ihn denn erstochen?«

»Mit einem großen Fleischmesser, sagt Pitjow. Es lag neben der Leiche, als man ihn fand.«

Tjeika – die eine sehr erfahrene Frau war – schürzte die Lippen und besah sich die bläulich umrandete Wunde genauer. Dann drehte sie den langen hageren Körper des Toten um und betrachtete seine Rückseite. Ein leiser Pfiff drang zwischen ihren runzligen Lippen hervor. »Das muß aber ein *sehr* langes Messer gewesen sein«, bemerkte sie.

»Was meinst du?« fragte Ulmjescha, die längst nicht so schnell dachte wie ihre Gefährtin.

»Sieh her«, sagte Tjeika und wies auf eine kleine, kaum sichtbare Verletzung neben dem Schulterblatt des Toten. »Die Klinge ist beinahe durch ihn hindurchgefahren, einen halben Fingerbreit noch, und sie wäre am Rücken wieder herausgekommen. Was muß das für ein langes, dünnes Messer gewesen sein!«

Ulmjescha beugte sich tiefer über den Leichnam. In ihren umschatteten Augen funkelte es auf. »Bei Golgaris Schwingen!« zischte sie. »Das hat kein Messer getan. Ich habe genug Männer gesehen, die im Kampf oder Duell gefallen sind, und ich sage dir, das war ein Degen oder Rapier!«

»Ganz meine Meinung«, nickte Tjeika, wobei sie einen raschen, ängstlichen Blick auf die Tür warf. »Aber psst!

Pitjow darf uns nicht so reden hören. Hat er nicht gesagt, er hätte das blutige Mordmesser neben der Leiche gefunden?«

Die beiden schwarzgekleideten Frauen blickten einander an. Ihre Augen glitzerten.

»Ei«, zischte Tjeika schließlich leise, »wenn da nicht etwas faul ist!«

»Ja«, stimmte ihr Ulmjescha zu. »Aber laß uns nicht darüber reden! Pitjow ist ein reicher und angesehener Mann, wir bekämen nur Schwierigkeiten, wenn wir die Sache herumschwatzten.«

Tjeika nickte. Sie beendeten ihre Arbeit und blieben noch einen Augenblick lang stehen, um zu sehen, ob auch wirklich alles in Ordnung war. Das Zimmer war aufgeräumt, die Blutlache auf dem Boden verschwunden. Elkwin lag, in ein Totenhemd gekleidet und sauber gekämmt, auf dem Bett, die Hände über der Brust gekreuzt. Ein Laken bedeckte die untere Hälfte seines Körpers. Wie es üblich war, hatten sie ihm eine Silbermünze zwischen die Zähne gesteckt. Das Silber sollte verhindern, daß er im Grab zu einem ›Nachzehrer‹ wurde, der sein eigenes Leichenhemd auffraß und nächtens seine Verwandten heimsuchte.

Tjeika und Ulmjescha nickten einander zufrieden zu und machten sich auf, um sich nach der harten Arbeit ein erfrischendes Gläschen Branntwein zu gönnen. Aber sie tranken ihren Branntwein nicht im *Lachenden Henker*, sondern in einer anderen Kneipe.

Als Tjeika heimkehrte, erzählte sie ihrer Schwester unter dem Siegel der Verschwiegenheit von der verdächtigen Wunde, und Ulmjescha erzählte es einer anderen Leichenwäscherin, mit der sie befreundet war. Tjeikas Schwester erzählte es beim Branntwein drei anderen alten Weibern, und Ulmjeschas Freundin erzählte es ihrer Tochter und ihrem Schwiegersohn. Und so war

Elkwin Peddersen noch nicht begraben, als man in Festum bereits munkelte: Es sei bei seinem Tod nicht mit rechten Dingen zugegangen.

Tineke lag halb bewußtlos in der kalten Dunkelheit ihres Kerkers, als das Geräusch von Schritten sie aufschrecken ließ. Ihr Magen verkrampfte sich. Kamen sie schon, um sie zu ermorden? Ein eisiger Schrecken durchschauerte sie, als sie an Hanske dachte, seine riesigen Hände an den groben, fleischigen Armen, die sie mit grausamer Gewalt gepackt hatten. Sie stemmte sich mühsam auf die Knie hoch und versuchte blinzelnd die Finsternis zu durchdringen. Da! Ein Lichtlein näherte sich – ein verschwommener Schein, der zitternd durch die Dunkelheit des Gewölbes schwebte – eine Gestalt, die in diesem Licht einen krummen Schatten warf …

Tineke stieß einen vom Knebel erstickten Entsetzensschrei aus. Die Gestalt, die sich da näherte, erschien ihr in dem unruhigen Licht wie ein leibhaftiger Dämon. Sie blickte in ein von wüsten Bartzotteln umrahmtes Gesicht und wich vor Entsetzen gurgelnd zurück.

Da hob der Näherkommende die Lampe, und fassungslos vor Verblüffung erkannte Tineke den greisen Apothecarius aus Ysilia!

»Still!« flüsterte er. »Nur stille! Gleich soll Euch geholfen werden.«

Seine Stimme klang anders, als Tineke sie in Erinnerung hatte – nicht mehr schrill und greisenhaft, sondern klar und männlich. Er hielt sich jetzt auch anders, machte keinen Buckel mehr unter seinem schwarzen Rock, und seine altersfleckigen Hände bewegten sich flink und zielsicher.

Tineke sah, wie er ein glänzendes Häkchen aus der Tasche zog und damit in das Schloß der Gittertür fuhr.

Es sprang sofort mit einem scharfen Klicken auf. Der Mann beugte sich über sie, zog ihr den Knebel aus dem Mund, löste die Fesseln an ihren Händen und legte ihr seinen Mantel um. »Könnt Ihr Euch auf den Beinen halten?« flüsterte er. »Ja? Hier, mein Arm! Wir müssen uns beeilen, Hanske könnte jeden Moment kommen.«

Der Gedanke an den Koch gab Tineke die Kraft, sich aufzurichten und an der Seite des geheimnisvollen Retters dahinzustolpern. Sie konnte nicht fassen, was geschehen war, und meinte, sie sei vor Angst und Schmerz in einen Traum verfallen. Der Griff seiner Hand, die ihren Arm stützte, war jedoch deutlich fühlbar, sie hörte seine Schritte auf dem steinernen Boden ... er war Wirklichkeit!

»Wer seid Ihr?« stammelte sie, während sie auf schmerzenden nackten Füßen neben ihm her hastete. »Ihr seid kein alter Mann ...«

Er wandte ihr einen Augenblick lang das Gesicht zu. Im Licht der Kerze, die er trug, glänzten seine Augen halb braun, halb grün. »Nein. Ich konnte mir das Gesicht nicht so schnell abschminken – also müßt Ihr mir auf mein Wort glauben, wenn ich Euch sage, daß ich Orlan Paraiken bin.«

»Orlan Paraiken? Aber er ...«

»Pssrt! Kein Wort mehr. Erst müssen wir in Sicherheit sein.«

Tineke gehorchte. Stumm stolperte sie neben ihm her. Sie durchquerten einen niedrigen Torbogen, und plötzlich sah sie Wasser vor sich – eine glatte Flut, die im Kerzenschein trübe und brackig wirkte. Am Mauerrand lag ein Ruderboot. Paraiken half ihr einsteigen und legte mit kräftigen Ruderschlägen ab. Die junge Frau kauerte sich zusammen. Trotz des Mantels fror sie erbärmlich, vor allem an den nackten Füßen. Sie versuchte sie mit beiden Händen zu wärmen, während sie angstvoll in das trübe Zwielicht starrte. Paraiken hatte die Kerze auf eine Bank des Bootes gestellt, und nun erhellte ihr schwacher gelblicher Schein bruchstückhaft die überfluteten Kellergewölbe. Dann verschwand das Mauerwerk. Das Boot glitt zwischen mannsdicken, moosbewachsenen Pfählen hindurch und hinaus ins freie Wasser des Hafenbeckens. Tiefe Dunkelheit lag über dem Wasser. Tineke, die in ihrem Verlies jedes Zeitgefühl verloren hatte, wußte nicht, ob es immer noch dieselbe Nacht war, in der Elkwin zu Tode gekommen war, oder schon eine andere angebrochen war.

Paraiken ruderte sie mit großer Hast an eine Stelle der Kaimauer, wo ein Treppchen zum Wasser herabführte.

Tineke stolperte barfuß durch den knöcheltiefen Schnee, der auf den Stufen lag. Sie hörte das Schnauben von Pferden, sah den Umriß einer Kalesche in der nächtlichen Dunkelheit. Starke Arme ergriffen sie, als sie eben vor Schwäche umsinken wollte. Man hob sie hoch, trug sie in das Fahrzeug. Warme wollene Decken wurden ihr um die Beine gewickelt. Sie hob den Blick, sah undeutlich ein gütiges Gesicht mit einem Schnauzbart über sich – und sank in wohlige Ohnmacht.

Während der nächsten Tage nahm Tineke kaum wahr, was ihr geschah. Sie lag in einem Bett mit buntbestickten langen Vorhängen, und von Zeit zu Zeit kam ein freundlicher Mann herein, der ihr heiße Suppe zu trinken gab oder ihr ein paar Tropfen einer bitteren Medizin auf die Zunge träufelte. Vor Kälte, Schreck und Schwäche hatte sie ein heftiges Fieber ergriffen, das sie völlig darniederwarf. Hochrot und schwitzend lag sie in den Kissen und phantasierte vor sich hin. Manchmal meinte sie, Elkwin sei in der Nähe, und rief nach ihm, dann rief sie wieder nach ihrem Vater, oder sie schrie in hellem Entsetzen auf und versuchte jemanden von sich abzudrängen. Erst am fünften Tag ließ das Fieber so weit nach, daß sie schwach und zitternd, aber bei klaren Sinnen im Bett lag.

Sie erkannte Orlan Paraiken, als er in seinem rotseidenen Hausrock an ihr Bett trat und ihr behutsam die Hand auf die Stirn legte.

»Ihr seid es«, flüsterte sie. »Ich dachte, Ihr hättet mich vergessen!«

»Ich war immer in Eurer Nähe, Frau Tineke.«

»Der täppische alte Apothecarius – das wart Ihr?«

»Nicht nur der, sondern auch jener Schurke Burgol Ruttel, den Ihr so sehr verabscheut habt!«

Sie staunte ihn fassungslos an. »Das ist unmöglich!«

»Nichts ist unmöglich, wenn man die Kunst der Schauspieler ein wenig beherrscht – was ich mit Stolz von mir sagen kann. Allerdings war mir selten eine Rolle so sehr zuwider wie die jenes götterlästerlichen Unholds! Aber nun überanstrengt Euch nicht, sprecht nur das Nötigste! Wir haben Zeit genug.«

Sie fragte matt: »Elkwin … er ist tot?«

»Ja. Er wurde gestern auf dem Boronanger begraben.«

»Er starb, weil er mich verteidigen wollte.«

»So ist er zuletzt einen guten Tod gestorben«, sagte Paraiken ernst. »Möge Boron ihm Frieden schenken!«

»Hat man jene – jene beiden Männer gefaßt? Der Blonde war es, der ihm die Klinge durch den Leib rannte …«

»Nein. Pitjow hat alles vertuscht, niemand weiß von jenen beiden Männern – ja, man hält Euch für Elkwins Mörderin.«

Ihre feuchten Augen wurden groß vor Entsetzen. »So hat mein Schwiegervater mich tatsächlich beschuldigt …«

»Ja, aber fürchtet nichts. Ihr seid bei uns in Sicherheit. Niemand wird Euch hier finden. Man denkt, Ihr wäret tot – hättet Euch ins Hafenbecken gestürzt.«

»Das hat mir dieser Schurke angetan – mein Schwiegervater. Er ist ein Mörder, edler Herr! Er hat jene Mädchen ermordet, und er wollte auch mich ermorden …«

Paraiken drückte sie sanft ins Bett zurück. »Faßt Euch! Trinkt ein wenig Medizin, das wird Euch guttun. Und habt keine Sorge, Euer Mann wird gerächt werden.«

Tineke begann zu weinen. »Zuletzt ... die letzten vierzehn Tage ... da gab er sich wirklich Mühe, ein guter Ehemann zu sein ... Ich weiß nicht, was mit ihm vorgegangen ist, aber plötzlich war er völlig verändert.«

»Der Fluch eines Dämons ist von ihm gewichen. Doch darüber wollen wir später reden, wenn Ihr kräftiger seid. Jetzt versucht noch ein wenig zu schlafen.«

Es dauerte noch einige Tage, bis Tineke stark genug war, um aufzustehen und die Kleider anzuziehen, die Orlan Paraiken ihr besorgt hatte. Blaß und abgemagert saß sie am Feuer in dem Studierzimmer und hörte zu, wie Paraiken und sein Freund ihr erzählten, was geschehen war. Sie seufzte leise, als sie von Elkwins Geständnis hörte. »Das habe ich befürchtet«, murmelte sie.

Paraiken tröstete sie. »Grämt Euch nicht! Euer Mann hat sich vom Bösen abgewandt, ehe er starb. Er hat in Borons Hallen seinen Frieden gefunden, da bin ich sicher. Nun müssen wir unsere Kraft darauf verwenden, jene Schurken unschädlich zu machen, ehe sie ein neues Opfer finden, und ich fürchte, wir haben nur noch wenig Zeit. Da Ihr ihnen entflohen seid, werden sie Ausschau nach einem anderen Opfer halten. Wir können nur hoffen, daß Eure Flucht sie so sehr überrascht hat, daß sie eine Weile nicht wagen werden, ein neues Verbrechen zu begehen. Sie wissen nicht, wo Ihr seid und mit wem Ihr gesprochen habt, das wird sie einschüchtern. Aber bald werden Schimjontken und Salderkeim wieder ein Opfer suchen.«

Tineke blickte erstaunt auf. »Ihr kennt sie?«

»Nach Eurer Beschreibung war es nicht schwer, sie zu erkennen, sie sind berühmt in der Festumer Gesellschaft. Zudem habe ich sie in der Zeit, als ich als Burgol Ruttel im *Lachenden Henker* wohnte, dort öfter gesehen. Sie sind bekannt für ihre Schlechtigkeit. Doch niemand ahnt, in welche Abgründe der Finsternis sie sich begeben haben. Blutmagie! Das schwärzeste aller Verbrechen!«

Hollerow, der schweigend zugehört hatte, fiel ein: »Warum gehst du mit deinem Wissen nicht zu einem Richter, Orlan? Tineke ist unsere Zeugin ...«

Paraiken zeigte ein bitteres Lächeln. »Was! Eine Zeugin, die selbst unter Verdacht steht, ihren eigenen Ehemann erstochen zu haben? Auf ihr Zeugnis hin sollen wir zwei hochedle Herren anklagen? Und was könnten wir dem Richter auch sagen? Doch nur, daß Schimjontken den Wirt getötet hat, als dieser mit einem Feuerhaken auf ihn losging! Wer würde einen Adligen dafür verurteilen? Nein, ein Richter nützt uns hier nichts. Gegen zwei Herren von Stand hat auch mein Wort nur Gewicht, wenn ich es mit den stärksten Beweisen zu untermauern vermag. Aber laß den Kopf nicht hängen!« fügte er aufmunternd hinzu, als er sah, wie betrübt sein Freund dreinblickte. »Wir werden sie fassen. Sie sollen nicht ungestraft davonkommen. Und auch Pitjow wird dem Strick nicht entgehen.«

Er wollte eben weitersprechen, als es unten an der Tür klingelte. Gleich darauf steckte Orlans Schwester Dorlin Dorte den Kopf zur Tür herein. »Der junge Doscha ist da, Meister Paraiken.«

»Soll nur hereinkommen!« rief Paraiken händereibend.

Tineke sah einen etwa dreizehnjährigen Jungen mit struppigem Haar und gewitzten Augen eintreten, der die Kleidung eines Straßenhändlers trug.

»Das«, sagte Paraiken mit einer weit ausholenden Geste, »ist einer der Jungen, die mir in Festum Augen und Ohren sind. Ihnen entgeht nichts, sie wissen alles, was in der Stadt geschieht. Nun, mein Freund«, wandte er sich an den Jungen, »welche Nachrichten bringst du?«

Doscha hatte tatsächlich einiges zu vermelden. »Im

Hafen murrt und munkelt man, der Wirtssohn Elkwin Peddersen sei auf andere Weise zu Tode gekommen, als man öffentlich behauptet: Er sei nicht mit einem Fleischmesser, sondern mit einem Rapier erstochen worden.«

»Das stimmt!« rief Tineke heftig aus.

Paraiken bedeutete ihr zu schweigen und nickte dem Jungen zu, er solle weitersprechen.

»Man redet in der Stadt«, fuhr Doscha fort, »ein rasender Liebhaber habe den Ehemann ermordet und sei mit der Frau geflohen ... Und man spricht von einem hohen Herrn, denn kein Bürger trägt ein Rapier! Das ist die Waffe eines Edelmannes. Es sei ...«

»Welch schändliche Verleumdung!« rief Tineke beinahe unter Tränen.

»Schweigt stille, ich bitte Euch!« gebot Paraiken scharf. »Sprich weiter, Doscha. Was treibt Pitjow Peddersen?«

»Ich habe ihn genau beobachtet«, berichtete der Junge stolz. »Ich stellte meinen Karren genau gegenüber vom *Lachenden Henker* auf und sah ihn oft vor der Tür stehen. Er machte ein Gesicht wie der schwärzeste Nordweststurm. Es sieht aus, als wäre ihm eine gewaltige Laus über die Leber gelaufen.«

»Und Volsa Tarpjeelen? Ich habe Stine beauftragt, sie zu beobachten. Warum habe ich noch keinen Bericht?«

»Sie kommt nicht aus ihrer Höhle«, entschuldigte der Junge seinen Gefährten. »Stine sitzt den ganzen Tag mit seinem Trödelkasten auf der Schulter in ihrem Hof, aber sie steckt nicht einmal die Nasenspitze heraus.«

»Dann vermute ich«, sagte Orlan Paraiken nachdenklich, »daß sie längst weiß, was im *Lachenden Henker* geschehen ist, und beschlossen hat, eine Weile in Deckung zu bleiben. Ich denke, ich muß ihr wieder einmal selbst einen Besuch abstatten. Aber gut, Doscha, ich bin zufrieden mit dir.« Er zählte dem Jungen ein paar Heller auf die schmutzige Hand. »Beobachte den *Lachenden Henker* weiterhin und berichtete mir vor allem, ob zwei edle

Herren ihn betreten haben, der eine blond, der andere braun. Sie sind leicht zu erkennen, da sie allezeit eine Frau bei sich haben, die wohl an die zwanzig ist, aber aussieht wie ein zwölfjähriges Mädchen.«

Doscha nickte und verschwand, um sich wieder auf seinen Beobachtungsposten zu begeben.

»Welch nützlicher kleiner Bursche!« lobte Orlan Paraiken. »Meine Straßenjungen spähen alles für mich aus, was ich zu wissen verlange, und werden nie entdeckt, denn wer beachtet schon einen Straßenjungen, der Kastanien und Nüsse verkauft?« Dann stand er auf. Ein schelmisches Lächeln malte sich um seine Mundwinkel. »Wartet ein wenig hier, Frau Tineke, so will ich Euch eine Überraschung bereiten.«

Tineke blieb gehorsam am Feuer sitzen, während er in seinem Schlafzimmer verschwand. Sie fragte Hollerow, was er mit der Überraschung gemeint habe, aber der wiegte nur den Kopf und bedeutete ihr zu warten. So harrte sie geduldig aus und trank gelegentlich ein Schlückchen von dem heißen Meskinnes, der in einer Kanne auf dem Herd stand. Schließlich öffnete sich die Schlafzimmertür wieder, und Tineke sprang mit einem Schrei der Überraschung auf. Hineingegangen war Orlan Paraiken, aber heraus kam ein völlig fremder, widerwärtig anzusehender Mann mit schiefen Schultern und einem hinkenden Gang, dem obendrein ein riesiges, haariges Muttermal im Gesicht saß!

»Nun, ist die Überraschung gelungen?« fragte Orlan Paraikens Stimme aus dem fremden Gesicht.

»Ich kann es nicht glauben!« Tineke war unwillkürlich bis an die Wand zurückgewichen.

»Es ist eine Kunst, die ich als junger Mann erlernte, als die unterschiedlichsten Fertigkeiten meine Aufmerksamkeit fesselten. Ich hoffe, Volsa Tarpjeelen ist von meinem Gesicht genauso beeindruckt wie Ihr!«

Damit ließ er sie in Hollerows Gesellschaft zurück.

Pitjow Peddersen schlief seit dem Tod seines Sohnes nicht mehr gut. Er trauerte keineswegs um Elkwin – um ehrlich zu sein, hatte ihn das verunstaltete Gesicht des Burschen angewidert, und er freute sich, es nicht mehr sehen zu müssen. Nein, was ihm umtrieb, war die Angst, daß Elkwin ihm erscheinen könnte. Pitjow hatte große Angst vor Gespenstern, und da er wußte, daß er am Tod des Jünglings Mitschuld trug, fürchtete er seine Rache. Er gab keinen Deut auf die Silbermünze zwischen den Zähnen und das gesegnete Wasser gegen Untote, das die Boroni so reichlich auf das Grab gesprengt hatten. Wenn Elkwin zurückkommen wollte, dann würde er es tun.

Und Pitjow mußte bald merken, daß er sich nicht umsonst gesorgt hatte. Immer wieder, wenn der Wirt nachts die Schenke abschloß und durch den langen dunklen Raum ging, in dem nur noch ein schwaches Kerzenflämmchen brannte, schien es ihm, daß er seinen Sohn an eben jenem Tisch sitzen sah, an dem er am Abend seines Todes mit ihm gesessen hatte – und sein Gesicht wurde von Tag zu Tag schlimmer. Freilich nahm sich Pitjow nie die Zeit, ihn genauer in Augenschein zu nehmen; sooft er ihn sah, schlug er die Hände vors Gesicht und stürzte in wilder Flucht aus dem Raum. Aber was seine flüchtigen Blicke erhaschten, war fürchterlich.

Es war, als müsse Pitjow mit ansehen, wie er verweste. Anfangs hatte Elkwin noch fast so ausgesehen wie im Leben, nur sehr bleich und mit Augen, die brannten wie Karfunkelsteine, aber von Tag zu Tag wurde er dunkler, erst blauviolett und dann schwarz, und das Fleisch löste sich von den Knochen. Und immer hatte er einen Strick bei sich, den er zu einer Schlinge geknüpft auf dem Tisch liegen hatte.

Wenn der Alte im Oberstock in den Gästezimmern war, dann hörte er Elkwin unten herumgehen, war er aber unten, so hörte er ihn oben über die Dielen tappen. Das Zimmer, in dem der Bursche gestorben war, wagte er gar nicht mehr zu betreten. Er sah zwar nichts darin, aber er fühlte Elkwins Nähe so deutlich, als stünde er einen Schritt hinter ihm. Er meinte, er müsse sich nur umdrehen, um seine schiefe Fratze zu sehen, die sich langsam auflöste!

Es war kein Wunder, daß der alte Mann immer unruhiger wurde und immer häufiger zum Meskinnes griff. Nachts konnte er überhaupt nur noch nach ein paar randvollen Bechern einschlafen, denn sobald er die Augen schloß, sah er Bishdariel vor sich, den Bringer von Alpträumen. Einen gräßlichen Anblick bot Borons strafender Bote: Moderndes Fleisch hing von den blanken Knochen des gewaltigen Krähenvogels, die rußfarbenen Schwingen waren durchlöchert, nur wenige zerschlissene Federn bildeten sein Kleid. Der Hauch des Todes umwölkte sein widerwärtiges Haupt, der Gestank von Verwesung und Verfall. Sein Schnabel war scharf gebogen wie der eines Raubvogels, mit seinen langen scharfen Klauen zerfetzte er dem Frevler, dem Gewissenlosen, das schlafende Herz in der Brust. Die Augenhöhlen Bishdariels, des Peinigers, waren leer und tot, und dennoch wußte er allezeit jene zu finden, die er heimsuchen sollte.

In Pitjows Träumen jagte ein Schrecken den anderen. Einmal war es Elkwins blutüberströmter Leichnam, den er vor sich sah, dann wieder die vertrockneten Häupter der ermordeten Mädchen. Einmal wurde er im Traum gefangen und gehängt, dann wieder meinte er in die Niederhöllen zu fahren. Er wußte nicht, daß Bishdariel ihm diese Träume brachte, um ihn zu warnen und zu retten – daß sie ihn an den Tod und die gerechte Strafe der Götter gemahnen sollten. Statt in sich zu gehen und seine Untaten zu bereuen, solange noch Zeit war, fluchte er dem Bringer der Träume und soff sich nieder, um ihm zu entgehen. Aber der Meskinnes machte die Visionen nur noch schlimmer.

Elkwin war im Wirtshaus *Zum Lachenden Henker* gegenwärtiger, als er es je zu seinen Lebzeiten gewesen war. Er schien überall zugleich zu sein, in der Küche, an der Theke, in der Speisekammer. Wo immer Pitjow sich auch hinbegab, er sah seinen Sohn vor sich – oder besser gesagt, er *fühlte ihn hinter* sich, so nahe, daß ihm das Gespenst die Hand auf die Schulter hätte legen können. Sofern man diese von bröckelndem Moder bedeckte Klaue noch eine Hand nennen konnte!

Niemand sonst sah die Erscheinung, aber das bot Pitjow nur eine geringe Erleichterung. Er wußte, daß man ihm früher oder später seine Unruhe anmerken würde und daß die Leute zu schwatzen begännen. Schon hörte er manchmal Bemerkungen darüber, wie Elkwin zu Tode gekommen sei, die ihm gar nicht gefielen.

Und wo war das verfluchte Weib – Tineke? Welcher Zauber hatte sie aus ihrem Gefängnis befreit? Und wenn sie entkommen war, warum hatte sie dann nicht die Büttel alarmiert? Nein, es gab nur eine Möglichkeit. Volsa, an die er sich im ersten Schrecken gewandt hatte, hatte recht: Tineke war zwar entflohen – auch das Boot war ja weg –, aber sie mußte vor Kälte und Furcht ohnmächtig geworden, über Bord gefallen und im Hafenbecken ertrunken sein.

Das hieß freilich, daß *sie* ihm jetzt auch noch erscheinen konnte!

Orlan Paraiken hielt sich die Nase zu, als er in seiner Verkleidung Volsa Tarpjeelens Loch in der Hintergasse im Diebeswerder betrat. Die Zauberin kochte etwas in einem Topf, aus dem ein fürchterlicher Gestank aufstieg wie von fauligen Totengebeinen.

»Bei allen Dämonen! Was siedet Ihr da Scheußliches?« rief er aus.

»Geht Euch nichts an«, knurrte die Alte ihn unter ihrer schmierigen Haube hervor an. »Kümmert Euch um Euren eigenen Kram und laßt andere Leute zufrieden. Der es bestellt hat, ist mir ein so guter Kunde wie Ihr.« Dann nahm sie ihn näher in Augenschein, erkannte ihn wieder und bemerkte: »Es wird Euch noch leid tun, daß Ihr nach allem, was geschehen ist, zu mir gekommen seid – zumal ich Euch gesagt habe, Ihr solltet abwarten.«

»Warum? Was ist denn geschehen?«

»Es gibt Schwierigkeiten. Das Weib, das als Opfer ausersehen war, ist ihren Häschern entflohen.«

»Ihr Götter!« schrie Paraiken wie in panischem Schrecken auf. »Entflohen! Und hat alles verraten?«

»Das ist nicht sicher. Hätte sie etwas verraten, so wären wohl längst schon die Büttel gekommen. Es ist aber alles ruhig. Mag sein, daß sie auf der Flucht zugrunde gegangen ist – es herrscht Firun, und sie war halbnackt.«

Paraiken stürzte auf sie zu und packte sie am Gewand. »Verfluchte Hexe! Du bringst uns alle noch an den Galgen! Was habe ich mich nur mit dir alter Närrin eingelassen! Bist du nicht einmal imstande, ein Opfer sicher zu verwahren?«

»Sie erhielt Hilfe von außen«, knurrte die Alte und versuchte ihr Kleid aus seinen Fingern loszunesteln.

»Um so schlimmer! Dann weiß außer ihr zumindest noch einer Bescheid.«

Volsa riß sich mit einer flinken Bewegung aus seinem Griff los. »Nun benäßt Euch nicht die Hosen, edler Herr! Ich sage Euch, sie ist auf der Flucht zugrunde gegangen, und der ihr geholfen hat, mit ihr. Wir werden ein anderes Opfer finden. Aber wir müssen noch warten. Die Stadt summt und surrt von Gerüchten – wir müssen warten, bis sich alles wieder beruhigt hat.«

Er schüttelte den Kopf. »Ich traue Euch nicht mehr. Diesmal werde ich selbst das Opfer besorgen.«

Die Alte gaffte ihn an. »Ihr selbst?«

»Wer sonst, da Ihr nicht dazu imstande seid? Ich will nicht länger warten. Es zerreißt mir die Lenden, Tag und Nacht! Wenn Ihr nicht wollt – auch gut. Ich finde eine andere, die mir zu Diensten ist. Dann gebt Ihr mir aber das Silber zurück, das ich hier bei Euch gelassen habe.«

Sie kreischte förmlich auf. »Das Silber! Nie!« Dann beruhigte sie sich rasch wieder. Ihre kleinen bösen Augen funkelten ihn an. »Wenn Ihr es selbst besorgen wollt … nun, warum nicht. Ihr sorgt aber auch dafür, daß die Überreste verschwinden.«

»Was habt Ihr denn gedacht? Und ich werde es klüger anstellen, als sie ins Hafenbecken zu werfen.«

Die Alte zögerte immer noch. »Ich werde mich dennoch nur auf Euer Angebot einlassen, wenn auch die anderen mitmachen können. Sie nähmen es mir übel, wenn ich ein Ritual vollzöge, ohne daß sie dabei wären … Sie sind gute alte Kunden. Und sie kennen jemanden, der sich für unsere Zwecke besser eignet als jeder andere.«

Der Mann zuckte gleichgültig die Achseln. »Wenn sie zuverlässig und verschwiegen sind, warum nicht? Wann soll es stattfinden?«

»In drei Tagen. Kommt beim Aufgang des Madamals zu mir, dann werde ich Euch weiterführen. Ihr dürft nicht wissen, wo das Ritual stattfindet. Dafür kann ich Euch versprechen, daß niemand Euch erkennen wird.«

»Das ist mir recht. Und hütet Euch, daß Ihr nicht wieder einen Fehler macht!«

Mit diesem letzten Giftpfeil ließ er die Alte bei ihrem Topf zurück.

Im größten Eckhaus der Füllengasse lag die düstere Kaschemme *Riff der verdorrenden Kehlen*, gewiß das übelste Wirtshaus von ganz Festum. Dieses gefährliche Haus betrat nun ein Mann, der durch das behaarte Muttermal auf seiner Backe auffiel. Er setzte sich – wie alle Leute, die

Geschäfte machen wollten – an einen Tisch im hintersten Winkel des riesigen Schank- und Speiseraumes, in dem sich eine lärmende Horde drängte. Der Wirt, Trutz Trundloff – selbst ein alter Hehler und Halsabschneider –, hielt ein Auge auf solche Gäste, und da er fette Provision kassierte, wenn er Angebot und Nachfrage zusammenbrachte, begab er sich höchstpersönlich an den Tisch und brachte dem Mann sein Glas Wein. »Und was darf es sonst noch sein?« erkundigte er sich und wischte die Hände an seiner schmutzigen Schürze ab.

Der Gast schielte ihn tückisch an. »Ich suche eine Frau, die kräftig zuschlagen kann.«

Trundloff zuckte die Achseln. »Etwas Besonderes?« gab er betont lässig zurück.

»Ja. Am besten eine Thorwalerin. Groß, stark und blond.«

Der Wirt ging und kam nach einer Weile mit einer Thorwalerin zurück, einer athletisch gebauten Frau mit langem weizenblonden Haar, die die Tracht einer Söldnerin trug. Sie betrachtete den Gast mit Widerwillen, aber offenbar war sie knapp bei Kasse, denn sie streckte ihm die Hand hin. »Swafnir zum Gruß! Ich bin Jurga Argasdottir. Was kann ich für Euch tun?«

»Etwas, womit Ihr Euch fünfzig bornländische Batzen verdienen könnt.« Er legte seinen Beutel auf den Tisch, um ihr zu zeigen, wie prall er war.

Sie riß die Augen auf. »Bei Swafnir! Ihr habt wohl einen Geldscheißer im Stall stehen?« Dann blinzelte sie mißtrauisch. »Und was, edler Herr, soll ich für Euch tun?«

Er lächelte sie an. »Ihr sollt mich zu einem Fest bei Freunden begleiten, Jurga.«

Der übelriechende Festumer Nebel breitete sich schwer über die Boronstadt auf der Jodekspitze. Man erkannte erst auf ein paar Schritt Entfernung, wer einem entgegenkam. Tineke war froh über diesen Nebel, denn obwohl sie tief verschleiert war, hatte sie Angst gehabt, jemand könne sie wiedererkennen und die Büttel alarmieren. Sie klammerte sich ängstlich an Jasper Hollerows Arm, während sie die schwarzgepflasterte Straße entlangschritt, die durch den verschneiten Boronanger führte.

Hier auf dem Friedhof lagen die Grabhäuschen von zwei Dutzend wohlhabenden Adelshäusern und Magnatenfamilien, dazwischen zahlreiche Familienschreine und der Karner, der Knochenturm für aufgelassene Gräber. Tineke war auf der Suche nach dem Grab ihres Mannes. Sie wollte wenigstens auf diese Weise von ihm Abschied nehmen, wenn es ihr schon unmöglich gewesen war, zu seinem Begräbnis zu kommen. So kurz und unglücklich ihre Ehe auch gewesen war, sie wollte doch nicht ohne einen letzten Gruß von ihm gehen – und nicht ohne Dank dafür, daß er sein Leben für sie geopfert hatte. Vielleicht, dachte sie manchmal, hat er mich nur aus Besitzgier nicht herausgeben wollen … Aber das würde die Seelenwage Rethon entscheiden. Tineke jedenfalls wollte lieber annehmen, daß er sie zuletzt doch noch ein wenig geliebt hatte. Hatte er sie denn nicht mit erlöschender Kraft um Verzeihung gebeten? Sie hatte ihm Verzeihung gewährt und wünschte ihm aus ganzem Herzen, er möge nach seinem kurzen, verbrecherischen und unseligen Leben in Borons lotosduftenden Hallen in den ewigen Frieden eingehen.

Schließlich fand sie die Grabreihe, die der Boroni am Eingang ihr anhand einer prächtigen Skizze des Boroinsangers aus der Vogelschau bezeichnet hatte, und gleich darauf auch das Grab. Der Familienschrein der Peddersens erhob sich dort, mit einer Statue des göttlichen Fuchses darin, und in dem Schrein stand eine Marmortafel mit dem Namen des Toten und seiner Lebenszeit.

Tineke wandte sich seufzend an ihren Begleiter. »Er ist auch ein Opfer jener Männer geworden.«

Hollerow drückte sanft ihren Arm. »Er wird gerächt werden, Frau Tineke. Das hat Euch Orlan Paraiken versprochen, und das Versprechen wird er halten. Kommt, es ist eiskalt hier draußen. Laßt uns in den Tempel gehen, ein Opfer bringen und die sanfte Marbo bitten, daß es der Seele des Verstorbenen wohl ergehe.«

Arnando hatte seinen Seelenfrieden wiedergefunden und konnte sich wieder um seine reiche Witwe kümmern, die bereits ziemlich ungeduldig geworden war. Es brauchte den Einsatz all seines Charmes – und seiner beachtlichen Manneskraft –, um sie wieder zu versöhnen und zu verhindern, daß sie ihn hinauswarf, aber schließlich gelang es ihm. Während er den leidenschaftlichen Liebhaber spielte, beschäftigte er sich in Gedanken weiter mit seinem Plan, der immer deutlicher reifte, und zu diesem Zweck suchte er eines Tages Stover Stoerrebrandts Zeughaus auf.

Unter der Flagge mit dem silbernen Falken auf rotem Grund war dieses Haus seit einigen Jahren zur Anlaufadresse für alle Glücksritter, Seeleute, Schatzsucher und Jäger im Bornland geworden. Den Eingang flankierten zwei kunstvoll bemalte Holzfiguren, die, in Lebensgröße und voll ausgerüstet, eine rondrianische Reckin und einen schlapphuttragenden Schatzsucher zeigten.

Arnando trat ein und wandte sich an den Zeugmeister, einen ehrwürdigen Veteranen, der die Narben eines Bärenangriffes im Gesicht trug. »Ich weiß nicht«, begann er zögernd, »ob Ihr habt, was ich suche …«

»Mein Freund«, brüllte der Alte, der nichts über seine Waren kommen ließ, »hier gibt es schlichtweg alles, was der Abenteurer braucht, um das Eherne Schwert zu überschreiten, zum Polardiamanten vorzudringen, den Dunklen Brunnen zu finden, die Stadt des Goldes zu entdecken oder den Elefantenfriedhof zu erreichen! Wenn Ihr mir nicht glauben wollt, seht Euch nur selbst um!«

Arnando befolgte den Rat. Was er sah, war wirklich staunenswert. In sechs Räumen lag in endlosen Regalen genug, um ein Regiment auszurüsten. Da fand sich die ganze Kunstfertigkeit bornländischer Gürtler, Sattler, Riemenschneider und Schuster bis hin zu Ranzen, Tornistern, Felleisen und Rucksäcken, Hämmer und Nägel aus Uhdenberg, Angbarer Werkzeug, Kletterhaken und Steigeisen aus dem Amboßgebirge, Schlüssel der Festumer Schlosser, Phexhaken und Fasarer Besteck, Pechfackeln und Teerjacken aus Sewerien, Zunderkästchen aus dem Festenland, pailische Hirtentaschen und Zelte aus Beilunker Segeltuch oder Norburger Leder. Was Waffen anging, ähnelte die Palette durchaus der der Meisterschmiede *Saladan und Eisinger*. Insbesondere gab es hier noch immer tobrische oder maraskanische Schmuggelware wie Tuzakmesser, Rondrakämme ›Echt Khunchom‹ oder ›Perricum‹.

Es waren jedoch keine Waffen, die Arnando suchte. Er stöberte lange herum, unsicher, ob er selbst angesichts eines so reichen Sortiments finden würde, was er suchte, bis er es in einem der hintersten Winkel entdeckte: ein harmlos aussehendes Fäßchen mit eingebrannter Inschrift.

»Wozu braucht Ihr *das* denn?« fragte der Zeugmeister erstaunt, den für gewöhnlich nichts mehr wunderte.

»Ach, damit hat es nichts weiter auf sich«, erwiderte Arnando beiläufig. »Ich habe versprochen, es jemandem mitzubringen. Könnt Ihr mir nun noch sagen, wo ich einen sehr guten Weinhändler finde? Es muß einer sein, der feinsten Bosparanjer im Angebot führt.«

Pitjow Peddersen fühlte sich so schrecklich wie nie zuvor in seinem Leben. Sein toter Sohn ließ ihm keine Ruhe. Er saß jetzt nicht nur nachts am Tisch, er sprach auch mit ihm! Zwar mit einer Stimme, die außer ihm niemand hörte, aber Pitjow sprang jedesmal in die Höhe, wenn es ihn aus einer durchlöcherten Kehle anzischte: »Vater! Vater, hör mich an!«

Jeden Abend war der Unhold da, und jeden Abend sah er gräßlicher aus.

»Vater«, röchelte er, während er im Kerzenschein hockte und langsam an den Rändern abbröckelte, als würde das und jenes von unsichtbaren Händen aus ihm herausgezupft. Sein Körper war eine dunkle Masse unter den modernden Kleidern, aber sein Gesicht war bei allem Verfall immer noch zu erkennen, und der schiefe Mund bewegte sich beim Reden, so daß die Zähne unter schwarzen Lippen aufblitzten. »Vater ... du bist schuld an meinem Tod ... du hast die Mörder gerufen ...«

»Was willst du?« ächzte Pitjow.

»Vater«, heulte das Gespenst. »Du hast mich ermordet ...«

Meister Orlan Paraiken eilte durch die klirrende Kälte mit langen Schritten dem Hesinde-Tempel zu, dem in ganz Aventurien berühmten Götterhaus. Er war ein leidenschaftlicher Verehrer der Göttin, und nun brauchte er ihre Hilfe bei einem schweren und gefährlichen Unterfangen.

Hesindes Tempel des Wissens zu Festum war ein Wunderwerk der Baukunst. Die sechzig Schritt durchmessende Kuppel ruhte auf sechs Strebepfeilern in Gestalt von Elementargeistern. Ihre Innenseite war von einem prachtvollen Mosaik bedeckt, das in Gold und Malachitgrün eine fast endlose Schlange zeigte, die sich bis zum Lichtloch emporwand. Ihr lebendes Gegenstück waren die zahllosen Pechnattern und Smaragdnattern, die sich zwischen den Füßen der Betenden schlängelten, sowie die in einem gläsernen Vivarium gehaltenen gelb-grünen Kvillottern und Güldenschlangen.

Inmitten der Halle stand der mächtige sechseckige Altar. Die Göttin war in norbardischer Festtagstracht mit entblößten Brüsten dargestellt, die emporgestreckten Arme von Schlangen umwunden. Ein prächtiges Relief rings um den Sockel zeigte den Hohen Drachen Nacla-dor. Zu dem bedeutenden Tempelschatz, der scheinbar unbewacht ausgestellt wurde, gehörten die sechsarmigen Kandelaber, die Originale des Rohalschen Urschrittes und der ›Festumer Zinseszinstafeln‹, einige bedeutsame Bücher sowie auffällig viele kostbare Devotionalien, die der Schlangenverehrung der Norbarden entsprangen. Viele dieser Schätze wurden bei der Prozession zum Er-leuchtungsfest am 30. Hesinde durch die Stadt getragen, während auf dem Gaukelplatz die Strohpuppen loderten: ›Das Stroh der Dummheit muß brennen!‹

Paraiken warf jedoch keinen Blick auf alle diese Kost-barkeiten, sondern begab sich – wobei er sorgsam darauf achtete, auf keine der durcheinanderwimmelnden Nat-tern zu treten – zu der Opferschale, in die er eine sehr wertvolle Gabe legte: ein seltenes Forschungswerk, auf das er bei einem seiner Abenteuer gestoßen war. Er be-obachtete, wie der Priester, der die Opferschale leerte, es förmlich an sich riß.

Dann kniete er vor dem Hexagonaltar nieder und wandte sich im Gebet an die Hohe Magistra. Er würde ihre Hilfe brauchen wie nie zuvor, wenn er bei dem Un-terfangen, das ihm bevorstand, nicht Leib und Seele verlieren wollte.

Volsa Tarpjeelen hatte alle Vorbereitungen für ihre Schandtat getroffen. Nun wartete sie nur noch auf den Mann mit dem Muttermal, der versprochen hatte, das Opfer zu besorgen. Es war ein klarer, kalter Abend mit funkelnden Sternen, eine der gefürchteten Firunsnächte für alle jene, die nicht genug Geld zum Heizen hatten – in solchen Nächten waren im Diebeswerder schon Menschen in ihren Betten erfroren. Für jeden aber, der sich auf ein lustig prasselndes Feuer und einen heißen Ziegelstein im Bett freuen konnte, war es eine herrliche Nacht.

Pünktlich beim Aufgang des Mondes sah die Zauberin eine unbeleuchtete Kalesche in die Gasse einbiegen und wenig später vor ihrem Haus anhalten. Rasch stieg sie zu, wobei sie das Gesicht unter der Haube verbarg, als sie den Kutscher passierte. Im Innern des Fahrzeugs, das augenblicklich weiterfuhr, war es so dunkel, daß sie anfangs niemanden erkannte. Erst allmählich konnte sie das Gesicht mit dem gräßlichen Muttermal ausmachen und daneben das Gesicht einer blonden jungen Frau in eleganter Jagdkleidung, die wie schlafend in der Ecke lehnte. Als Volsa die Frau anblickte, sagte der Mann halblaut, aber deutlich hörbar: »Keine Angst, wir können reden. Ich habe ihr eine Dosis Borontropfen verabreicht.«

»Sie muß wach sein, wenn das Opfer gebracht wird«, nörgelte die Alte. »Bittere Not und Todesangst sind eine Labsal für die finsteren Mächte, auf die sie nicht verzichten wollen.«

»Keine Angst, sie wird schon aufwachen«, knurrte er zurück. »Wenn nötig, verabreichen wir ihr ein paar Maulschellen, das wird sie wiederbeleben. Wohin wollt Ihr jetzt fahren?«

Volsa dirigierte ihn zu einer Stelle nahe der Mündung des Gargelbaches, wo die Brücke zum Hafentor führte. An der Westseite von Hafen und Altstadt verlief noch ein Rest der ehemals eindrucksvollen Stadtmauer: sechs

Schritt hoch, durchgehend überdacht, alle hundert Schritt mit einem mächtigen Rundturm bewehrt. Sie fuhren jedoch nicht zum Tor – das war um diese Zeit bereits geschlossen –, sondern hielten nahe der Brücke an.

»Setzt Eure Maske auf«, befahl Volsa. Der Mann nickte und sagte nur: »Ich will dem Weib erst noch die Hände binden, falls sie früher als erwartet aufwacht.« Nachdem er dies getan hatte, setzte er seine Maske auf.

Als sie ausstiegen, wurden sie bereits erwartet. Zwei maskierte Gestalten in Kapuzenmänteln stiegen aus einem Boot und kamen ihnen entgegen. Dem Mann mit dem Muttermal wurden die Augen verbunden und die Ohren mit Wachs verstopft. Bei dem Mädchen ersparte man sich diese Prozedur. Sie würde nichts mehr ausplaudern, ganz gleich, was sie erfuhr …

Volsa kannte den Weg über das schweigende Hafenbecken und unter den Bohlen der Landungsbrücke hindurch. Reglos wie ein Sack hockte sie auf ihrem Platz und konzentrierte ihre Gedanken auf das bevorstehende Beschwörungsritual. Wie immer hatte sie nicht wenig Angst dabei. Sie wußte, daß ihre Kenntnisse des ›Herptagon und Krötenei‹ deutlich zu wünschen übrig ließen. Zwar hatte sie für teures Geld die besten Paraphernalien, Beschwörungskerzen und die hochwertigste Zauberkreide besorgt – aber im Grunde wußte sie, daß nur das Blut des unschuldigen Opfers ihr überhaupt die Macht gab, den Fünfgehörnten zu beschwören. Sie wußte auch, daß ihr schon mehrmals – wenn auch nicht bei diesem Ritual – böse Zauberpatzer unterlaufen waren. Sie brauchte nur an den elenden Wirtssohn zu denken, dem Laraan vor ihren Augen das Gesicht zerfleischt hatte! Damals hätte sie beinahe mit dem Beschwören aufgehört und sich wieder ihrem ursprünglichen Geschäft einer Abtreiberin und Giftmischerin zugewandt, aber das Silber hatte ihr keine Ruhe gelassen. Die beiden Adligen und ihre Freunde hatten Geld wie geschissen und waren großzügig damit. Sollte sie da nein sagen und wieder die elenden Batzen zusammenscharren, die ihr arme Dienstmägde zahlten?

Als sie den Schutz der Pfähle erreicht hatten, zündete der Bootsführer ein Kerzlein an und klebte es auf den Bug. Der schwache Lichtschein fiel auf eine Mauer, in der finstere Öffnungen gähnten.

Sie erreichteten das Innere der Kellergewölbe. Das Boot legte an. Der Mann wurde sorgsam geführt, als sie mit leisen Schritten weitergingen. Das Mädchen trug einer der Kapuzenmänner auf den Armen; er fluchte leise, weil sie so schwer war. Verstohlen traten sie in eines der Kellerlöcher, in dem sich nichts befand außer einem zerbrochenen Vogelkäfig und einem weidengeflochtenen alten Wäschekorb, der in einer Ecke stand und mit allerlei Unrat wie zerbrochenen Gefäßen, alten Stiefelbürsten und schimmligen Kissen gefüllt war. Volsa schob das Gerümpel zur Seite, tauchte den Arm tief in den Korb und drehte einen hölzernen Zapfen auf seinem Grund. Da wich ein Stück der Ziegelwand zur Seite und gab eine schmale Öffnung frei.

Einer nach dem anderen betraten die Gäste den Tempel. Das gefesselte Mädchen wurde in einen Nebenraum gebracht und dort auf den Boden gelegt, wo es sein schreckliches Schicksal erwartete. Die Blonde war in gnädiger Bewußtlosigkeit befangen und regte sich kaum, als zwei Männer sie unsanft in eine Ecke plumpsen ließen.

Volsa Tarpjeelen betrachtete das Gesicht des Mannes, dem man jetzt die Wachspfropfen aus den Ohren zog und die Augenbinde abnahm. Einen Lidschlag lang zog ein Ausdruck von Fassungslosigkeit, ja von Entsetzen darüber hin, dann jedoch verzog er den Mund zu einem verzückten Lächeln. Volsa schmunzelte befriedigt. Sie sah es kommen, daß er noch viele Beutel voll Silber auf ihrem Tisch ausleeren würde.

Volsa begrüßte die Gäste einen nach dem anderen,

wobei sie vorgab, keinen davon zu erkennen. In Wirklichkeit wußte sie längst, wer unter den Masken steckte. Der Jüngling beispielsweise, der da mit einem Fäßchen unter dem Arm vor ihr stand, war Arnando Rochdas, der Günstling einer reichen Alten aus der Altstadt. Ein hübscher Bursche, noch etwas weich – sein Gesicht war blaß, und auf seiner bärtigen Oberlippe glitzerten Schweißtropfen –, aber er würde schon noch härter werden. Volsa hatte schon mehr als einen gesehen, der bei seinem ersten Fest im Tempel würgend auf die Latrine gestürzt war und es wenige Monde später nicht erwarten konnte, den Laraan von Angesicht zu Angesicht zu sehen. So würde es auch Arnando ergehen!

»Was habt Ihr denn Schönes in Eurem Fäßchen, junger Herr, daß Ihr es so gar nicht aus der Hand geben wollt?« fragte sie neugierig.

Er lachte so heiser, daß sie annahm, er habe sich bereits ordentlich Mut angetrunken. »Das überlasse ich in der Tat keinen fremden Händen! Da ist feinster Bosparanjer drin, den will ich trinken, wenn es soweit ist … wenn der Fünfgehörnte erscheint!«

Und wirklich, jetzt erkannte sie die Aufschrift ›1a Bosparanjer feiner Schaumwein‹ auf dem Fäßchen. Sie leckte sich gierig die Lippen. Bosparanjer bekam man nicht alle Tage zu trinken, und der Bursche wollte sein Fäßchen doch hoffentlich nicht allein aussaufen!

Nun kamen auch Coljew Schimjontken und Danjow Salderkeim mit ihrer Freundin herbei, um die Magierin zu begrüßen und sich zu vergewissern, daß alles bereit war.

»Macht Euch keine Sorgen, edle Herren«, versicherte ihnen die Alte. »Es ist alles vorbereitet. Wir können zur Tat schreiten.«

Tiefes Schweigen herrschte in dem unterirdischen Tempel, nur das mißtönende, hohle Pfeifen jener lästerlichen Musik hing schwach in der Luft. Alle Lampen und Kerzen waren gelöscht worden – bis auf die sieben schwarzen Kerzen in dem Heptagon, das Volsa auf den Boden gezeichnet hatte, so daß die Gegenstände im Raum gräßliche Schatten warfen. Tiefe Finsternis hing in den Ecken des Raumes, wo sich die Zuschauer drängten, alle schweigend wie Tote und trotz ihrer Lasterhaftigkeit von angstvoller Spannung ergriffen. Man wußte nie, *wer* bei einer solchen Beschwörung letztendlich erscheinen mochte!

Die alte Zauberin stand inmitten des Siebenecks, das sie mit magisch kräftiger Kreide auf den Boden gezeichnet hatte. Leuchtend, als strahle es sein eigenes irrwischartiges Licht aus, prangte darin das Zeichen des Laraan. Es war in greulichen Farben gezeichnet, blutrot, eitergelb, giftgrün und knochenweiß, den Farben, die die Dämonen bevorzugen. Volsa war barfuß und trug nun anstelle ihrer Kleider ein langes schwarzes Gewand, auf dem sich blutrote Muster schlängelten. In den Stoff gestickt waren sinnverwirrende Arabesken und krankhafte Ornamente, die ihre Gestalt bei jeder Bewegung auf das absonderlichste verzerrten – einmal, so spiegelten es die tanzenden Muster vor, wurde sie lang und dünn, dann wieder kurz und mehr breit als hoch! In der Hand hielt sie das Schwert des Beschwörers, gefährlich glitzernd und mit eingravierten Runen bedeckt.

Rund um sie, in den sieben Spitzen des Heptagons, lagen sieben Gegenstände, die Paraphernalia, die ihrer Überzeugung nach das Wohlgefallen des Dämons erweckten. Sie alle stammten aus dem Bereich der verdorbenen Lust: Da war gestohlener und mit Blut entweihter heiliger Wein aus einem Rahjatempel, eine Alraune von sehr menschenähnlicher Gestalt, die getrockneten Levthansäpfel eines Lustmörders und – das Zauberkräftigste von allem – ein paar faule Splitter von einem Sarg, von dem es hieß, daß Libussa Ouvenskaja, die Blutgräfin, darin gelegen habe. (Volsa wußte nicht, daß die Mädchenmörderin nie in einem Sarg gelegen hatte und daß der Sewerier, der ihr die Splitter um fünf Batzen verkauft hatte, sie betrogen hatte.)

Außerhalb des Heptagons stand schwarz und klobig ein Hackstock, und dahinter wartete Hanske, das Beil in der Hand, auf sein Opfer.

Volsa hatte ein Buch zur Hand genommen, das in Katzenfell gebunden war und dessen Seiten mit seltsam verschnörkelten Lettern in purpurner Chorhoper Tinte beschrieben waren. Sie las mit hoher, näselnder Stimme daraus vor, und die Zuhörer antworteten an bestimmten Stellen mit einem röhrenden: »Eyo, Dar'klajid, eyo!«

Das Ritual dauerte lange, und je länger es dauerte, desto deutlicher wurde fühlbar, daß eine böse Macht sich von den Invokationen angesprochen fühlte. Trotz der Hitze der Kerzen wurde es kälter und kälter im Raum, als wollten die frostigen Niederhöllen sich in die Welt drängen. Hin und wieder huschten kleine Wirbelwinde vom Boden auf, oder es blies eisig aus Wänden, in denen sich keine Öffnungen befanden. Bald machte sich auch ein besonderer Geruch bemerkbar, den die Anwesenden mit steigender Erregung wahrnahmen. Sie wußten, es war der Geruch des Dämons – dieser ranzige, bocksartige Gestank, der sich in die Nüstern legte und zum Räuspern zwang. An diesem Gestank konnte man den Laraan zuweilen erkennen und ihn entlarven, wenn er sich in seiner lieblichen Verführergestalt zeigte. Nun sogen die Dämonenanbeter den Geruch ein, als atmeten sie köstliches tulamidisches Parfüm. Ihre Augen glänzten schweflig und ihre Münder öffneten sich erregt.

Immer öfter zeigten sich im Kerzenschein halbdurchsichtige Formen, die geisterhaft aus dem Boden hervordrangen und dann wieder verblaßten. Manche wirkten wie bunte, leuchtende Kugeln, aber andere hatten die Gestalt von nackten menschlichen Leibern in lasziven Stellungen, und wieder andere nahmen die Gestalt von

Tieren an, die einander begatteten. Alle diese Schemen waren nur sehr kurz sichtbar, sie flackerten und verschwanden wieder. Bald jedoch bildete sich im Mittelpunkt des Heptagons ein dunkler Wirbel, als öffne sich dort eine Lücke in eine andere Welt ...

In diesem Augenblick befahl Volsa mit heiserer Stimme: »Bringt das Opfer herbei.«

Der Mann mit dem Muttermal sprang geschäftig auf und zerrte mit Hilfe zweier anderer die junge Frau aus dem Nebenraum. Man hatte ihr einen Knebel zwischen die Zähne gesteckt, ihre Hände waren nach wie vor auf dem Rücken gefesselt. Sie blickte mit großen ungläubigen Augen die Versammlung an und schien kaum zu wissen, wie ihr geschah – offenbar stand sie noch immer unter der Wirkung der Borontropfen.

Schimjontken und Salderkeim wollten sie ergreifen und zum Hackstock schleppen, doch der Mann mit dem Muttermal wehrte sie ab und tat es selbst. Seine Augen glänzten in den Löchern der Maske, als er die nur schwach widerstrebende Unglückliche vornübergebeugt auf den Block legte.

Volsa erhob die Stimme in einer lästerlichen Invokation. Eine Blutschale in beiden Händen haltend, näherte sie sich dem Opfer.

Da wand die blonde Frau plötzlich die Hände aus den Fesseln, so leicht, als hätten diese ihre Handgelenke nur lose umschlungen. Mit einem gewaltigen Fußtritt schleuderte sie die Beschwörerin zur Seite und sprang auf, zerrte sich den Knebel aus dem Mund. Keine Spur von Dämmerschlaf war mehr auf ihrem Gesicht zu erkennen. Ihre Augen blitzten, und sie stieß einen schrillen thorwalschen Kampfruf aus. Hanske, den diese unerwartete Wendung ebenso verblüfft hatte wie alle anderen, ließ es ohne Gegenwehr geschehen, daß sie ihm das Beil aus den Händen riß und es schwang. Mit einem fürchterlichen Hieb, wie kein Zwerg ihn besser zustande gebracht hätte, trennte sie den Kopf des Hünen vom Hals, so daß er mit aufgerissenen Augen und klaffendem Mund durch den Raum rollte, während der Körper noch einen Lidschlag lang schwankend dastand und dann polternd nach hinten fiel.

Und noch während alle, aus ihrer erwartungsvollen Verzückung gerissen, dastanden und staunten, zog der Mann mit dem Muttermal seinen Degen. »Wer sich rührt, ist tot!« rief er mit gebieterischer Stimme. Mit einer blitzschnellen Handbewegung fuhr er in die Tasche, steckte einen kleinen silbernen Gegenstand zwischen die Lippen und sandte einen so gellenden Pfiff aus, daß alle zusammenfuhren.

Ein Pfiff antwortete, und Stimmen schrien! Wie von Geisterhand geöffnet, flog die geheime Tür auf, und Tolje Panow stürmte herein, das blanke Schwert in der Hand. Hinter ihm drängten sich seine Männer.

In dem stinkenden, schwach beleuchteten Raum brach das Chaos aus. Die Maskierten stürzten nach allen Richtungen auseinander, zogen Waffen, schlugen und stießen um sich, während die Stadtgardisten sie zu stellen versuchten. Arnando wurde beiseite gerempelt, so daß er sein Fäßchen fallen ließ. Es rollte über den Boden, prallte an eine Mauer. Der Spund, den er schon halb herausgezogen hatte, fiel durch die Wucht des Aufpralls ganz aus dem Loch. Eine ölige Flüssigkeit rann heraus. Im selben Augenblick stieß ein Gardist in dem Gedrängel eine Kerze um, und heller Brand loderte auf. Die Flammen fuhren grün und gelb in die Höhe, so daß nicht wenige glaubten, der Dämon sei nun doch erschienen. Die einen heulten auf vor Entzücken, weil sie mächtige Hilfe nahe glaubten, die anderen vor Entsetzen, aber alle trieb der wie rasend um sich greifende Brand auf die Tür zu. Soldaten und Dämonenpaktierer flohen gemeinsam, wobei einer über den anderen stürzte. Wohl denen, die die Tür noch erreichten! Einigen – unter ihnen auch Volsa Tarpjeelen – gelang es nicht mehr.

Sie war zu Boden gestürzt, als Jurga sie zur Seite geschleudert hatte, und hatte einen der altersspröden Hüftknochen gebrochen. Hilflos lag sie da, während die Flammen auflohten. Das ausrinnende Brandöl hatte ihr Beschwörergewand erfaßt und züngelte unlöschbar daran empor. Ein paar Lidschläge lang erstarrten sogar die Flüchtenden, als sie die Zauberin in hellen Flammen stehen sahen. Volsa fuchtelte wild mit den Händen, krächzte und heulte und versuchte die Flammen auszuschlagen, aber sie waren schon zu groß und gefräßig. In Feuerzungen gehüllt, lag sie da, das Gesicht so gräßlich verzerrt, als wäre sie selbst ein Dämon. Ihre Haube flackerte auf, und lichterloh brennend wälzte die Alte sich hin und her, während ihr das lange weiße Haar wie ein Feuerkranz um den Kopf stand.

Arnando floh in blindem Schrecken vor dem Anblick, den er selbst herbeigeführt hatte. Er wollte fort, nur fort! Es kümmerte ihn nicht, daß sich zwei Gardisten auf ihn stürzten, kaum daß er den Tempel verlassen hatte. Man riß ihm die Maske herunter, nahm ihm den Degen ab. Widerstandslos und am ganzen Leib zitternd ließ er sich die Hände auf den Rücken binden und sich zu den Booten eskortieren, mit denen die Stadtgardisten in den unterirdischen Raum gekommen waren.

5

Das Gericht

Am Morgen hatte die Nachricht von den nächtlichen Ereignissen im *Lachenden Henker* sich zwar noch nicht in ganz Festum verbreitet, aber immerhin im ganzen Hafen. Die Leute liefen zusammen, um das Mordhaus anzugaffen, als hätten sie es nie zuvor gesehen. Die dicken Mauern der Kellergewölbe hatten das Wirtshaus davor bewahrt, in Flammen aufzugehen. Als die Gardisten die Tür des geheimen Tempels geschlossen hatten, war das Feuer in dem fensterlosen Raum erstickt, freilich erst nachdem es den größten Teil des entsetzlichen Museums verzehrt hatte – und den Leichnam der alten Volsa Tarpjeelen, die in den Flammen den ihr gebührenden Tod gefunden hatte.

Die Stadtgardisten hatten mehr als zwanzig Leute festgenommen, unter ihnen auch Danjow Salderkeim und Oselda Harden. Coljew Schimjontken jedoch war ebenso die Flucht gelungen wie Pitjow Peddersen. Nach beiden wurde fieberhaft gefahndet. Orlan Paraiken saß den ganzen Tag mit den Honoratioren der Stadt beisammen, vor allem dem Bürgermeister sowie den Mitgliedern des ›Engen Rates‹ und des ›Weiten Rates‹, die den schrecklichen Skandal in allen Einzelheiten hören wollten, aber auch mit Adligen, die es nicht fassen konnten, daß drei aus ihrer Mitte in solch schwarzfaule Verbrechen verwickelt waren. Gegen Mittag erschien ein berittener Bote bei Orlan Paraiken, der ein reiterloses zweites Pferd mit sich führte, und überbrachte eine knappe Nachricht: »Herr Stoerrebrandt wünscht Euch zu sprechen.«

So stand Orlan Paraiken eine halbe Stunde später dem berühmten Handelsherrn in dessen Villa am Seeufer gegenüber. Sein Blick glitt flüchtig über die prachtvolle Inneneinrichtung, bei der Mahagoni und der kostbare rote und schwarze Marmor aus dem Ehernen Schwert vorherrschten, dann wandte er sich dem Hausherrn zu.

Die meisten Menschen, die Stover Regolan Stoerrebrandt persönlich gegenübertraten, sahen mit Erstaunen, daß er keineswegs eine imposante Erscheinung darstellte. Nicht einmal einen Schritt und vier Spann groß, mit graubraunem Haar und braunen Augen, wirkte er trotz seiner prächtigen Kleidung unscheinbar. Doch mußte man ihm nur in die Augen blicken, um zu entdecken, daß man es mit einem auf seine Weise großen Mann zu tun hatte.

Stoerrebrandt war weit mehr als nur ein Kaufmann. Durch geschickt gewählte Kredite und finanzielle Zuwendungen hatte er sich ›Geschäftsfreunde‹ in den höchsten politischen Kreisen geschaffen, selbst Kaiser Hal hatte er dazu zählen dürfen. In der Festumer Stadtpolitik hätte er praktisch allein entscheiden können, doch war er klug genug, andere mitreden zu lassen und ihnen das Gefühl zu geben, daß sie immer noch ihre eigenen Herren waren.

Nun wandte er sich an Paraiken und sagte in seinem üblichen schroffen, kurz angebundenen Ton: »Ich hörte, Ihr habt einen Ring von Sklavenhändlern ausgehoben. Erzählt mir davon.«

Sein Gebaren hätte barsch gewirkt, hätte er nicht gleichzeitig auf einen der bequem mit rotem Samt gepolsterten Stühle gedeutet und einem mit silbernen Ornamenten eingelegten Schränkchen eine Flasche des feinsten Balihoer Bärentod samt zwei Gläschen entnommen.

Paraiken setzte sich, nahm mit einem dankenden

Kopfnicken das Getränk an und erwiderte: »Mehr als das, edler Herr. Die Leute, die heute nacht gefaßt wurden, stehen im dringenden Verdacht, ja, sind praktisch überführt, Dämonenpaktierer zu sein.«

»Die Schurken!« rief Stoerrebrandt, der sich sonst nicht leicht zu solchen Ausbrüchen hinreißen ließ, aber Paktierer haßte er genauso, wenn nicht noch mehr als die Sklavenhändler. »Aber erzählt von Anfang an.«

Das tat Orlan Paraiken auch. »Als die Boroni mich aufsuchten und ich jene Tote ohne Kopf sah, da wußte ich bereits, daß ich es hier mit Schwarzer Magie zu tun hatte. Dann kam die Wirtin aus dem *Lachenden Henker* zu mir, Tineke Peddersen, und erzählte mir von einer Magd, die verschwunden war, und von den Lügen ihres Gatten und ihres Schwiegervaters, die beide behaupteten, die Ermordete nicht wiederzuerkennen. Um Näheres zu erfahren, schlich ich mich in der Verkleidung eines Seemanns im *Lachenden Henker* ein, und es gelang mir rasch, das Vertrauen des Wirtssohnes Elkwin Peddersen zu erringen. Er erzählte mir, daß ein Dämon bei einer mißlungenen Beschwörung über ihn hergefallen sei und ihm die zackige Narbe zugefügt habe, die nun sein Gesicht verunstaltete. Ich merkte, daß er große Angst davor hatte, für seine bösen Taten verdammt zu werden, und beschloß, diese Angst zu nützen, um ihn zu einem rückhaltlosen Geständnis zu zwingen. Ich ließ ihn von angeheuerten Burschen entführen und in einen dunklen Raum bringen, wo geschminkte Schauspieler ihm vortäuschten, er sei in die Niederhöllen gefahren. Eine Dosis Angstgift gab ihm den Rest. Er flehte mich an, ihn von dem Fluch des Dämons zu befreien …«

»Ihr seid, zu allen Euren anderen Künsten, doch nicht auch ein Exorzist?« fragte Stoerrebrandt stirnrunzelnd.

»Nein, edler Herr, das bin ich nicht. Ich bin kein Magier. Ich bat eine der weisen Frauen der ›Halle des Quecksilbers‹ um ihre Hilfe, und sie gewährte sie mir.

Der Fluch wurde aufgehoben, und Peddersen legte ein Geständnis ab, in dem er auch die Namen der Drahtzieher der Morde nannte. Er erzählte mir, daß die Dämonenknechte sich in einem geheimen Raum unter seinem Haus träfen, und er verriet mir, wie der verborgene Mechanismus zu bedienen sei, der die Tür öffnete.«

»Und Ihr seid nicht augenblicklich zur Stadtgarde gegangen, um Meldung zu machen?«

Paraiken blickte ihn eine Weile schweigend an, dann sagte er: »Edler Herr, Ihr wißt wohl selbst, daß es in diesem Lande schwer ist, einen Adligen anzuklagen. Ein Titel gilt hier alles.«

Damit hatte er Stover Stoerrebrandt an einer empfindlichen Stelle getroffen. Der Handelsherr war aus bescheidensten Verhältnissen an die Spitze der Macht aufgestiegen. Den Namen Störrebrandter hörte man nicht selten im Gerberviertel, wo die Ärmsten und Elendeste der Stadt lebten; er war das bornländische Wort für Störbrenner, also jene Leute, die die Fische räucherten und ihren Rogen als Kaviar wuschen. Es war den Westendern eine große Genugtuung, daß man dem reichsten Mann der Stadt am Namen anmerkte, daß einer seiner Vorfahren auch keinen besseren Broterwerb gehabt hatte als sie selbst. Die Adligen aber ließen sich (wenn sie nicht gerade dringend Kredit brauchten) nicht selten anmerken, daß sie den Handelsherrn trotz seines Silbers für einen reich gewordenen Krämer hielten.

»Ich verstehe«, sagte Stoerrebrandt kühl. »Und was habt Ihr statt dessen getan?«

»Elkwin Peddersen versprach, mich zu benachrichtigen, wenn die Götterlosen sich wieder zu einem Opfer versammelten. Um sicherzugehen, daß derweil kein Unheil geschah, mietete ich mich in der Maske eines alten Apothecarius von neuem im *Lachenden Henker* ein und erforschte heimlich das Haus – keine leichte Aufgabe, denn die Küche wurde von einem riesenhaften Koch bewacht, und Pitjow schien Augen im Hinterkopf zu haben!«

Stoerrebrandt schenkte sein Glas nach. »Ich bin sicher, Ihr habt auch diese Aufgabe gemeistert. Was geschah weiter?«

»Ich entdeckte den geheimen Raum – ich will euch die Schilderung der götterlästerlichen Greuel ersparen, die ich dort ansehen mußte – und ein kleines Gefängnis, in das man zweifellos jene unglücklichen Mägde gesperrt hatte. Mittlerweile hatte ich mich in einer anderen Verkleidung ...«

»Bei Phexens Fuchsschwanz!« rief der Händler aus. »Was seid Ihr – ein Gaukler?«

Paraiken lächelte in den Mundwinkeln. »Ein Erforscher der Wahrheit muß zuweilen auch ein Gaukler sein können, edler Herr. Nun, ich hatte mich bei Volsa Tarpjeelen eingeschlichen, jener Zauberin, von der Elkwin mir erzählt hatte – und deren üblen Ruf ich kannte –, und ihr vorgespiegelt, ich sei ein häßlicher Lüstling, begierig darauf, an einer Dämonenbeschwörung teilzunehmen. Mein Silber blendete sie – sie sagte zu. Nun mußte ich nur noch darauf achten, daß keiner Frau etwas Böses zustieß. Also erbot ich mich, selbst das Opfer mitzubringen ...«

»Was!« rief der Handelsherr erschreckt. »Ihr habt eine arme Frau in so grausige Gefahr gebracht?«

»Keine *ahnungslose* Frau. Ich heuerte in der Schenke *Riff der verdorrenden Kehlen* eine junge thorwalsche Söldnerin an, der ich alles offenlegte. Sie könnte übrigens einen zusätzlichen Lohn für ihre Tapferkeit gut gebrauchen ...«

Stoerrebrandt trat zu seinem Schreibtisch, schrieb etwas auf einen Zettel und reichte ihn Orlan Paraiken. »Sie soll damit zur Wechsel- und Einlagenhalle gehen. Man wird ihr zwanzig Batzen ausbezahlen.«

»Ich danke Euch, edler Herr. Nun, ich wollte die Beschwörung so weit gedeihen lassen, daß an der Schuld aller Anwesenden kein Zweifel bestehen konnte. Also täuschte ich vor, Jurga zu fesseln, schlang aber den Strick nur lose um ihre Handgelenke, und ich bestand auch darauf, sie selbst auf den Hackklotz zu legen, damit kein anderer es tat. Im entscheidenden Augenblick sprang sie auf, entriß dem Schlächter – Pitjows Koch Hanske – sein Beil und schlug ihm selbst den Kopf ab. Dann pfiff ich Alarm, und Tolje Panows Leute drangen in den Raum.«

»Bei Phexens Nebelschleiern! Wo kamen die denn so schnell her?«

»Ich hatte den Hochrichter Panow ins Vertrauen gezogen. Er stimmte zu, daß wir die Verbrecher nur überführen könnten, wenn wir sie mitten in der Beschwörung überraschten. Keiner sollte sich herausreden können. Seine Leute kamen mit Booten in die unterirdischen Gewölbe und lauerten vor der Tür, deren Mechanismus ich ihnen erklärt hatte. Auf meinen Pfiff hin stürzten sie herein. Doch dann geschah etwas, das ich selbst noch nicht verstehe.«

Stoerrebrandt lächelte mit feinem Spott. »Es gibt also tatsächlich noch Dinge, die Ihr nicht augenblicklich durchschaut?«

»Ich bin nur ein Mensch, edler Herr«, erwiderte Orlan Paraiken bescheiden, »göttliche Allwissenheit ist mir nicht geschenkt. Nun, einer jener Dämonenanbeter, ein gewisser Arnando Rochdas, hatte in einem Fäßchen, das als Bosparanjer Schaumwein gekennzeichnet war, Hylailer Feuer bei sich …«

»Was? Wozu wollte er das denn gebrauchen?«

»Daran rätsle ich noch. Deshalb bitte ich auch um Eure Zustimmung, den Mann – der sich im Kerker befindet – zu befragen.«

»Ich werde Bescheid sagen, daß es mein Wunsch ist. Sprecht weiter.«

»Das Brandöl rann aus und stand sofort in Flammen.

Hätte nicht der Stadtgardist, der als letzter aus dem brennenden Raum floh, geistesgegenwärtig die Tür geschlossen, so wäre das Wirtshaus abgebrannt. So erstickten die Flammen in dem fensterlosen Raum – leider erst, nachdem sie einen Großteil jener scheußlichen Sammlung verzehrt hatten. Das verringert die Beweise, die wir zur Hand haben.«

»Ich denke, die Beschwörung genügt, deren Zeuge Ihr wart. Hat man die Zauberin denn nicht in den Kerker geworfen?«

»Nein, edler Herr. Sie verbrannte wie zwei oder drei andere auch.«

»Die Strafe der Götter für die Verbrecher!« bemerkte Stoerrebrandt fromm. »Doch die anderen sind in Haft?«

»Ja, edler Herr, nur zwei sind mit List und Geschick entflohen – Pitjow Peddersen, der Wirt, und Coljew Schimjontken, den ich für den Anstifter des Verbrechens halte. Doch werden Panows Leute sie finden.«

»Das hoffe ich. Wer sind die anderen?«

»Ganz unterschiedliche Menschen, Frauen und Männer, die wohl nichts weiter zusammengeführt hat als die gemeinsame Lust am Bösen – wohlhabende Handwerker, Schauspieler, Seeleute … Fünf oder sechs von ihnen sind Abkömmlinge adliger Familien, darunter Danjow Salderkeim und Oselda Harden.«

Der Handelsherr schlug die Faust in die offene Hand. »Das wird ihnen nichts nützen! Sie werden nicht entkommen, nur weil sie einen Titel haben – nicht, solange ich noch irgend etwas mitzureden habe!«

Paraiken wußte, daß Stoerrebrandt sogar sehr viel zu reden hatte, denn viele der Bronnjaren standen bei ihm in der Kreide. Doch war er ein schlauer Fuchs, der nur ungern seine Karten aufdeckte, deshalb sagte er: »Ich möchte, daß Ihr zu Nadjescha von Gulnitz geht, der Wahrerin der Ordnung. Ich werde ihr Botschaft schicken, daß ich Euch sende. Erzählt ihr alles, was Ihr auch mir erzählt habt. Ich denke, der Praioskirche ist daran gelegen, daß diese Greuel wider die Gefilde von Alveran bestraft werden.«

Paraiken nickte und sagte: »Daran ist ihr zweifellos gelegen.« Bei sich aber dachte er: Stoerrebrandt versteckt sich hinter der Praioskirche, damit es nicht heißt, er stelle sich gegen den bornischen Adel. So behält er seine guten Geschäftsverbindungen und hat zugleich erreicht, was er will. Denn wenn die Praioskirche Strenge fordert, wer kann sich da guten Gewissens widersetzen? Hieße das nicht, selbst auf seiten der Verbrecher zu stehen?

So kam es, daß Meister Orlan Paraiken schon am nächsten Tag im Arbeitszimmer ihrer Residenz der erhabenen Wahrerin der Ordnung gegenübersaß. Baronin Nadjescha von Gulnitz zu Schlüsselfels war eine kleine drahtige Frau über sechzig. Ihr schwarzes Haar war käppchenartig kurz geschnitten (Paraiken war überzeugt, daß sie weiße Haare mit feinem Rußöl nachfärbte). Sie trat ihm in ihrem feierlichen Gewand aus goldenem Brokat entgegen, die Kegelmütze aus gelbem Samt auf dem Kopf, dazu einen Stirnreif mit der zwölfflämmigen Sonnenscheibe. An einem Samtband trug sie einen Zwicker, mit dem sie Dokumente wie auch Sünder streng zu mustern pflegte. Sie war bereits mit achtunddreißig Jahren zur Wahrerin der Ordnung ernannt worden – nicht zuletzt dank der Fürsprache der Gräfin von Ilmenstein, mit der sie eine innige Freundschaft verband – und leitete die Praioskirche mit streng konservativer Gesinnung. Ihre Beharrlichkeit und Standfestigkeit hatten sie – bei allem Mißtrauen gegen die Praioiskirche – bei dem konservativen bornländischen Adel beliebt gemacht. Der neuen Bedrohung des Bornlandes sah sie, wie Paraiken wußte, mit unerschütterlichem Praiosvertrauen entgegen: Die Sünder, so predigte sie stets, würden von den niederhöllischen Schergen dahingerafft, aber die wahrhaft Gerechten würden im tugendhaften Abwehrkampf bestehen, wie man am Beispiel der Stadt Beilunk sah. Sie war zweifellos keine Frau, die untätig zugesehen hätte, wie Dämonenpaktierer der gerechten Strafe entgingen, aber sie war auch eine Adlige und ließe sich nicht leicht dafür gewinnen, ihre Standesgenossen dem Henker zu überantworten.

Paraiken erzählte ihr dasselbe, was er schon Stover Stoerrebrandt berichtet hatte, und beantwortete ihre drängenden Fragen. Sie nickte ein ums andere Mal. »Das ist eine verfluchte Tat, die Ihr da aufgedeckt habt, Meister Paraiken, und ich will das Meinige tun, damit die Frevler nicht ungestraft bleiben. Doch Ihr sagt, einige davon sind Leute von Stand?«

»Ja, Erhabene, unter ihnen Coljew Schimjontken, der meiner Meinung nach das Verbrechen angestiftet und geleitet hat, dazu sein Gefährte Danjow Salderkeim und das Mädchen Oselda Harden.«

An der Art, wie die Erhabene mißbilligend den Mund verzog, erkannte Paraiken, daß ihr diese Namen nicht unbekannt waren, und prompt murmelte sie: »Faule Früchte von einem edlen Stamm! Und die anderen?«

»Es sind einige angesehene Bürger darunter, auch eine Kapitänin, doch bin ich überzeugt, daß die Heilige und Reichskirche kein Ansehen der Person kennt.«

»Natürlich nicht«, bestätigte Nadjescha trocken. »Ihr habt Beweise, die jeder Prüfung standhalten?«

»Mein eigenes Zeugnis, Erhabene.«

Sie spielte unschlüssig mit dem schwarzen Samtband des Zwickers. »Euer Zeugnis, nun ja … Aber habt Ihr Beweise für die Morde?«

»Das Geständnis Elkwin Peddersens, das auch mein guter Gefährte, der Kapitän Jasper Hollerow, mit angehört hat, sowie einige Schauspieler, deren Namen ich Euch nennen kann.«

Sie schüttelte unbehaglich den Kopf. »Meister Paraiken, Ihr kocht da eine sehr dünne Suppe, wenn ich so sagen darf. Peddersen ist tot und begraben, wie Ihr sagt, und kein Adelsgericht wird das Zeugnis von Schauspielern annehmen. Bleiben Ihr selbst und Euer Gefährte. Vergeßt nicht, daß Ihr einen … nun, etwas absonderlichen Ruf genießt.«

»Niemand hat mir je nachgesagt, daß ich die Götter nicht ehre, Erhabene.«

Frau von Gulnitz betrachtete ihn ingrimmig durch ihren Zwicker. »Das mag sein, aber wir im Bornland halten die Menschen, die der Herr Praios in den Adelsstand erhoben hat, in Ehren. Und wenn ich auch zweifellos keinen Dämonenpaktierer entwischen lassen möchte, nur weil er aus wappenführender Familie stammt, so werde ich auch keinen Edelmann verurteilen, ohne daß Ihr mir zumindest noch einen weiteren Zeugen nennt, der alles bestätigen kann.«

»Die Thorwalerin Jurga Argasdottir …«

»Pah! Ein ausländisches Weib, das seinen Schwertarm an jeden erstbesten verkauft. Das ist keine Zeugin gegen Adlige.«

Paraiken wurde ärgerlich. »Erhabene, diese Dinge haben im geheimen stattgefunden, nur dem Schutz der Götter habe ich es zu verdanken, daß wenigstens ich sie aufklären konnte.«

Nadjescha von Gulnitz blieb jedoch unbeeindruckt. »Ehe ich einen Adligen dem Henkersschwert überantworte, muß ich wirklich sicher sein, daß er gegen die gottgewollte Ordnung gefrevelt hat.«

Natürlich, dachte Orlan Paraiken wütend. Vor allem, wenn man bedenkt, daß der gesamte Adel des Bornlandes untereinander versippt und verschwägert ist!

»Ich muß«, fuhr die Wahrerin der Ordnung fort, »stichhaltige Beweise dafür haben, daß Blutmagie getrieben wurde, ansonsten können wir sie nur wegen der Beschwörung anklagen. Das reicht zwar mit Sicherheit, um einen Bauern oder Bürger zu hängen, aber Adlige ... hmmm ...« Sie klopfte nachdenklich mit den Fingerknöcheln auf den Tisch. Dann entschied sie: »Ich werde einen Inquisitor in den Kerker entsenden, der das gemeine Volk befragt. Zugleich werde ich ein Gericht von Adligen zusammenrufen, denn wie Ihr sicher wißt, dürfen Edelleute nur von ihresgleichen verurteilt werden. Dabei könnt Ihr, wenn Euch an einer raschen Bereinigung dieser Angelegenheit gelegen ist, noch von Glück sagen, daß die Adelsversammlung gerade jetzt, im Firunmond, tagt. Das Gericht wird Euer Zeugnis anhören. Doch seid auf der Hut! Wenn Ihr nicht aufs kräftigste beweisen könnt, was Ihr sagt, wird man Euch selbst bestrafen.«

Orlan Paraiken war in übelster Laune, als er die Residenz der Wahrerin der Ordnung verließ. Er ritt durch die Stadt wie der Wilde Jäger und stürmte förmlich in seine Wohnung im Haus zum Hirschen. »Sie sind Schurken und Schelme, allesamt, diese Edelleute!« rief er aus.

Hollerow sprang erschrocken auf. »Pssst! Bist du von Sinnen, Freund! Wenn man dich hört!«

Orlan ließ sich in seinen Schaukelstuhl sinken. Sein aufgeregtes Wippen wurde allmählich langsamer, während er dem Freund von seinen Unterredungen erzählte. »Jasper«, sagte er schließlich mit finster gerunzelter Stirn, »sie werden die Bürger hängen, die dabei waren, aber die Mörder werden mit Kerker davonkommen – wenn sie nicht überhaupt freigesprochen werden! Stover Stoerrebrandt ist auf meiner Seite, aber selbst die Wahrerin der Ordnung will nur gegen die Edelleute vorgehen, wenn ich zumindest noch einen weiteren Zeugen vorweisen kann. Woher soll ich den nehmen? Meint sie etwa, diese Verbrecher hätten alle Welt bei ihrem dämonischen Treiben zusehen lassen?«

Jasper bemühte sich, ihn zu beruhigen, bevor er noch

mehr von dem Absud zu sich nehmen wollte. »Es gibt doch Zeugen genug!«

»Ja – Büttel, Schauspieler, eine Söldnerin! Was nützen uns die vor der Adelsversammlung?«

»Wird keiner der Verhafteten aussagen? Nadjescha von Gulnitz wollte doch, wie du sagst, einen Inquisitor entsenden.«

»Der wird aber nur die Verdächtigen aus dem gemeinen Volk der peinlichen Befragung unterziehen. Hierzulande wagt nicht einmal die Heilige und Reichskirche, jemanden foltern zu lassen, wenn er von Stand ist; da müßte schon ein anderer Adliger gegen ihn aussagen! Und das wird keiner tun. Man wird sich darauf verlassen, daß alle ungeschoren davonkommen.«

»Was ist mit dem Mittelreicher?« fragte Jasper.

Orlan sah übellaunig auf. »Welchem Mittelreicher?«

Jasper entschuldigte sich. »Oh – ich vergaß, dir zu erzählen. Als du mir die Liste der Verhafteten gezeigt hast, da stand auch ein gewisser Arnando Rochdas darauf … Arnando Rochdas von und zu Irgend etwas in Garetien. Ich sprach zu Tineke davon, und sie sagte mir, sie kenne den Mann, er sei Gast im *Lachenden Henker* gewesen und erst kürzlich im Bornland angereist. Wenn er kein Bornländer ist, so hat er auch keine Verpflichtungen gegenüber den Adligen hierzulande. Vielleicht kann er dir als Zeuge dienen.«

Orlan sprang auf, so jäh, daß er beinahe über die eigenen Füße gefallen wäre. »Arnando Rochdas! Der Mann mit den Hylailer Feuer!« Er stürzte auf Jasper zu und schüttelte ihm die Hand, daß er ihm beinahe den Arm ausriß. »Mein guter und getreuer Freund! Mögen die Götter deinen Scharfsinn belohnen! Was täte ich ohne dich!«

Pitjow war der Verhaftung entgangen. Er hatte rechtzeitig bemerkt, daß da etwas nicht stimmte, und als der Lärm begann und Bewaffnete durch seine Küche stürmten, war er verschwunden. Jetzt saß er in einem Versteck am Abhang des Zwielichtberges und konnte sich vor den Bütteln, die in ganz Festum nach ihm forschten, sicher fühlen.

Nur Elkwin war er nicht entkommen.

Das Gespenst war ihm gefolgt, ja es war schon vor ihm in dem niedrigen, windschiefen Häuschen gewesen, in dem er Zuflucht gesucht hatte, denn sobald er die Tür öffnete, hatte er die verfluchte Gegenwart seines Sohnes gespürt! Auch hier saß Elkwin – der inzwischen wenig mehr war als ein Knochengerippe – am Tisch, den zur Schlinge geknüpften Strick vor sich, und heulte ihm seine Anklagen entgegen. Er kam auch nicht mehr bloß in der Nacht. Als Pitjow nach einer von Alpträumen gefolterten Nacht morgens in die Stube kam, um sich mit einem Schluck Branntwein zu erfrischen, war Elkwin schon da. In seinen Augenhöhlen glomm ein schwefliges Licht, seine fleischlose Hand wies auf Pitjow. »Vater …«, klagte er mit hohler Stimme.

Der Alte vergaß die Büttel. Er dachte gerade noch daran, sich seinen Pelz umzuwerfen, dann stürmte er blindlings in den grauen Wintermorgen hinaus.

Es schneite, aber er kümmerte sich nicht darum. In tiefen Zügen atmete er die frische Luft ein, die der Grabgestank des Ungeheuers nicht verpestete. Mit langen Schritten rannte er am Abhang des Zwielichtberges dahin, bis er die Ruinen eines Festungswalles der Theaterritter erreicht hatte. Aber schon bald fand er auch hier im Freien keine Ruhe mehr. Die mannshohen Steine erschienen ihm im Zwielicht von Schnee und Nebel wie Menschen, die ihn lautlos umdrängten und aus der Entfernung beobachteten. Er meinte zu hören, wie sie einander zuflüsterten: »Seht, das ist Pitjow Peddersen, der seinen eigenen Sohn ermorden ließ! Wollen wir ihn willkommen heißen?«

In den Furchen des alten Mauerwerks meinte er Gesichter zu erkennen. Ihre tiefliegenden Augen stierten ihn an, ihre ungeschlachten Münder verzogen sich zu schiefen Fratzen, wenn er an ihnen vorbeieilte. Geister schienen ihn zu umtanzen. Das Kammeis wuchs in Form von Stäben und Säulen aus dem Boden, weil es das Grundwasser aus dem Boden zog und dabei zum Gefrieren brachte, aber Pitjow sah in diesen Eisgestalten bleiche Finger, die ihn zu ergreifen und in die Erde hinabzuziehen drohten.

Plötzlich blieb er stehen, atemlos vor Erschöpfung, hochrot im Gesicht vom eiligen Laufen. Er wußte jetzt, was er tun mußte, um wieder Frieden zu finden.

»Du schiefmäuliger Schurke!« brüllte er in den tanzenden Nebel hinaus. »Wir werden sehen, wer als letzter lacht!«

Arnando – der es nicht gewöhnt war, in einem feuchtkalten Kerker zu sitzen, auf Stroh zu schlafen und aus einem schmutzigen Napf zu essen – war halb ohnmächtig vor Elend, als der Kerkermeister hereinkam und seine Ketten von der Mauer löste. Mit zitternden Knien stand er auf, wie ihm befohlen wurde, und schleppte rasselnd seine Ketten über den Boden, als er dem Kerkermeister folgte. Seine Augen waren trüb, seine Sinne verwirrt. Er wußte nicht, wohin man ihn brachte, und fragte nicht danach, aber sein Herz hämmerte laut vor Furcht, daß ihm die Qualen der Tortur bevorstehen mochten.

Man führte ihn jedoch nicht auf die Folterbank, sondern in einen Raum mit vergittertem Fenster, in dem ein Mann auf ihn wartete.

Arnando ließ sich apathisch auf die hölzerne Bank –

von einem Stuhl abgesehen das einzige Möbelstück im Raum – sinken und blickte den Mann an. Er war ihm fremd, sicher ein Richter, denn seine Augen brannten, und sein langes Gesicht zeigte einen strengen Ausdruck. Der Kerkermeister verließ den Raum, und nun fragte der Fremde: »Wie ist Euer Name?«

»Ich bin Arnando Udelfo Rochdas von Bürgenblüh aus der Baronie Reichsforst in Garetien.«

»Dann seid Ihr also ein Edelmann?«

Arnando seufzte trübsinnig. »Was nützt mir das? Ich bin ein Fremder in diesem Land.«

Der Mann setzte sich rittlings auf den Stuhl, so daß er die Lehne unter den Armen hatte, und sagte: »Erzählt mir alles, Arnando – von Anfang an.« Seine Stimme klang streng, aber der Blick seiner ungewöhnlichen, glänzenden Augen war nicht unfreundlich.

Arnando, der die Folter fürchtete, begann willig zu sprechen und erzählte ihm alles – wie Oseldas Schönheit ihn betört hatte, den verborgenen Tempel zu betreten, welches Entsetzen er dort empfunden hatte und wie er schließlich willens gewesen war, selbst den Tod in den Flammen zu finden, wenn er nur jenen Greuel auslöschen konnte.

Der Mann hörte ihm mit ernster Aufmerksamkeit zu. Schließlich fragte er: »Nähmt Ihr das auf Euren Eid?«

»Aber natürlich. Nur hört mir hier ja niemand zu!«

»Man wird Euch zuhören«, versprach der Besucher.

Arnando wurde in den Kerker zurückgebracht, aber schon eine Stunde später holte man ihn wieder heraus und führte ihn in eine Zelle, wie sie wohl für Adlige gedacht war. Das Fenster war so eng vergittert wie die Tür, aber das Stroh im Bettkasten war sauber, es gab einen Tisch, an dem er essen konnte, und klares Wasser zum Waschen. Man brachte ihm auch bescheidenes, aber genießbares Essen. Das Unangenehme war nur, daß er mit

Ketten an Händen und Füßen essen und sich waschen mußte.

Es dauerte nicht lange, da erschien sein geheimnisvoller Besucher erneut, diesmal in Begleitung eines Inquisitors und eines niederen Geweihten, der jenem als Schreiber diente, und forderte ihn auf, alles noch einmal zu berichten. Arnando gehorchte, und der Schreiber brachte alles zu Papier. Als er zu Ende gekommen war, fragte der Geweihte ihn streng, ob er seinen Frevel bereue – und der Jüngling, der nichts im Leben je so sehr bereut hatte, fiel aufschluchzend auf die Knie, daß die Ketten klirrten, küßte die Füße des Inquisitors und bejahte.

»Ihr werdet öffentlich Buße tun«, sagte der Mann in dem goldenen Gewand. »Nur so kann die Schuld abgewaschen werden, die Ihr durch Euer törichtes und lüsternes Tun auf Euch geladen habt, und Ihr seid wieder würdig, unter Praios' Antlitz auf Dere zu wandeln.«

Arnando war alles recht.

Rajan Notjes, der greise Geweihte des Boron, fand keinen Schlaf in seiner Zelle. Immer wieder drehte er sich auf seiner Pritsche von einer auf die andere Seite, legte den Kopf auf den Arm, drehte ihn wieder weg. Nichts wollte helfen. Es war, als riefe jemand unablässig seinen Namen – die Stimme eines Menschen in Not. Aber wer konnte das sein? Einmal war er sogar aufgestanden und auf den Flur hinausgetreten, durch dessen Fenster still das Mondlicht floß, aber die Gucklöcher in den Türen, die zu den Zellen führten, waren alle dunkel gewesen. Auch war kein Laut zu hören gewesen.

Aber kaum war er zurück, fing das Rufen wieder an, und nun wurde es ihm langsam zur Gewißheit: Kein lebender Mensch war es, der ihn rief, sondern die Toten, die ihm anvertraut waren. Irgend etwas beunruhigte sie.

Rajan stand von neuem auf, und diesmal zog er sich an, warf einen dicken wollenen Mantel über seine Kutte und schlüpfte in die mit Karenwolle gefütterten Stiefel. Vom Bord nahm er eine Sturmlaterne, deren Schieber er bis auf einen winzigen Schlitz schloß. Dann trat er auf den Flur hinaus und eilte rasch zu der Pforte, die auf den Boronanger hinausführte.

Die eindrucksvollen Gebäude der Stadt des Schweigens erhoben sich vom Mondlicht überronnen hinter ihm, als er in die eisige Nacht hinaustrat. Es war völlig windstill. Das Madamal leuchtete so hell am klaren, sternenfunkelnden Himmel, daß der Geweihte die Laterne kaum gebraucht hätte; und ohnehin hätte er den Weg durch den Boronanger jederzeit auch in der finstersten Nacht gefunden, so vertraut war ihm jeder Schritt. Seit dreißig Jahren kümmerte er sich nun schon um die Toten, tat ihnen die kleinen Dienste, die notwendig waren, wenn das Begräbnis vorbei war: Er befreite ihre Gräber und Schreine mit Hilfe einiger dienender Brüder und Schwestern vom Unkraut, sorgte dafür, daß keine Wühlmäuse und Frettchen den Friedhof heimsuchten, beschnitt die wenigen immergrünen Hecken und kümmerte sich um die Toten, die in seine Totenkammer gebracht wurden. Er kannte nicht die geringste Furcht vor den Dahingeschiedenen. Sie waren für ihn wie Kinder, hilflos und der Pflege durch die Lebenden bedürftig. Wäre er einem Wiedergänger begegnet, so hätte er ihn wahrscheinlich gescholten, wie ein sorgender Vater ein Kind schilt, das nicht zu Bett gehen will.

Er hatte es schon öfter erlebt, daß die Toten unruhig wurden. Boron sei Dank, Grabräuber waren ihm noch nie begegnet – obwohl es ihn nicht gewundert hätte, wenn in diesen schrecklichen Zeitläuften, in denen das Böse überhandnahm, auch solche Unholde aufgetreten wären! Aber einmal hatte er Marder vertreiben müssen, die sich an frischen Gräbern zu schaffen machten, und ein andermal hatte ein nächtlicher Sturm ein paar Familienschreine umgekippt, so daß die Götterstatuen und die Täfelchen mit den Namen der Toten herausgefallen waren.

»Wo?« flüsterte er. »Wo ist es, das euren Frieden stört?«

Augenblicklich schien ihm ein Chor wispernder Stimmen zu antworten, ja es war, als faßten nebelgleiche Hände die seinen und zögen ihn am Gewand weiter. Er schritt, wie von unsichtbaren Helfern geführt, einen der breiten, mit schwarzem Stein gepflasterten Hauptwege entlang, vorbei an den Grabhäuschen reicher Familien und weiter in die Grabreihen, wo die wohlhabenden Bürger von Festum begraben lagen. Dort blieb er stehen. Seine Ohren, die trotz des Alters noch immer scharf waren, hörten ein Geräusch – das schrecklichste Geräusch, das der greise Geweihte sich vorstellen konnte: das Knirschen eines Spatens in der gefrorenen Erde!

Nur mühsam unterdrückte er einen Aufschrei. Mit zitternder Hand öffnete er die Laterne ein wenig weiter und ließ den Lichtstrahl auf den Boden fallen. So schnell wie möglich hastete er vorwärts. Die Stimmen um ihn waren verstummt, aber er meinte ein Geräusch zu hören wie das erregte Atmen vieler Menschen, und er spürte die Hände, die sich an seine Kleider klammerten.

Da zerriß es plötzlich die Luft – ein Schrei, so gräßlich, daß dem Alten der Herzschlag stockte. Er ließ alle Heimlichkeit fahren, dachte nicht daran, daß er unbewaffnet war, sondern empfahl sich dem Schutz seines Herrn und stolperte vorwärts, so schnell ihn die Füße tragen wollten. Jetzt sah er auch schon das Licht einer Laterne, das böse und rötlich in der mondhellen Nacht glühte. Atemlos eilte er darauf zu und wäre beinahe im Halbdunkel über den Mann gestolpert, der quer über den Weg hingestreckt lag.

Rajan riß den Schieber der Laterne auf. Das Licht fiel auf einen Mann in einem Pelzmantel, der tot auf dem

Rücken lag, die faltigen Züge in einem Ausdruck irren Entsetzens verzerrt. Und das Licht fiel auf ein mit Spitzhacke und Spaten aufgerissenes Grab – und auf den steifgefrorenen Leichnam Elkwin Peddersens, der in seinem Totenhemd hingestreckt lag, von der Kälte des Bodens frisch und unversehrt erhalten ... und mit einem hämischen Lächeln auf dem Gesicht.

Am frühen Morgen betrat Orlan Paraiken die übelriechende Totenkammer des Tempels, in der Vater und Sohn Peddersen Seite an Seite auf den marmornen Tischen lagen. Die aufgestörten Boroni hatten in aller Eile die Stadtgarde von dem unerhörten Verbrechen benachrichtigt, und Tolje Panow hatte einen seiner Männer mit einer Nachricht zu Paraiken geschickt. Der Meister war zu Pferd herbeigeeilt, so schnell er konnte. Als Rajan Notjes ihn empfing, fragte er keinen Augenblick nach dem älteren Peddersen, sondern hastete auf den Tisch zu, auf dem Elkwin lag.

Paraiken staunte selbst, wie frisch der gefrorene Leichnam wirkte. Nur um die Augen und Lippen war jener ein wenig bläulich angelaufen, aber sonst weiß wie im Leben. Die Silbermünze steckte noch zwischen seinen Zähnen.

»Könnt Ihr ihn auskleiden, Euer Gnaden?« fragte Paraiken.

»Wozu das?« fragte Rajan, dem es widerstrebte, den so grausam in seiner Ruhe Gestörten noch weiter zu behelligen.

»Ich will die Todeswunde sehen. Seine Frau steht im Verdacht, sie habe ihn mit einem Fleischmesser erstochen, doch mag die Wunde uns etwas anderes sagen. Es ist notwendig«, fügte er bittend hinzu, »damit der Gerechtigkeit Genüge getan wird.«

Rajan gab widerwillig nach. Da der Leichnam sich nicht bewegen ließ, mußte der Geweihte ihm das Totenhemd an Vorderseite und Ärmeln aufschneiden und es herabziehen. Paraiken griff eilig nach der Laterne und rückte sie nahe heran. Augenblicklich zeigte sich ein triumphierendes Lächeln auf seinem Gesicht. Er wandte sich zu dem Büttel um, der ihn benachrichtigt hatte und nun, auf weitere Anordnungen wartend, an der Tür stand, und rief ihm zu: »Sag Hochrichter Panow, es ist, wie ich gedacht habe, und er möge rasch kommen und sich vergewissern – denn ich will ihn selbst zum Zeugen dafür haben, was hier geschehen ist!« Dann wandte er sich tief aufatmend dem Boroni zu. »Dieser Mann«, sagte er, während er die Hand auf Elkwins kalte nackte Schulter legte, »wird Zeugnis ablegen für seine Witwe und gegen den Frevler, der ihn getötet hat. Wie sind die Wege der Götter wunderbar! Dieser« – dabei wies er auf den älteren Peddersen – »gedachte etwas Böses zu tun und hat etwas Gutes getan, denn nun muß die arme Frau freigesprochen werden.«

Tineke konnte es kaum fassen, als Orlan Paraiken ihr erzählte, was geschehen war. Es hatte noch einige Aufregung in der Totenkammer gegeben – erst war Tolje Panow gekommen, dann hatte man einen Kapitän geholt und schließlich einen Richter und einen Schreiber, der zu Protokoll nahm, was die Männer gesehen hatten. Jedem, der die Wunde betrachtete, war es klar, daß das kein Fleischmesser getan haben konnte, sondern eine schmale und sehr lange Klinge. Panow war verblüfft gewesen, als er hörte, daß Tineke am Leben war und bei Paraiken und seinem Freund wohnte, er hatte dem Meister sogar Vorwürfe gemacht, weil dieser ihn nicht früher benachrichtigt hatte, aber keine allzu heftigen, denn seine Leichtgläubigkeit war ihm selbst peinlich. »Welch ein Esel war ich doch!« hatte er gesagt. »Aber wer sollte auch denken, daß das Messer, das blutverschmiert neben dem Toten lag, nicht auch dasselbe war wie jenes, das die Wunde verursachte? Wie kann ein Mensch so falsch und so verlogen sein?« hatte er mit einem Blick auf den alten Peddersen hinzugefügt.

Jasper Hollerow, der dem Gespräch zwischen seinem Freund und Tineke gelauscht hatte, ergriff mit väterlicher Zärtlichkeit die Hand der jungen Frau. »Nun braucht Ihr keine Furcht mehr zu haben, liebe Tineke«, sagte er.

Sie neigte den Kopf. Es war soviel Schreckliches geschehen, daß sie kaum noch wußte, wie sie das alles ertragen sollte – erst die unerhörten Vorfälle im *Lachenden Henker* und nun noch dieser Angriff auf die Totenruhe ihres Mannes! Sie seufzte und sprach: »Ich sollte so nicht denken, es ist so hartherzig – aber ich bin froh, daß Pitjow tot ist. Ich hatte schreckliche Angst vor ihm. Man wird ihn nun wohl neben Elkwin begraben?«

»Nein«, sagte Paraiken. »Da man ihm ein so schreckliches Verbrechen wie die Grabschändung vorwirft, haben die Boroni sich geweigert, seinen Leichnam auf ihrem Anger begraben zu lassen. Der Richter verfügte, daß er auf dem Markplatz an einen Galgen gehängt und dort verbrannt werden soll.«

Tineke preßte die Hand auf den Mund. »Ich will nicht hingehen und das mitansehen«, stammelte sie.

»Natürlich nicht.« Paraiken legte beruhigend eine Hand auf ihre zarte Schulter. »Ihr bleibt hier und erholt Euch von all dem Bösen, das Euch widerfahren ist. Und nun kommt, wir wollen heißen Tee mit Meskinnes trinken, um die Kälte zu vertreiben.«

Sie saßen noch beisammen, bis die frühe Dunkelheit des Firunstages hereinbrach, dann begab Tineke sich in die Kammer in der Wohnung von Paraikens Schwester,

Jungfer Dorlin, in der sie seit ihrer Flucht wohnte. Die Kerze in der Hand, tappte sie den stockdunklen Flur entlang und öffnete die Tür. Sie mochte das Kämmerchen mit seiner bescheidenen Einrichtung aus Lärchenholz und dem rot-weißen Rupfenteppich und freute sich darauf, sich dort zur Nachtruhe zu begeben.

Als sie die Tür öffnete, fühlte sie, daß der Raum dahinter ungewöhnlich kalt war. Erstaunt schob sie die Tür auf – und blickte in das Gesicht ihres ermordeten Gatten.

Mit einem Aufschrei ließ sie die Kerze fallen, so daß diese erlosch, aber sie sah ihn dennoch deutlich in einem grünlichen Schein, als ströme er selbst ein Licht aus. Er stand mitten im Zimmer, in einem weißen Totenhemd, das ihn von den Schultern bis zu den bloßen Füßen bedeckte, und hielt eine Lotosblüte in der Hand. Am meisten aber erstaunte Tineke, daß sein Gesicht ganz heil war – keine Spur einer Narbe war zu sehen, und sein böses Grinsen war einem Ausdruck tiefen Friedens gewichen.

Er sagte mit einer Stimme, die wie von fernher an ihr Ohr drang: »Mir bleibt noch eins zu tun, Tineke, ehe meine Seele ihre Fesseln abstreifen darf. Geh in den Keller des *Lachenden Henkers* und suche dort einen Raum, in dem nichts als ein alter Schrank steht. Wenn du auf den Schnörkel an seiner rechten Seite drückst, so schwingt der Schrank beiseite und gibt den Eingang einer Kammer frei. Darin wirst du die Truhen mit meines Vaters Geld und Gold finden. Nimm nichts davon! Es ist Blutgeld. Gib es dem Spital der Therbuniten. Sie sollen es weihen lassen. Wenn es den Armen und Bresthaften zugute kommt, so ist der Fluch davon genommen.«

»Ja«, stammelte sie. Unwillkürlich hatte sie die Hand nach ihm ausgestreckt, aber ihre Finger berührten nur leere Luft.

»Tu das für mich«, bat er. »Dann wird Boron mich vergessen lassen, wer ich war und was ich getan habe.« Er seufzte sehnsüchtig. »Endlich vergessen!«

»Ja, ich will es tun«, versprach sie hastig. »Aber Elkwin – wie hübsch dein Gesicht ist …«

Er lächelte sie an, und dann war er plötzlich verschwunden. Sie stand allein in dem dunklen Raum.

Arnando Rochdas mußte für seinen Leichtsinn und seine Lüsternheit harte Buße tun. Dem Urteil des Inquisitors gemäß wurde er auf einen Karren gesetzt, mit gebundenen Händen und mit einer spitzen Papiermütze auf dem Kopf. So wurde er in Festum herumgefahren, und er konnte noch von Glück sagen, daß man ihm angesichts der harten Witterung erspart hatte, seine Buße im Hemd abzuleisten. Nach dieser Schandfahrt – bei der er weidlich Pfiffe und Schmährufe einstecken mußte – wurde er auf dem Hohen Markt auf ein Gerüst geführt. Dort mußte er öffentlich allem Unglauben und aller Lästerung abschwören und dann, nachdem der Geweihte ihm seinen Segen erteilt hatte, dem Praios opfern.

An härtesten aber traf ihn, daß er nach seinem Schwur an Ort und Stelle aus der Stadt verbannt wurde. Man setzte ihn, wie er war, in das nächstbeste Schiff, das Festum verließ, und befahl ihm, sich nie wieder im Bornland blicken zu lassen. Nicht einmal von Catka durfte er sich verabschieden, obwohl er sie unter den Zuschauern in der ersten Reihe erblickt hatte, die tränenfeuchten Augen auf ihn gerichtet. Nur ein Trost blieb ihm: Das Schiff, mit dem er reisen mußte, war kein Südländer, sondern eine Karracke mit Zielhafen Perricum. Arnando fand, daß er für eine ganze Weile genug vom Ausland gesehen hatte – und reiche Witwen gab es schließlich auch in Garetien.

Die Aussage des jungen Mittelreichers hatte dazu geführt, daß die Adligen, die an der Schandtat beteiligt gewesen waren, allesamt schuldig gesprochen wurden. Sie wurden zum Tod durch das Schwert verurteilt – ein milder Tod angesichts der Schwere ihrer Verbrechen –, aber weiter hatten die Richter der Adelsversammlung nicht gehen wollen. An einem Tag Ende Firun wurden die Bürger unter den Verurteilten auf dem Zwielichtberg gehängt, am nächsten die Adligen mit dem Schwert gerichtet. Sie sollten auf einem Stuhl sitzend geköpft werden, eine Hinrichtungsart, die als Privileg für hochrangige Delinquenten galt, da sie einen besonders kundigen Scharfrichter erforderte.

Oselda Harden erregte großes Aufsehen bei ihrer Hinrichtung. Sie hatte sich das Privileg erbeten, ihr schönstes Kleid anlegen zu dürfen, und als sie aus der Trauerkutsche stieg, die sie, wie die anderen vornehmen Delinquenten auch, zum Blutgerüst gebracht hatte, ging ein *Aah* und *Ooh* durch die Menge der Gaffer. Sie sah hinreißend lieblich aus mit ihrem blondlockigen Haar, auf dem sie ein Spitzenhäubchen trug, und dem rosenfarbenen Kleid, das eine Schleppe hinter sich herzog, und so manchem Mann unter den Zuschauern schlug das Herz im Widerstreit der Gefühle zwischen Entzücken und Abscheu. Oselda bat mit klingendem Stimmchen, als erste gerichtet zu werden, und auch diese Bitte wurde ihr gewährt. Sie ging mit leichten Schritten über die rot gestrichenen Bretter und setzte sich, die gefesselten Hände zierlich im Schoß gefaltet, auf den schweren eichenen Stuhl, der mitten auf dem Schafott stand. Sie lehnte es ab, sich die Augen verbinden zu lassen. Sie lächelte, als der Henker hinter sie trat, und als ihr Kopf zu Boden rollte, lächelte sie immer noch.

Danjow Salderkeim folgte ihr. Als der Gehilfe des Henkers ihn auf den Stuhl zuschob, gehorchte er achselzuckend, setzte sich hin und schloß die Augen, als langweile ihn selbst der Tod. Er starb ohne erkennbare Regung.

Tineke ging nicht zu den Hinrichtungen, die die ganze Stadt beschäftigten. Es gab nur einen Mann, den Tineke sterben sehen wollte: Coljew Schimjontken.

Aber gerade jener war spurlos verschwunden. Obwohl sein Steckbrief unübersehbar an der Kopfgeldmauer hing und ein Kopfgeld von zweihundert Batzen auf ihn ausgesetzt war, wollte ihn niemand gesehen haben. Niemand wußte, wo er sich versteckt haben könnte. Es war gewiß, daß kein anderer Adliger, ja nicht einmal seine Familie ihn verborgen hielt, denn niemand hätte gewagt, angesichts so schwerer Verbrechen gegen die Gefilde von Alveran dem Mörder Zuflucht zu gewähren. Einige Leute nahmen an, daß es ihm gelungen war, unerkannt auf einem Schiff zu entfliehen, und daß er in den Süden gelangt war, nach Maraskan, wo man für seinesgleichen zweifellos Verwendung hatte.

Orlan Paraiken jedoch gab die Suche nach ihm nicht auf und entsandte seine Straßenjungen in alle Teile der Stadt, damit sie für ihn spionierten. Er gab ihnen aber noch einen anderen Auftrag, und so kam es, daß Tineke eine Überraschung erlebte.

Tineke hatte getan, was ihr toter Gatte von ihr gefordert hatte. Es war eine greuliche Aufgabe gewesen, in die nach Brand stinkenden Gewölbe hinabzusteigen und die geheime Schatzkammer zu suchen, aber Paraiken und Hollerow hatten sie begleitet und ihr geholfen, die Truhen voller Münzen zu den Therbuniten zu bringen. Diese hatten es, als sie seine Herkunft und die ungewöhnlichen Umstände seiner Entdeckung erfuhren, augenblicklich weihen und segnen lassen und versprochen, sie zur Gänze für die Kranken und Bresthaften zu verwenden, um den Fluch davon zu nehmen. Wie Elkwin ihr geboten hatte, hatte Tineke keinen Heller davon angerührt, obwohl sie nun wieder eine bitterarme Frau war.

Da Pitjow Peddersen als Verbrecher gestorben war, fiel sein Eigentum an die Stadt, die das Wirtshaus *Zum Lachenden Henker* erst einmal schloß. Die Fenster und die Türen wurden vernagelt, bis man sicher sein konnte, daß der Fall völlig gelöst war, dann sollte die Schenke an den Meistbietenden verpachtet werden. Tineke blieb nichts davon. Aber lieber wollte sie sich ihr Brot als Magd verdienen, als das Geld anzurühren, das Pitjow mit den Tränen, ja dem Blut unschuldiger Mädchen verdient hatte!

Und noch etwas beschäftigte sie. Die Übernachtungsgäste des Wirtshauses waren – soweit sie nicht von selbst ausgezogen waren – auf die Straße gesetzt worden, als die Verbrechen ruchbar wurden, und damit war auch Catka spurlos verschwunden. Ausgerechnet jetzt, da sie beide füreinander frei waren, Elkwin tot war und Arnando das Bornland verlassen hatte – jetzt, da sie beide am bedürftigsten waren und beide die herzliche Freundschaft einer Schwester gebraucht hätten!

In einer vertraulichen Stunde am Kaminfeuer hatte Tineke Jasper Hollerow eingestanden, warum es so besonders freudlos für sie gewesen war, Elkwin zu Willen zu sein. Sie hatte ihm von der Geweihten Dulja erzählt und auch von der schönen Moha, die ihr Herz gefangengenommen hatte. »Aber erzählt niemandem davon – es ist eine Herzenssache«, hatte sie ihn gebeten, nicht wissend, daß Jasper unfähig war, irgend etwas vor den wachen Augen und scharfen Sinnen seines Gefährten zu verbergen.

Tineke wollte nicht auf Kosten der beiden Männer leben, also machte sie sich im Haus nützlich, wo es nur möglich war, half Orlans Schwester Dorlin und bediente die beiden, wenn sie zusammen saßen und über ihre Abenteuer sprachen. An einem düsteren Abend kurz vor Anbruch des Tsa saß sie mit Jasper Hollerow in der Studierstube und erwartete die Ankunft Meister Paraikens, der den ganzen eisigen Tag lang in Geschäften unterwegs gewesen war. Es war, als wolle Firun noch einmal seine grimmige Macht zeigen, ehe die alles erneuernde Tsa ihn vertrieb. Der Abend war bitterkalt, der Himmel von einem finsteren Tintenblau, ein grausamer Wind heulte durch die Straßen. Tineke schnitt den Kuchen auf, den sie gebacken hatte, und reichte Jasper auf einem Silbertablett ein Stück Kuchen und einen Becher mit heißem Tee, in den sie eine kräftige Portion Meskinnes gekippt hatte. »Da, Herr Kapitän«, sagte sie freundlich. »Das wird Euch wärmen bis ins Herz!«

»Mein gutes Mädchen!« lobte er sie zärtlich. Tineke wußte, daß seine ganze Liebe Orlan Paraiken galt, aber er war immer sehr freundlich zu ihr, und sie liebte sein gutmütige Art, sein breites Lächeln unter dem Schnauzbart, den kräftigen Druck seiner warmen Hand.

»Wo wohl der Meister bleibt?« fuhr sie fort. »Er muß ja halb erfroren sein bei diesem Wetter!«

Aber in dem Augenblick hörten sie auch schon, wie die Haustür aufgeschlossen wurde und gleich darauf Schritte die Treppe heraufkamen. Jasper lauschte stirnrunzelnd. »Er bringt jemanden mit. Wer mag das sein? Ein Klient?«

Als Paraiken dann in die Stube trat, war der Jemand, der ihn begleitete, immer noch nicht zu erkennen. Es schien überhaupt kein menschliches Wesen zu sein, sondern ein brauner Kegel aus verschiedenen Schichten wollenen Umschlagtuchs, die alle übereinander gewickelt waren. Selbst das Gesicht war bis über die Nasenspitze vermummt. Tineke riß verblüfft die Augen auf, als dieser Kegel auf sie zustolperte und die Arme ausbreitete – aber dann erkannte sie die leicht schräggestellten schwarzen Augen wieder!

»Catka!« schrie sie auf, so überwältigt, daß sie sich setzen mußte, wobei sie die Moha mit sich zog. Die fiel vor ihr auf die Knie und barg den Kopf in ihrem Schoß. Tränen befeuchteten Tinekes Hände.

Die junge Frau hob den fassungslosen Blick. »Meister Paraiken! Wie habt Ihr -?«

»Meine Straßenjungen haben sie gefunden«, antwortete er lächelnd. »Und es war gar nicht so schwierig – eine Norbardin wäre in Festum weitaus schwerer zu finden gewesen als eine Moha! Ich dachte mir gleich, daß sie sich nicht weit entfernen würde, da sie sich ja in der Stadt nicht auskennt, und wirklich, die Jungen fanden sie bei einer Witwe, die ihr für ein paar Heller Unterschlupf gewährt hatte. Sie war schon vollends verzweifelt, als ich zu ihr kam und ihr sagte, daß Ihr sie gerne sähet.«

Tineke blickte heftig errötend Jasper Hollerow an. »Ihr habt ihm weitererzählt, was ich Euch anvertraute!«

»Und das war gut so«, gab er ohne eine Spur von Reue zu, »sonst säße das arme Kind immer noch im Hinterzimmer einer Witwe, und Ihr wärt einsam und traurig, weil – nun, nun! Hört auf zu weinen, es ist ja alles gut! Gebt ihr lieber etwas Heißes zu trinken!«

Ein Gläschen Tee mit Meskinnes und das fröhlich prasselnde Kaminfeuer bewogen Catka schließlich, sich aus ihren wollenen Hüllen zu befreien. Dicht ans Feuer gedrückt saß sie in ihrem langen roten Kleid da und rieb sich die Hände.

Tineke konnte den Blick nicht von ihr abwenden. Wie schön sie war, trotz der Spuren, die Sorge und Not in ihr Gesicht gezeichnet hatten! Wie ihr blauschwarzes Haar im Feuerschein glänzte, wie ihre Augen schimmerten wie schwarze Perlen! Eine Welle heißen Verlangens durchrieselte Tineke, sie fühlte, wie ihr Schoß feuchtwarm erblühte und das Blut in ihren Schläfen brauste. Am liebsten wäre sie aufgesprungen und hätte das Mädchen an Ort und Stelle in die Arme gezogen, sich mit ihr unter einer Bettdecke verkrochen, sie vom Scheitel bis zur Sohle geküßt und liebkost! Und wie die Moha ihren Blick erwiderte! Wie dunkles Feuer glomm es in ihren Augen, zarte Röte malte sich auf ihren vorspringenden Wangenknochen. Ihre Brust bebte sichtbar unter dem Mieder.

Orlan Paraiken, der sie aufmerksam beobachtet hatte, griff nach der Klingelschnur und zog daran. »Ihr Damen«, sagte er, »der einzige Ort, wo ihr beide jetzt hingehört, ist der Tempel der Rahja. Legt eure Mäntel an, rasch! Eine Kutsche wird euch hinbringen, damit die zarte Orchidee hier nicht zu Eis gefriert, ehe ihr noch dort seid!«

Coljew Schimjontken saß, in eine Wolldecke gewickelt, in einer schäbigen, ungeheizten Dachkammer im Diebeswerder und grübelte vor sich hin. Wer ihn sah, hätte ihn nicht wiedererkannt. Sein Haar war mit Rußöl gefärbt und wie das eines Seemanns zu einem öligen Zopf geflochten, sein Gesicht und seine Hände mit einem Absud aus Nußschalen dunkel gefärbt – nur die blaugrünen Augen verrieten noch, daß er kein Südländer war. Trotzdem fühlte er sich nicht sicher.

Er hatte nie damit gerechnet, daß sein verbrecherisches Tun eines Tages aufflöge. Er hatte sich völlig darauf verlassen, daß der geheime Tempel unauffindbar sei und die Drohung mit der Heimsuchung durch den Laraan jeden Festgenossen davon abhalte, zum Verräter zu werden. Und nun war es doch geschehen!

Nur seine raubtierhafte Schnelligkeit und List hatten ihn davor bewahrt, mit den anderen gefangen zu werden. Auf finsteren Irrwegen war er durch die Kellerlöcher geflohen, blindlings um sich tastend von einer Öffnung zur anderen gestolpert, weg von dem Licht und dem Lärm der Büttel, bis er sich weit genug von dem Tumult entfernt wähnte. In tiefer Finsternis kauernd, hatte er die Nacht verbracht und war dann, als da und dort ein grauer Schimmer durch die Luken drang, in einer weit vom *Lachenden Henker* entfernten Gasse wieder ans Tageslicht gekommen.

Den nächstbesten Mann, der ihm dort vor die Füße lief, hatte er niedergeschlagen und ihm den Mantel von den Schultern gerissen. So vermummt, war er durch die Straßen geeilt, bis er den Diebeswerder erreichte. Er wußte freilich, daß er hier auf Dauer nicht in Sicherheit war. Jetzt, da die Frevel bekannt geworden waren, würde man ein Kopfgeld auf ihn aussetzen, und die Bewohner des Diebeswerders hatten ihm zwar ihren Schutz gewährt, aber sie waren keine zuverlässigen Freunde, wenn es um Geld ging, und schon gar nicht, wenn ein Fremder und kein Bandenmitglied sich bei ihnen versteckte. Sobald sie herausfänden, wer er wirklich war – er hatte ihnen einen Sack voll Lügen aufgetischt –, würde ihn jemand verraten. Er mußte weg von hier, zurück in seine eigene Welt.

Aber wohin? Nicht einmal seine eigene Familie wäre bereit, ihm Schutz zu gewähren, ganz zu schweigen von seinen ›Freunden‹, die nie etwas anderes gewesen waren als die Gespielen seiner wüsten Feste. Er hatte zwar seinen Beutel gerettet, als er aus dem Tempel geflohen war, aber das Geld schmolz rasch dahin. Er brauchte Nachschub. Er brauchte frische Kleider – seit einer Woche trug er jetzt dasselbe Hemd, das allmählich duglumsmäßig stand. Und er hatte, was ihn ebenfalls quälte, schon des längeren kein Rauschkraut mehr genossen, obwohl er jetzt mehr denn je eine Pfeife gebraucht hätte, um seine Stimmung zu verbessern.

Wie die meisten Mörder war Coljew ein Feigling. So herzlos er war, wenn es darum ging, anderen Schmerz zu bereiten, so wehleidig wurde er, wenn ihn selbst nur die geringste Unbequemlichkeit traf. Er fluchte über das kalte Kämmerchen, in das man ihn gesteckt hatte, das miserable Essen, den billigen Schnaps, mit dem er sich zu wärmen und zu ermuntern versuchte. Daß man ihn tatsächlich fassen und in den Kerker werfen, ja hinrichten würde, daran konnte er nicht einmal denken, ohne daß er erbleichte und ihm die Augen aus den Höhlen zu treten drohten. Schon bei dem Gedanken an das Schafott schlotterte er am ganzen Körper vor Angst. Nein, er mußte entfliehen – aber wie und wohin?

Und noch ein anderer Gedanke beschäftigte ihn. Die Wirtsleute der üblen Kneipe, in der er untergekrochen war, hatten ihm erzählt, was im *Lachenden Henker* geschehen war, nicht wissend, daß er den größten Teil der Ereignisse bereits kannte. Sie hatten ihm auch erzählt, wer es gewesen war, der den Frevel aufgedeckt hatte. Coljew kannte den Namen Orlan Paraiken, wie jeder gebildete Festumer ihn kannte. »Orlan Schnüffelnase!« knurrte er vor sich hin. »Orlan Geht-Euch-einen-Dreck-an! Ihr wart es, der mir die Suppe versalzen hat! Das soll Euch noch teuer zu stehen kommen ...« Aber bevor er sich weiter in Racheplänen ergehen konnte, mußte er in Sicherheit sein!

Er hatte daran gedacht, auf einem Schiff anzuheuern, den Gedanken aber wieder beiseite geschoben. Man hätte rasch erkannt, daß er nicht zum Seemann geboren war; schließlich bereitete ihm schon eine Fahrt mit der Bornfähre Unbehagen. Um als Passagier an Bord zu gehen, hatte er nicht mehr genug Geld. Woher sollte er welches bekommen? Er hätte weder vor Raub noch vor Mord zurückgeschreckt, aber feige, wie er war, hatte er Angst, einen Passanten zu überfallen – es mochte ja sein, daß er an einen Stärkeren geriet!

Da kam ihm ein Gedanke. Er schlug sich an die Stirn. Daß ihm das nicht früher eingefallen war! Er hatte einen alten Verwandten, seinen Onkel Alwin Schimjontken, der sich wegen seines Geizes mit seiner Familie überworfen hatte und mutterseelenallein, selbst ohne einen Diener – ein Diener verlangte schließlich Lohn! – in einer riesigen Wohnung in seinem ererbten Haus lebte. Das einzige, was ihn beschäftigte, waren seine Kisten voll Geld. Coljew konnte sicher sein, daß Onkel Alwin nichts von den Ereignissen gehört hatte, die die ganze Stadt beschäftigten. Kein Mensch kümmerte sich um den boshaften Sonderling, ja man vermied es ängstlich, ihm vor die Füße zu laufen. Bei ihm konnte Coljew wohnen, dort gab es Geld genug.

Natürlich würde der alte Mann es ihm nicht freiwillig geben, aber dieses Hindernis ließ sich überwinden ...

Einen Tag später ging es Coljew schon beträchtlich besser. Er bewohnte eine weitläufige, zwar dicht eingestaubte und nach Schimmel riechende, aber immerhin noch sehr prächtige Wohnung in einem alleinstehenden Haus, und er hatte jede Menge Geld. Das einzige Problem, das er noch loswerden mußte, war der Leichnam des alten Alwin, der mit eingeschlagenem Schädel unter einem Berg Kissen und Decken in seinem Schlafzimmer lag.

Der Mord war geradezu lächerlich einfach gewesen. Coljew war als Seemann verkleidet zu ihm gegangen, hatte sich als Perlenmeer-Fahrer vorgestellt, der ein wertvolles tulamidisches Geschmeide weit unter Preis verkaufen wollte, und war prompt eingelassen worden. Danach war ihm nichts weiter zu tun geblieben, als den bleiernen Totschläger – den er mit seinem letzten Batzen dem Wirt im Diebeswerder abgekauft hatte – auf den Hinterkopf des Alten niedersausen zu lassen und den Schwerverletzten ihn in das abgelegenste Zimmer zu schleppen. Dort ließ er ihn sterben, ohne sich weiter um ihn zu kümmern.

Jetzt machte er es sich in der Wohnung gemütlich. Alwin hatte zwar auch mit dem Essen geknausert, aber

immerhin hatte auch *er* satt werden müssen. Im Speise-
schrank gab es Dörrwurst, Käse und einen Laib Brot,
dazu einen Topf Suppe. Nur nach Schnaps suchte Coljew vergebens, aber das machte nichts. Er hatte jetzt
Geld genug, um sich jeden Wunsch erfüllen zu können.
Er war tief vermummt aus dem Haus geschlichen und
hatte in einer weit entfernten Krämerei einige Flaschen
Meskinnes gekauft. Dann hatte er – da er kein Holz in
der Schütte beim Kamin fand – einen Hocker zerschla-
gen und in das Feuerloch gesteckt. Als er bei einem
lustig prasselnden Feuer am Kamin saß, eine Flasche
Meskinnes vor sich, störte ihn nicht einmal mehr der
Leichnam des alten Mannes. Um den würde er sich
irgendwann in den nächsten Tagen kümmern. Im Augenblick war es nur wichtig, daß er sich in Sicherheit
befand.

Woher hätte Coljew wissen sollen, wie unerhört es war,
daß sich plötzlich brauner Rauch über dem Rauchfang
des Hauses kräuselte? Die ersten Nachbarn blieben stehen und staunten, dann machten sie weitere Vorüberge-
hende auf sich aufmerksam, die ebenfalls stehenblieben,
und endlich kam man zu dem Schluß, daß etwas Unerhörtes geschehen sein mußte, denn Alwin Schimjontken
wäre lieber erfroren, als Geld für Feuerholz auszugeben.
Entweder war dieser Rauch das erste Anzeichen für
einen Brand im Haus oder jemand anderer wohnte dort.
Aber hatte man den Greis nicht noch vor zwei Tagen mit
seinem spärlich gefüllten Einkaufskorb durch den
Schnee tappen sehen? Es dauerte nicht lange, da wurde
an die Tür gepocht – und Coljew machte den Fehler, daß
er nicht öffnete. Zu Tode erschrocken floh er bei diesem
Pochen die Treppe hinauf und versteckte sich auf dem
Speicher.
   Die Nachbarn hatten aber gesehen, daß Licht brannte,
und als alles Pochen und Klopfen nichts nützte, drangen

sie mit Gewalt ins Haus ein. Sie, die Alwin gut gekannt hatten, sahen nun sofort, daß ein Fremder da gewesen war, denn drei Flaschen Meskinnes hätte der alte Geizkragen niemals gekauft! Sie durchsuchten das Haus, fanden den Erschlagenen in seinem Schlafzimmer und nicht lange danach auch seinen Mörder. Coljew, der sah, daß es kein Entkommen mehr gab, gestand ein, wer er wirklich war.

Im Bornland war man es gewöhnt, rasch Recht zu sprechen – und es auch rasch zu vollstrecken –, und so trat drei Tage nach Coljew Schimjontkens Verhaftung das Adelsgericht zusammen, um über ihn zu urteilen. Das Gericht tagte in einem der feierlichen Säle im Haus des Adelsmarschalls. Unter den vergoldeten Ornamenten der Kassettendecke hatten sich die zwölf Adligen versammelt, die – als irdische Vertreter der Zwölfgötter – Recht sprechen sollten. Coljew Schimjontken saß ihnen gegenüber auf einem besonderen Stuhl, ungefesselt und in vornehmer Kleidung, aber bewacht von zwei Soldaten. Im Hintergrund waren Stuhlreihen für die Zuschauer aufgestellt, darunter ein prächtiger Sessel für die Wahrerin der Ordnung.

Orlan Paraiken war als Zeuge geladen. Er machte, wie auch in den früheren Fällen, seine Aussage, berichtete von Elkwin Peddersens Geständnis und von seinen eigenen Beobachtungen. Coljew versuchte immer wieder, ihn zu unterbrechen, verhöhnte und beschimpfte ihn, so daß die Richter ihn wiederholt zur Ruhe mahnen mußten und ihm schließlich drohten, in Abwesenheit über ihn zu urteilen. Das brachte ihn eine Weile zum Schweigen, aber als Paraiken von den Blutopfern sprach, schrie er wieder dazwischen: »Dafür habt Ihr keine Beweise!«

Der Meister starrte ihn aus brennenden Augen an. Mit

einer Stimme, die den Saal aufhorchen und Coljew erbleichen ließ, rief er: »Ich habe eine Zeugin, die gegen Euch aussagen wird!« Er gab ein Zeichen zur Tür hin.

Die Doppelflügel öffneten sich, und zwei Boroni in schwarzen Kutten traten ein, die eine mannslange Holzkiste trugen. Auf Orlan Paraikens Bitte hin wurde die Kiste auf zwei Stühle gestellt und ihre Seitenteile heruntergeklappt.

Ein allgemeiner Aufschrei ging durch den Saal. Auf den Brettern lag lang ausgestreckt der Leichnam einer Frau, der der Kopf und die rechte Hand fehlten. Die Kunst der Boroni hatte die Leiche so präpariert, daß sie nur wenig anders aussah als an dem Tag, da man sie aus dem Hafenbecken gezogen hatte.

»Dies«, erklärte Orlan Paraiken und richtete seinen harten Blick auf Coljew, der wie gelähmt auf seinem Stuhl saß, »ist Dotta Halkensdottir, eine Magd aus dem *Lachenden Henker*, die als Opfer für einen Dämon ermordet wurde, und sie wird uns sagen, wer sie festgehalten hat, als ihr der Kopf abgeschlagen wurde.«

»Sie kann nicht mehr reden!« kreischte Coljew. »Sie ist tot!«

»Und dennoch kann sie reden!« rief Orlan Paraiken mit Donnerstimme aus. Er zog die geschliffene Linse aus seiner Tasche.

»Ihr Herren, beseht Euch mit dieser Linse die Oberarme der Toten! Ihr werdet dunkle Flecken daran finden, wo harte Finger sie gehalten haben. Und Ihr werdet sehen, daß niemandes Hand zu diesen Flecken paßt als allein die des Angeklagten!«

Die Richter sprangen auf. Einer nach dem anderen betrachteten durch das Glas die Oberarme der toten Frau, einer nach dem anderen legte zögernd seine Hand auf die bläulichen Male, doch keinem gelang es, den muskulösen Oberarm so zu umspannen, daß die Finger einander berührten. »Das muß eine sehr lange Hand gewe sen sein«, stellte schließlich einer fest. »Unsere Finger sind allesamt zu kurz.«

»Zweifellos«, bestätigte Orlan Paraiken. »Und nun seht Euch die Hände des Angeklagten an! Hat er nicht so lange Finger, als besäßen sie ein viertes Glied?«

»Kommt her, Coljew«, befahl nach einer Weile des Schweigens einer der Richter, »und legt Eure Hände in diese Spuren!«

Aber der Schurke saß wie angeschmiedet da, kreidebleich bis zu den Lippen, und stierte die schreckliche Zeugin an. Endlich öffnete er den Mund, um zu sprechen, aber was herausdrang, war eher ein Quäken. »Verfluchtes Weib!« stieß er hervor. »Daß wir dir die Arme auch abgehackt hätten!«

Und er legte ein Geständnis ab.

»So können wir diesen Fall als gelöst betrachten.« Orlan Paraiken hob sein Weinglas und trank seinen Gästen zu, die mit ihm im Haus zum Hirschen bei einem köstlichen Abendessen saßen. Ein Feuer brannte im Kamin, der Schein mehrerer Kerzen in silbernen Leuchtern erfüllte den Raum mit bernsteinfarbenem Schimmer. »Der Schurke wird seiner gerechten Strafe nicht mehr entgehen, und alle offenen Fragen sind geklärt. Wir können uns anderen Dingen zuwenden, Jasper. Was hältst du von der Dame, die uns jene merkwürdige Geschichte von einem Hund und einem Peraine-Amulett erzählte?«

»Oh, aber heute abend nicht mehr, Meister Paraiken!« rief Tineke schmollend. »Erst müßt Ihr mit uns feiern, dann dürft Ihr Euch dem nächsten Fall zuwenden!«

»Die beiden Schönen haben recht, Orlan«, stimmte Jasper mit ein. »Genieß das Abendessen, das uns die gute Frau Dorte aufgetischt hat, und genieß vor allem die Gesellschaft dieser beiden bezaubernden Damen.«

Orlan seufzte. »Du weißt, mein lieber Hollerow, mein Geist ist nicht dazu gemacht, daß er sich ausruht und genießt. Ich werde krank, wenn kein vertracktes Problem meine Sinne beschäftigt. Dieses hier war allzu einfach zu lösen.«

»Das ist nicht wahr!« rief Tineke entrüstet. »Kein anderer hätte es lösen können als Ihr!«

»Ah, pah! Ja, wenn ich da an den Fall mit dem Schwarzen Siegel denke – oder an das unerhörte Erlebnis des Peraine-Geweihten – oder an jenes verruchte Haus am Zwielichtberg, in dem es so unerklärlich stark nach Bosparanjen roch ... Ja, das waren wirklich verzwickte Fälle!«

»Erzählt uns einen davon!« bat die Moha, die wie immer am nächsten beim Feuer saß und sich reichlich am Bornländer Met wärmte.

Aber Paraiken wehrte ab. »Nein, ich bin kein guter Erzähler. Wenn einer über meine bescheidenen Abenteuer berichtet, so ist es mein guter Freund Jasper Hollerow. Er ist mein Schreiber und Chronist. Er vergißt zwar immer, alles wirklich Bemerkenswerte zu berichten, und verweilt dafür lang und breit bei allerlei romantischem Drumherum, das mit der Geschichte eigentlich gar nichts zu tun hat ... aber die Leute hören so etwas gern. Sicher wird er viel mehr über eure Liebe schreiben als über die wissenschaftlich wichtigen Dinge.«

Die beiden Frauen lachten, dann neigten sie sich einander zu und tauschten einen zärtlichen Kuß. Als sie sich wieder voneinander lösten, fragte Tineke: »Wie kommt es, Meister Paraiken, daß Ihr den Menschen so wertvolle Hilfe angedeihen laßt – und das umsonst? Es scheint mir, daß niemand in Festum etwas umsonst tut, nicht einmal die Magier und die Geweihten. Habt Ihr ein Gelübde getan?«

Ein Schatten trüber Erinnerungen überzog das Gesicht des Meisters. »Ja, Tineke. Und da Ihr selbst so bitteres Unglück erlebt habt, werdet Ihr verstehen, wie das Unglück mich zu jenem machte, der ich bin. Meine Eltern, die ich über alles liebte, fanden ein schreckliches und unerklärliches Ende, als ich selbst noch ein kleiner Knabe war. Niemand vermochte zu enträtseln, wie es geschehen war, und man fand keinen Schuldigen. Bis heute ist das Geheimnis um ihren Tod ungelöst.«

»Nicht einmal Ihr mit Eurem Scharfsinn konntet es aufklären?« fragte Catka ungläubig.

»Nein, leider nicht. Bis heute ist es mir nicht gelungen – und doch will ich die Hoffnung nicht aufgeben, daß es mir eines Tages doch noch gelingt, die Lösung zu finden, und daß mein Geist dann die Ruhe findet, nach der er sich vergeblich sehnt. Vielleicht wird es eines Tages mein letztes Abenteuer sein, dieses Rätsel zu ergründen – mein größter Triumph und zugleich mein Tod.«

Eine tiefe Stille breitete sich über den Raum, als er mit feierlicher Stimme diese Worte sprach. Eine Weile hörte man nichts als das Knacken der Scheite im Feuer und das leise Zischen der Kerzendochte. Dann hob Jasper sein Glas. »Nun«, sagte er mit fröhlicher Stimme, »der Fall des *Lachenden Henkers* immerhin ist gelöst, und darauf wollen wir trinken!«

Coljew Schimtjontken starb als Feigling. Er, der den Mord an sechs Frauen anbefohlen, seinen eigenen greisen Onkel erschlagen und so oft den Tod als höchste Lust gepriesen hatte, gebärdete sich auf dem Schafott wie ein Rasender.

Als man ihn in einer schwarzen Kutsche – dies war sein Recht als Adliger – zur Hinrichtung führte, stieg er nicht aus, um wenigstens wie ein Mann zu sterben. Der

Henker und seine Gehilfen mußten ihn trotz seiner gefesselten Hände mit Gewalt aus der Kutsche zerren,
und den ganzen Weg zum Schafott schrie und strampelte er, ja er weinte und näßte sich vor Angst in die
Hose. Er weigerte sich, sich auf den bereitgestellten
Stuhl zu setzen, und schließlich blieb dem Henker
nichts anderes übrig, als ihn von seinen Gehilfen zu
Boden werfen und an den schweren Eichenstuhl
schnüren zu lassen. Manch ein Adliger blickte beschämt
ob solcher Feigheit zu Boden, und das gemeine Volk
pfiff und grölte.

Nicht einmal als er schon gefesselt auf dem Richtstuhl
saß, wagte Coljew Schimjontken dem Tod ins Auge zu
blicken. Heulend und schnatternd zog er den Hals zwischen die Schultern und preßte das Kinn auf die Brust,
bis dem Henker – der die Wut des Volkes fürchtete –
keine andere Wahl blieb, als einen seiner Gehilfen anzuweisen, dem Delinquenten den Kopf am Haar gewaltsam in die Höhe zu ziehen und damit den Hals zu
strecken. Erst dann gelang es ihm, den tödlichen Streich
zu führen – und unter dem wütenden Johlen des Volkes
rollte der Kopf des Verfluchten über die rotgestrichenen
Bretter des Blutgerüsts.

An einem kalten, klaren Tag Ende Tsa lag im Festumer
Hafen die Stoerrebrandter *Windflügel* zum Aufbruch bereit am Kai. Unter den zahlreichen Menschen, die sich
rund um das Schiff drängten, waren auch Orlan Paraiken und Jasper Hollerow. Sie waren gekommen, um Tineke (die wieder ihren Mädchennamen Karjensen angenommen hatte) und Catka zu verabschieden. Da die
Moha nirgends anders leben wollte als im warmen
Süden und Tineke der Anblick von Festum verleidet
war – erinnerte er sie doch immer an die schlimmsten

Monde ihres Lebens –, hatten die beiden Frauen beschlossen, ihr Glück im Süden zu versuchen. Sie wußten beide, welche Gefahren ihnen drohten, aber sie lächelten tapfer, und ihre Augen glänzten. In dicke Umschlagtücher aus Karenwolle gehüllt, ihre wenigen Besitztümer in einer Tasche neben sich, standen sie Hand in Hand da und blickten zu dem mächtigen Schiff empor, auf dem die Matrosen geschäftig hin und her liefen.

Orlan Paraiken – der ihnen die Reise bezahlt hatte – ergriff ihre Hände. »Ich wünsche euch alles Gute«, sagte er. »Mögt ihr im Süden glücklicher werden als hier!«

»Was immer uns erwartet, wir werden wenigstens nicht frieren«, erwiderte Tineke und drückte die zähneklappernde Freundin zärtlich an sich. »Und für Catka gibt es nichts Schlimmeres als Kälte. Nur der Meskinnes hat ihren Mut noch aufrecht erhalten.«

Sie hatten ursprünglich erst im Frühling fahren wollen, wenn das Wetter milder war, aber die Moha hatte so sehr unter der Kälte gelitten, daß sie sich zu dem früheren Aufbruch entschlossen hatten. Ihr Ziel war Port Conrad, dort war es warm genug für Catka, und Tineke wollte wieder in einer Hafenstadt leben.

Jasper Hollerow zog die beiden Frauen an seine Brust. »Ich wünsche euch viel Glück auf der Reise«, sagte er mit bewegter Stimme. Dann griff er in seine Tasche und reichte jeder von ihnen ein kleines Schutzamulett. »Ihr werdet es brauchen ... die Fahrt in den Süden ist höchst gefährlich.«

Vom Schiff herab dröhnte ein Posaunenstoß, das Zeichen, daß die Passagiere sich an Bord begeben sollten. Die vier umarmten einander noch einmal, dann ergriffen die Frauen ihre Taschen und stiegen die Laufplanke hinauf. Oben blieben sie noch einmal stehen und winkten zurück. An der Reling drängten sich so viele Men-

schen, daß sie in der Menge bald nicht mehr zu erkennen waren.

Dennoch blieben Orlan Paraiken und sein Freund am
Kai stehen, bis das Schiff ablegte und den Bug dem offenen Meer zuwandte. Erst als die Menschen an der Reling
zu bunten Pünktchen verschwammen, wandten sie sich
um und kehrten zu der Kalesche zurück, die sie nach
Hause bringen sollte.

Nachwort

Das Wirtshaus *Zum Lachenden Henker* steht noch heute in der Brückenstraße in Festum, hat seinen früheren Glanz aber völlig verloren. Die Stadt vermietete es der Reihe nach an verschiedene Pächter, doch war rasch klar, daß ein Fluch auf dem Mordhaus lastete. Kein Pächter hielt sich lang darin. Obwohl der geheime Zugang vermauert wurde, herrschte in den Kellern des Hauses stets eine furchteinflößende Atmosphäre. Ständig drang dort ein eisiger Brodem aus den Mauern, sonderbare Gerüche schwängerten die Luft – einmal roch es nach faulen, süßlichen Blüten, dann wieder nach Moder und verrottendem Fleisch. Wirtsleute und Gesinde, die sich in den Kellern aufgehalten hatten, berichteten von Würgegefühlen und panischen Ängsten. Schwere Schritte, die man dem mörderischen Koch Hanske zuschrieb, hallten immer wieder durch die Gewölbe, auch hörte man das Klagen von Frauenstimmen und unheimlichen Gesang.

Aber auch in den oberen Bereichen des Hauses lebte es sich nicht angenehm. Gäste hörten immer wieder wildes Gepolter auf der Treppe, die in den Oberstock führte, die drohenden Worte eines Mannes und den entsetzten Aufschrei einer Frau. Die Kammer, in der Elkwin und Tineke geschlafen hatten, mußte stets verschlossen bleiben; und wer so unklug war, bei Nacht daran vorbeizugehen, dem konnte es widerfahren, daß er sah, wie sich die Tür einen Spaltbreit öffnete und der alte Pitjow spähend den Kopf herausstreckte, ein blutbeflecktes Messer zwischen den Zähnen.

Auch hatte kein Pächter Glück mit der Schenke. Wer es versuchte – und das waren anfangs viele, denn das Haus war billig zu haben und reizte so manchen, seinen Mut unter Beweis zu stellen –, wurde nach kurzer Zeit schon von den eigentümlichsten Unglücksfällen heimgesucht. Krankheit und Schulden hielten bei ihm Einzug, das Mehl verdarb in den Säcken, das Fleisch an den Haken, Unruhestifter vertrieben die besten Gäste, und mehr als einmal brachen Brände aus, die nur mühsam gelöscht werden konnten.

So ist das einstmals so stolze Wirtshaus *Zum Lachenden Henker* heute eine ärmliche, üble Kaschemme, in der nur die verkehren, die nichts mehr zu verlieren haben – und die, bei denen der Henker eines Tages tatsächlich etwas zum Lachen haben wird!

Anhang

Begriffe, Namen, Orte

Die Zwölfgötter:

Praios – Gott der Ordnung und des Gesetzes; sein Symbol ist die Sonne

Rondra – Göttin des Krieges und des Donners; ihr Symbol ist die Löwin

Efferd – Gott des Wassers; sein Symbol ist der Delphin

Travia – Göttin des Herdfeuers und der Gastfreundschaft; ihr Symbol ist die Gans

Boron – Gott des Todes, Schlafes und Vergessens; sein Symbol ist das gebrochene Rad

Hesinde – Göttin der Magie und der Wissenschaft; ihr Symbol ist die Schlange

Firun – Gott der Jagd und des Winters; sein Symbol ist der Eisbär

Tsa – Göttin der Wandlung und Erneuerung; ihr Symbol ist die Eidechse

Phex – Gott der Diebe und Händler; sein Symbol ist der Fuchs

Peraine – Göttin der Ernte und des Wachstums; ihr Symbol ist der Storch

Ingerimm – Gott des Feuers und des Handwerks; sein Symbol sind Hammer und Amboß

Rahja – Göttin der Liebe, des Rauschs und der Ekstase; ihr Symbol ist die Stute

Der Zwölfgötterglaube ist der am weitesten verbreitete in Aventurien. Die Götter werden als ein Pantheon verstanden, innerhalb dessen man zwar Lieblinge haben kann, die Existenz der jeweils anderen aber keineswegs leugnet. Götter in

Aventurien sind etwas Faßbares; sie greifen immer wieder aktiv in das Leben der Bewohner Deres ein.

Der göttliche Widersacher der Zwölf ist der Namenlose.

Auf der anderen Seite gibt es auch ein ›Pandämonium‹, welches sich aus dem pervertierten Widerpart eines jeden der Zwölfgötter zusammensetzt. Auch diese dämonischen Wesenheiten können in das Leben der Menschen eingreifen, auch sie haben mächtige Diener (sozusagen den Gegenpart der Alveraniare), doch nur die gottlosesten Bewohner Deres sind – meist aus Machtgier – zu einer Anrufung der Erzdämonen und ihrer Gefolgschaften bereit.

Benbukkel – ein zimtähnliches Gewürz

Borontropfen – ein stark betäubendes Gift

Brabak – Stadt im tiefen Süden

Diebeswerder – übel beleumundeter Stadtteil in Festum

Ehernes Schwert unbezwingbares Bergmassiv im Nordosten Aventuriens, Grenze zum Riesland

Garethi – aventurische Sprachen

Gefilde Alverans – die Wohnstatt der Götter

Goblin – rotpelzige, kulturschaffende Rasse

Golgari – Borons Bote; der Rabe, der die Seelen der Verstorbenen über das Nirgendmeer trägt

Güldenland – weitgehend unbekannter, halb mythischer Kontinent westlich von Aventurien

Jahr 1021 BF – bornländische Zeitrechnung (1021 nach Bosparans Fall)

Levthansfrüchte – männliche Genitalien

Marbo – halbgöttliche Tochter Borons, als Fürbitterin für die Verstorbenen verehrt

Maraskan – große Insel im Perlenmeer, von dämonischen Mächten erobert

Mengbilla – für ihre Giftmischer berüchtigte Stadt im Südwesten Aventuriens

Meskinnes – im Bornland sehr beliebter Hafer-Honig-Branntwein

Moha – in den Regenwäldern im tiefen Süden lebende Völker, ›Waldmenschen‹

Nephazz – dämonische Wesen, die in Leichen einfahren

Nivesen – Volk aus der Steppe des hohen Nordens

Norbarden – Händlervolk aus dem hohen Norden mit unverkennbar südländischem Einschlag

Oger – riesenhafter Menschenfresser

Orken – schwarzpelzige, sehr kriegerische Rasse kulturschaffender Wesen

Orkengalle – sehr starker, minderwertiger Schnaps

Riva – Stadt im äußersten Nordwesten

Siebente Sphäre – die Sphäre der Dämonen

Swafnir – Meeresgott der Thorwaler

Thorwaler – seefahrendes Volk aus dem nordwestlichen Aventurien

Tulamidya Garethi – aventurische Sprachen

Das Schwarze Auge

Das Schwarze Auge

Weitere Bände in Vorbereitung